KB265082

꾸물꾸물

열한 마리 애벌레의
추억 이야기

경명 꿈반이

교육의 본질은 꿈을 찾아가는 길이다. '꿈반이' 는 '꿈은 반드시 이루어진다' 의 줄임말로 2008년 대구광역시 교육청 책쓰기 프로젝트를 위해 대구경명여자고등학교에서 처음으로 결성된 책쓰기 동아리 이름이다. 해마다 꿈을 찾기 위한 프로젝트 수업을 실시하고 있으며, 그 결과물을 책으로 묶어 출판할 예정이다. 2008년 1기, 2009년 2기, 2010년 3기로 이어지면서 대한민국 교육의 올바른 변화를 이끄는 작지만 의미 있는 걸음을 계속하고 있다.

꾸물꾸물
열한 마리 애벌레의
추억 이야기

초판 1쇄 인쇄_ 2010년 5월 25일 | **초판 1쇄 발행_** 2010년 5월 30일
지은이_경명 꿈반이 | **엮은이_**한준희 | **펴낸이_**진성옥 · 오광수 | **펴낸곳_**꿈과희망
디자인 · 편집_김창숙, 박희진 | **마케팅_**김진용
주소_서울특별시 용산구 원효로 1가 112-4 디아뜨센트럴 217
전화_02)2681-2832 | **팩스_**02)943-0935 | **출판등록_**제1-3077호
http://www.dreamnhope.com| e-mail_ jinsungok@empal.com
ISBN_978-89-90790-26-2 43810 | **값** 12,000원
ⒸPrinted in Korea. | ※ 잘못된 책은 바꾸어 드립니다.

꾸물 꾸물

열한 마리 애벌레의
추억 이야기

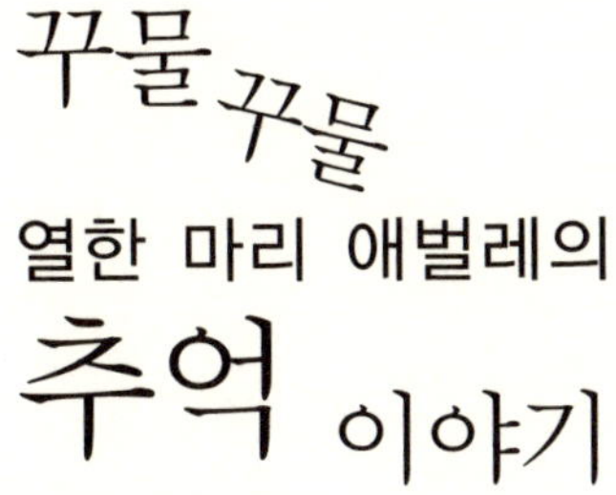

경명 꿈반이 지음 / 한준희 엮음

꿈과 희망

이제 다시 꿈을 향해 달려보자꾸나

왜 지금 책쓰기일까? 책쓰기 수업은 아이들의 능동적인 활동으로 이루어진다. 책쓰기 수업은 수많은 사회 현상들 중에서 자신이 관심 있는 분야와 접속하고 횡단하면서 자신만의 미래를 만들어가는 과정이다. 다시 한 번 질문을 던지자. 왜 지금 책쓰기일까?

북유럽 국가의 학교에서는 덧셈·뺄셈을 가르칠 때, "□+□=10. □에 각각 들어갈 숫자는?"과 같은 유형의 문제를 자주 출제한다. 아이들은 "1과 9, 2와 8, … 9와 1" 등 여러 개의 답을 적는다. 우리는 그 반대로 "1+9=□, □에 들어갈 숫자는?" 과 같은 문제가 주를 이룬다. '생애 첫 지식 활동'을 답이 하나인 문제로 시작하는 셈이다.

그럼으로 인해 북유럽의 아이들은 초보적인 산수를 배울 때부터 "문제의 답은 여러 개일 수 있다" 는 생각이 자연스레 배어든다. 음수와 양수, 유리수와 무리수, 실수와 허수 등 수(數)에 대한 개념이 넓어질 때마다, 아이들은 어릴 적 접했던 문제의 답이 더 다양해질 수 있다는 것을 깨닫는다. 즉, "−79와 +89, 5.13과 4.89, 1+10i와 9−10i…" 등 무궁무진하다는 것을 알게 된다. 답이 하나뿐인 문제로 시작하는 것과 답이 무궁무진한 문제로 시작하는 것은 얼핏 사소해 보이지만 실제로는 큰 차이다. 이런 차이가 훗날 다양성을 존중하는 태도로, 창의와 혁신을 장려하는 문화로 이어질 수 있다.

오랜만에 정겨운 사람들과 함께 모였다. 소주도 한 잔 기울이면서 열흘 넘게 쌓였던 피곤이라는 먼지를 털었다. 그런데 명치 끝이 아직도 아프다.

"그만 하고 싶어요. 지탱해 줄 필요가 없어요. 망하게 그냥 놔두자구요. 오히려 거기에서 새로운 출발이 있길 않겠어요?"

이제 정말 친구라고 감히 표현할 수 있는 L선생님의 말. 점점 얼굴이 상해가는 그녀의 말에 가슴이 아팠다. 오히려 내가 하고 싶은 말이었기에. 마음 고생, 몸 고생으로 인해 힘들어하는 그녀가 안쓰러웠다. 알고 보면 그건 내 자신에 대한 연민에 다름 아니다. 어렵게 대답한 말.

"그러면 아이들이 불쌍하잖아요."

그 말조차도 그녀를 아프게 때렸을 거란 생각이 또 마음을 아프게 했다. 그녀는 나 같은 사이비 선생님이 아니라 정말 좋은 선생님인데. 지역 초중고 교장 선생님들을 모시고 특강을 했다. 해마다 반복되는 일이지만 이런 강의를 할 때는 다른 강의보다도 늘 긴장한다. 그분들에게는 죄송하지만 벽을 보고 몸부림친다는 느낌이 강의 후에 날 항상 지치게 했기 때문이다. 그때 나는 용기와 관련된 말로 강의를 시작했다. 두려움보다 더 소중한 무엇을 들어달라고 간청했다. 교육의 본질적인 방향과 거기에 대한 대응과 관련해서 나를 비롯해서 선생님 스스로도 뼈저린 각성이 필요하다고 했다. 사실. 권력조차 어쩔 수 없을 만큼 비대해진 사교육 시장은 수없이 선생님들의 무능을 조롱한다. 사교육이 주식시장의 우량주로 자리잡은 나라에 무슨 희망이 있을까. 새 정부가 들어설 때마다 개혁의 칼이 교육에 가장 먼저 향한다. 왜 정부가 바뀔 때마다 교육개혁이 단골메뉴일까? 국민들의 관심이 가장 높으니까. 교육이 나라의 미래를 결정하는 가장 중요한 제도니까. 과연 그럴까? 바로 결과가 나오지 않으니까. 그러니까 책임에 대해 민감하게 반응하지 않아도 되니까. 누구라도 아는 것처럼 교육에는 왕도가 없으니까. 이게 정답이 아닐까?

풍경 하나.

경기도 Y군의 중학생 1,500여 명은 3월부터 밤 9시가 돼야 집에 갈 수 있다. 지

난해 10월 학업성취도평가 결과, 전국에서 바닥권 성적을 기록하자 관할 교육청
이 이 지역 6개 중학교 교장들을 소집해 전 학년 야간자습을 시키라고 주문했기
때문이다. 이 지역 고교생들은 더 고달프다. 지난해 교육과학기술부로부터 기숙
형 공립고로 지정된 J고는 1, 2학년은 밤 9시 40분, 3학년은 밤 11시까지 하교 금
지다. 지난해만 해도 희망자에 한해 보충수업을 했는데, 올해부터는 강제사항이
됐다. '놀토(노는 토요일)'도 없다. 토요일에도 전 학년이 오후 5시까지 학교에서
'자율' 학습을 해야 한다. 주말 부부인 교사들, 심한 경우 정규 수업 외 저녁에 4시
간을 추가로 강의해야 하는 국어·영어·수학 교사들은 죽을 맛이다. "올해 대입
에서 실적을 내야 우수학생 유치도 가능하고 입시 명문고로 자리 잡을 수 있다는
교장의 판단 때문"이라는 게 주변 설명이다. 이 학교는 우수 학생 위주로
'SKY(서울대·고려대·연세대)반', '심화반'으로 나눠 집중 지원하고 있는데, 지난
겨울방학 때는 2,000만 원을 들여 사설 학원 강사를 초빙해 강의하기도 했다. 정
부가 "사교육이 필요 없는 공교육을 만들겠다"고 천명하며 '사교육 없는 학교'
육성을 위한 각종 대책을 쏟아내면서 전국 곳곳에서 Y군과 같은 현상이 벌어지
고 있다. 공교육 정상화라는 명분을 내세웠지만, 실상은 학교가 영리 목적의 사교
육과 맞붙어 더 월등한 성적 향상의 성과를 내도록 '공교육과 사교육간 전쟁 상
황'을 초래했다. 학교는 입시 위주로 기형화하고 있고, 학생과 교사들은 피폐화하
고 있다.

(한국일보, 2009. 3. 12)

　슬픈 풍경이다. 도대체 길이 보이지 않는다. 위의 풍경은 지금 학교 현장 대부
분의 풍경이다. 기본적으로 대응할 방법이 없다. 명분(?)과 실리가 모두 거기에 존
재하기 때문이다. 학교를 살리자는데 왜 문제냐고 모두들 강변한다. 성적 향상을
위해 모두들 사교육보다는 우수한 학교교육을 해야 한다고 주장한다. 하지만 문
제는 다른 곳에 위치한다. 기본적으로 학교교육과 사교육은 경쟁할 수 있는 대상
이 아니다. 그래서도 안 된다. 교육의 본질적인 목표와 교육과정이 다르기 때문이
다. 사실 사교육과 경쟁을 하려면 학교제도 자체를 없애야 한다. 학교교육의 목표

가 단순히 대학입학을 위한 성적향상에 있다면 학교는 필요가 없다. 불행한 일은 여기에 개인적 욕망의 대변자들인 목소리가 큰 소수의 학부모가 가세한다. 그래 봤자 승부가 뻔한 싸움이다. 학교교육은 결코 사교육을 이기지 못한다. 강의 도중에 이런 말을 한 기억이 있다.

'초등학교부터 고액 과외를 하고, 그래서 국제중학교에 입학하고, 특목고를 나와 서울대학교에 들어가서 미국에 유학을 다녀오는 30살의 젊은이를 인천공항에서 만나 인터뷰를 했다. 행복했느냐고. 과연 그 젊은이는 뭐라고 대답했을까요?'라고. 삶은 결과만 중요한 것이 아니다. 과정도 그만큼 중요하다. 결과로 행복한 아이들이 아니라 과정에서 행복할 수 있는 아이들이 진짜 행복한 아이들이 아닐까. 우리 나라 사교육비는 아이의 미래를 위한 것이 아니다. 기본적으로 대학에 진학하기 위한 지식을 배우는 거기에 투입된다. 진학하는 순간 90% 정도의 지식은 휴지통으로 버려진다. 웃기지 않는가? 이제는 정말 달라져야 하지 않을까? 교육은 과거와 현재를 통해 미래를 가르친다. 아이들은 미래의 주인공이기 때문이다. 무자비하게 주입하는 지식이 아이들의 미래를 위해 얼마나 필요한 것일까? 단지 대학에 진학하기 위한 것이라면 너무 많은 희생이 아닐까?

풍경 둘

지금으로부터 30여 년 전, 미디어 이론가인 마셜 매클루언은 〈미디어는 마사지다〉라는 저서에서 "사람들은 빠르게 움직이고 세계 각지를 돌아다니면서 전자제품을 이용하는 '유목민(nomad)'이 될 것"이라고 내다봤다. 프랑스 사회학자 자크 아탈리도 "21세기는 디지털 장비로 무장하고 지구를 떠도는 '디지털 노마드'의 시대"라고 규정했다.

황창규(50) 삼성전자 메모리반도체사업부 사장은 "유목민의 가장 중요한 특성은 이동성과 도전정신"이라며, 스스로를 '반도체 유목민(semiconductor nomad)'이라고 부른다. 1992년부터 세계 디램 시장을 석권한 데 만족하지 않고 에스램, 플래시메모리 등으로 '생활터전'을 옮겨가며 남보다 앞서 '치고 빠지는' 이동성 전락에 충실했기 때문에, 불황기에도 업계에서 유일하게 30% 이상의 수익을 내고 있다고 그는 설명한다.

(한겨레신문, 2003.2.16)

이러한 노마드는 21C 사고의 핵심으로 자리 잡을 가능성이 크다. '덩이줄기' 란 것이 있다. 그것이 뿌리와 다른 것은 곁뿌리나 잔뿌리들이 모이는 어떤 중심이 없다는 것. 중심이 없으니, 일정한 방향이나 도달해야 할 목적지 또한 있을 수 없다. 하지만 아무리 캐내어도 어딘가에 잔뿌리가 남아 또 어디론가 뻗어나가는 끈질긴 생명력을 지니고 있다. 우리가 키워야 할 인재는 바로 그런 생산적인 인재이다. 자유롭게 사고하는 인재이다. 그럼으로 해서 창조적인 미래를 생산하는 인재이다. 노마드는 단순하게 얼마 동안 유행할 사고 영역이 아니다. 21C를 주도할 수 있는 사고체계이다. 다음 글은 그 방법을 제공한다.

사실 대부분의 사람들은 달리 방법이 없기 때문에 남들처럼 사는 길을 택할 뿐이다. 성공해 봤자 나른한 일상과 소통부재만이 존재하는 그런 코스를. 따라서 그런 코스와는 다른 선택지가 많아야 한다. 돈으로 환원되지 않는 행복을 스스로 창안할 수 있어야 비로소 자본에 대항할 수 있는 법이다. 아니, 그 자체가 자본으로부터의 탈주가 된다. 자본에 대한 대안이 자본보다 빈곤해서야 말이 되는가. (고미숙, 〈아무도 기획하지 않은 자유〉 부분)

이제는 제법 보통명사로 자리 잡은 '수유+너머' 라는 기묘한 이름. 아니지. 제도적으로 전면에 나서지 않은 사람들의 모임이기에 아마 대부분은 모를 가능성이 크다. 사실 교육에 대해 고민하면서 해마다 화두를 찾았다. 나의 올해 화두는 '접속하라, 횡단하라, 그리고 생산하라' 이다. 달리 방법이 없기에 남들처럼 살아가기 위해 존재하는 것이 지금의 학교교육이다. 슬프지 아니한가? 결국 거기까지 도착해도 나른한 일상과 소통부재만이 존재하는 세계. 그리고 자본에 굴복하고 그 먹이가 될 수밖에 없는 세계. 고상하거나 우아한, 그리고 심오한 진리가 담긴 책은 아니다. 거기에는 그냥 길이 나온다. 새로운 길을 걷는 방법이 나오고 새로운 길을 걷는 사람들이 나온다. 그럼에도 불구하고 난 왜 이 평범한 표지를 가진 책에 열광하는가? 그냥 그 말이 좋았다고 '언제 어디서든 출구는 있다는 것. 조금, 아주 조금만 발을 내디디면 문득 길이 열린다' 는 그 말이. 그리고 '걸어가면 길이 된다' 는 그 말이.

그러면 대한민국 교육은 어디로 가야 하는가? 〈도쿄대생은 바보가 되었는가〉의 저자 다치바나 다카시는 일본 교육의 문제를 암기중심교육에서 찾고 있다. 나아가 암기중심교육의 근본적인 원인을 일본의 대학입시에서 찾고 있다. 일본의 아이들은 선생님이 가르쳐주는 내용을 충실하게 머리 속에 입력했다가 시험을 볼 때 그것을 출력하는 과정을 되풀이하면서 수험 경쟁을 헤쳐 나온다. 이 때문에 자연스럽게 어느 틈에 아이들의 두뇌 구조는 그러한 주입식 교육에 순응하게 된다. 기본적으로 스스로 공부하고 생각하며 자신의 생각을 주체적으로 설명하는 훈련을 받지 않았기 때문에, 자신이 주체가 되는 그러한 질문을 받으면 즉시 머리 속이 공황 상태에 빠진다. 사실 한국 교육은 일본 교육의 판박이다. 특히 대학입학시험제도는 우리 교육의 가장 큰 문제점을 안고 있다. 우리 나라 교육은 초등학교에서 중학교, 나아가 고등학교로 올라갈 때마다 폭이 좁아진다. 모든 교육이 대학입학시험에 초점을 두고 있기 때문이다.

그렇다고 해서 대학에 진학하는 순간 문제점이 사라지는 것이 아니다. 일단 고등학교에서 고통스럽게 공부한 대부분의 학습 내용이 대학에 진학하는 순간 사라진다. 대학에 진학할 때까지 드는 교육비는 엄청나다. 교육비의 대부분은 좋은 대학 들어가는 데 쓰인다. 아이들의 진정한 실력을 높이는 데 쓰이는 것이 아니라 치열한 입시 경쟁에서 앞선 순위를 받는 데 쓰일 뿐이다. 대학입시를 위해 세계에서 가장 많은 사교육비를 지출하면서도 대학의 학문 경쟁력이 최하위권에 머무는 것이 바로 그 증거다. 다른 나라에서는 거의 지출되지 않는 대학 입학 경쟁 비용으로 한 해 수십조 원의 지출이 계속되는 이 바보 같은 일을 우리는 언제까지 계속해야 하나? 그것만이 아니다. 대학에 진학하는 순간 고통에서 해방되면서 학문을 멀리한다. 가능성을 가지고 대학에 진학하지만 사실 대학은 어렵게 입학한 아이들을 제대로 교육하지 않는다. 여전히 일방적인 강의식 수업이 존재할 뿐이다. 결국 대부분의 학생은 다시 자신의 적성과는 관련이 없는 취업 준비에 대학 4년을 매달린다. 정말 슬픈 풍경이다. 다시 〈도쿄대생은 바보가 되었는가〉의 한 대목을 보자.

"대학은 교수가 무엇인가를 가르치고 학생은 그것을 외우는 곳이 아니다. 대학생이 반드시 몸에 갖추어야 하는 것은 스스로 공부할 수 있는 능력이다. 교수가 가르친다는 형식으로 학생들에게 전할 수 있는 지식의 양은 한정되어 있다. 학생들은 그 몇 배가 되는 지식을 스스로 습득해야 한다. 그런 능력만 갖춘다면 교수의 수업을 빼놓지 않고 들을 필요는 없다."

학생들은 스스로 공부할 수 있는 능력이 없다. 오랫동안 대학입시를 위해 암기형 공부에 익숙해져 있는 탓도 있지만 대학교육이 그것과 별반 다르지 않다는 것도 그 이유이다. 스스로 생각하고 능동적으로 가치를 판단하고 실행하는 능력을 지니지 못한 사람은 결코 사회의 지도층이 되지 못한다.

"스스로 생각하지 못하는 자(즉 오성조차 갖추고 있지 않은 자)는 '미천한 하급 관료' 조차 될 수 없는 사람이다. 교양이 대체 무엇이냐고 질문을 던지는, 자신의 머리로 생각할 능력이 갖추어져 있지 않은 사람은 그런 놀이조차 즐길 자격이 없다."

다치바나 다카시는 일본형 수재의 계보가 사실은 바보들의 계보였다고 비판한다. 역사적으로 이미 도쿄대생은 바보였다는데, 이유인즉 암기 능력을 측정하고 정답을 찾는 법을 가르치는 것이 일본의 오래된 교육 제도이기 때문이라고 했다. 그러나 교육의 목적이란 현제도의 추종자를 만드는 것이 아니라 제도를 비판하고 개선할 수 있는 능력을 배양하는 데 있다는 것이 다치바나의 생각이다.

"교육의 목적은 현 제도의 추종자를 만드는 것이 아니라 제도를 비판하고 개선할 수 있는 능력을 배양하는 것이다."

그렇다. 어쩌면 지금의 대한민국 교육은 바보들을 양산하는 교육이다. 소수의 사람들에게는 바람직하다고 느끼는 방법일 수도 있지만 먼 장래를 들여다볼 때 이런 방식으로는 대한민국에는 분명 미래가 없다. 교육이 백년지대계라고 말만 할 것이 아니라 실천할 수 있는 구체적인 방법을 찾아야 한다. 그러한 구체적인 방안 가운데 하나가 바로 글쓰기를 통한 능동적인 사고력의 향상이다.

인류는 수천 년 동안 시각화 혹은 영상화의 기쁨을 발견하며 살고 있다. 글쓰기의 즐거움이란 모든 예술 작품처럼 가시적인 것에 있다. 공동체의 특징을 간직한 구술문화에 비해 개인적이고 감각적인 즐거움을 내포한 문자문화 즉, 글쓰기를 통해 우리는 세상을 향해 스스로를 드러낸다. 인간은 자신의 삶을 표현하지 않고는 살아갈 수 없는 존재다. 자아 표현의 욕구가 사라지지 않는 한 글쓰기 능력은 인류에게 언제나 필요한 것이며, 그런 점에서 글쓰기란 인류 최고의 핵심 문화 역량이다. 글쓰기는 자신이 바로 주인공이다. 자기표현의 욕구가 그대로 드러난 방식이기 때문이다. 그런 점에서 글쓰기는 대단히 민주주의적인 정신을 반영한다.
글쓰기의 정신이 민주주의라면, 글쓰기의 덕목은 바로 자유이다. 사람들의 입에 재갈을 물리는 것이 아니라 사람들의 입에서 자신의 노래가 흘러나오게 해야 한다. 글쓰기를 통한 학교교육도 마찬가지이다. 어린것들이 뭘 아느냐고 눈을 부라릴 것이 아니라 아이들의 자유로운 소리에 귀를 기울이는 것이다.
입을 여는 것은 할 말이 있기 때문이다. 마찬가지로 무엇인가를 쓴다는 것은 무엇인가 문제 상황이 있다는 것이다. 할 말이 없을 때는 입을 닫는다. 문제가 없는데 억지로 글을 쓰지는 않는다. 글쓰기가 한갓 유희가 아닌 것은, 글 쓰는 행위 자체가 갖는 실천성 때문이다. 글쓰기는 문제 상황을 인식하고 그것을 바라보며, 상황을 이해하고 비판하여 결국 더 나은 상황을 부정하여 그것을 긍정으로 바꾸려는 실천이 바로 글쓰기이다.

따라서 글쓰기, 나아가 책쓰기 교육은 단순히 자신의 생각을 표현하고 주어진 현실을 비판하는 능력을 배양하는 것이 아니다. 현상이 지닌 다양한 모습들에 대한 나름대로의 통찰을 통해 자신의 미래를 설계하는 작업이다.

프로젝트 수업 방식의 '나만의 책쓰기' 프로그램은 학생들 각자 자신만의 주제를 선정하여 한 편의 보고서를 작성하는 프로젝트 완성 방식의 수업이다. 즉, '책쓰기 교육'이란 학생들이 각자의 흥미, 관심, 적성, 진로 등에 적합한 주제를 선정하고 다양하고 깊이 있는 정보를 조사·연구한 후, 그 성과를 책으로 출판하는 과정을 지도하는 학교교육 프로그램이다. 대략 A4 용지 30매 내외, 즉 원고지 250매 이상의 작은 '책'을 한 학기 동안에 걸쳐 완성하도록 지도하는 방식의 프로그램이다.

대입논술시험이 획일적이고 난해한데다 고작해야 원고지 15장 정도의 수동적이며 형식적인 답안 작성 능력을 중시했다면, 이러한 방식의 수업은 학생 스스로의 문제의식에서 출발하여 주제를 직접 설정하고 능동적이며 실질적인 대안 제시 능력을 강조한다. 즉, 기존의 논술대비교육이 주어진 텍스트(논술주제)의 정확한 분석과 이에 대한 답안 작성 능력을 기르는 방식이었다면, 프로젝트형 수업 방식의 '나만의 책쓰기' 프로그램에서는 학생 스스로 자신의 진로와 흥미, 적성과 능력 등을 고려하여 자신만의 주제를 설정하여 책을 쓸 수 있도록 지도하는 방식이다.

책쓰기 수업은 남이 제시한 문제에 훌륭하게 답하는 수준을 넘어서서 스스로 문제의식을 일으켜 주제를 선정하고 중량감 있게 자신만의 책쓰기를 통해 해결 방안(대안)을 제시하는데 목표가 있다. 만일 논술을 집중적으로 대비하고 싶다면, 해당 대학의 논술 대비 방안을 주제로 삼아서 작성하게 해도 되므로 입시 논술에 매달려 있는 소수의 학생들에게도 도움이 될 수 있을 것이다. 논술을 중시하면서도 논술을 넘어서는 방법이 바로 '나만의 책쓰기' 프로그램이다.

21C를 살아가는 청소년들이 꿈을 잃고 살아가는 것은 꿈을 찾아주는 학교교육이 이루어지지 않는 데 가장 큰 이유가 있다. 대학입학시험의 성적에 따라 자신의 능력과 적성에 맞지 않는 미래를 선택하는 경우도 많은 것이 현실이다.

교육이 아이들에게 꿈을 주는 것이라면 그 꿈은 대부분 도서관에서, 그리고 그 속에 있는 수많은 책에서 이루어진다. 따라서 능동적으로 책에 접근하여 자신의 꿈을 찾을 수 있는 프로그램의 개발이 절실한 것이 작금의 현실이다. 책쓰기 프로젝트 수업은 책쓰기를 통해 자신의 꿈을 구체화하는 수업이다.

프로젝트 수업의 첫 번째 결과물이었던 『13+1』(2009.6. 만인사), 교사 책쓰기 프로젝트의 첫 책 『문학의 숲으로 떠나는 여행』(2009.7. 꿈과희망)이 받은 많은 관심과 사랑에 고마움을 전한다. 이제 아이들의 마음이 두 번째 책으로 나온다. 이 책에는 두 번째 꿈반이 아이들의 아픔과 꿈, 그리고 소중한 마음이 담겨 있다. 작은 시작일 뿐이지만 이 프로젝트를 계기로 우리나라 모든 학교가 아이들이 마음껏 꿈을 꾸고 그 꿈을 펼칠 수 있는 공간이 되었으면 하는 바람이다.

애들아, 이제 다시 꿈을 향해 달려보자꾸나!

2009년 11월
책뜨락에서 한준희

| 차례 |

꾸물꾸물 열한 마리 애벌레의 추억 이야기

| 차례 |

꾸물꾸물 열한 마리 애벌레의 추억 이야기

어떤 행복

김보경

어떤 행복

행복을 바라지 않고서 살아가는 사람이 얼마나 있을까?

오늘을 숨 쉬는 많은 사람은 행복을 품고 살아간다.

행복은 '복된 좋은 운수', '욕구가 충족되어 충분한 만족과 기쁨을 느끼는 상태' 라는 사전적 의미가 있다.

하지만, 우리 생활에서의 행복은 단순히 정의 내릴 수 없는 묘한 어떤 것이다.

사람의 행복은 제각각 다르다.

누군가에겐 건강이, 다른 사람에겐 물질적으로 풍요한 삶이, 또 어떤 사람에게는 자신이 하고 싶은 일을 하며 살아가는 것이 바로 그것일 수가 있다.

자신의 행복이 다른 이에게 피해를 준다면 예외가 있겠지만, 그렇지 않은 이상 세상 모든 사람은 행복할 권리가 있다.

그 꿈이 부귀공명이든, 건강이든, 사랑이든 나만의 행복을 가질 권리가 있다는 것이다.

대단하고 특별한 행복은 아니지만 나는 나만의 행복을 발견했다.

나를 필요로 하는 사람이 있다는 것, 나를 보면서 웃을 수 있는 사람이 있다는 것.

내가 세상에 필요한 사람이라는 사실, 그것이 바로 내가 찾은 행복이다.

*

초등학교 5학년 때, 그러니까 2003년도의 일이다. 내가 다니는 성당에는 작은 농구장이 있었다. 지금은 시멘트가 잘 깔려진 멋진 운동장이 되었지만, 그때만 해도 먼지가 폴폴 날리는 흙바닥 농구장이었다. 그 농구장 한 귀퉁이에는 흔들 목마 두 대가 나란히 놓여 있었다. 낡고 녹까지 슬어 탈 때마다 삐걱삐걱 소리가 났지만, 아이들에겐 좋은 놀이장소였다.

그날 역시 친구와 함께 흔들 목마를 타고 있었다. 둘이서 잘 놀고 있었는데 갑작스레 나타난 어머니 손에 이끌려 성당 버스에 오르게 되었다. 물론 같이 있던 친구도 함께 말이다. 그 차 안에는 성당 사회복지회 어른들이 계셨다. 조금 뒤 버스가 출발함과 동시에 기도가 시작되었다. 우리는 성당버스를 기도의 힘으로 가는 버스라고 불렀다. 너무 오래돼 움직이는 것이 신기하다고 해서 붙여진 이름이다. 어쨌든 아무것도 모르는 우리를 태운 버스는 열심히 달리고 달려 어떤 장소에 도착했다.

내리자마자 보이는 것은 깨끗하고 큰 건물이었다. 꽤 근사한 건물 외형에 어떤 곳일까 궁금해 하며 어른들의 뒤를 따라갔다. 하지만, 나는 몇 걸음 떼지 못하고 그 자리에 멈춰서 버렸다. 휠체어에 앉아 있는 사람들, 자신의 몸을 쉽게 가눌 수 없는 사람들이 우리 곁으로 다가오고 있었기 때문이다. 그곳은 지적 장애인들을 위한 시설이었고, 평범하지는 않아 보이는 그들의 모습에 깜짝 놀랐다.

나는 사회복지회 어른들이 시설에 있는 사람들과 스스럼없이 이야기하고, 그들을 안아주는 모습을 멍하니 바라보고 있었다. 딱딱하게 굳어 있는 내 모습을 본 수녀님께서 조용히 손을 잡아 주셨다. 그리고 나지막한 목소리로 말씀하셨다.

"보경이 많이 놀랐구나? 몸과 마음이 약한 사람들이야. 우리와 다르진 않아. 오히려 저들은 훨씬 특별하지. 왜냐면 우리보다 훨씬 많은 사랑을 필요로 하거든. 오늘은 저분들을 위해 목욕봉사를 할 거야. 너는 다 씻고 나오신 분들 몸을 닦아드리고, 옷 입는 것을 도와드리렴. 할 수 있겠지?"

수녀님은 위로인지 당부인지 모를 말씀을 남기시고는 작은 방 안으로 들어가셨다. 제대로 둘러보니 큰 로비가 있고 그 주위로 작은 방문이 수도 없이 늘어서 있었다. 마치 병원 같은 분위기였다. 피부에 닿는 서늘한 긴장감에 친구의 손을 꼭 잡았다.

방문을 열자 정사각형의 반듯한 작은 방이 나왔고 그 작은 방에는 욕실로 통하는 문과 열 명 정도의 사람들이 있었다. 그들은 우리를 쳐다보았다. 반기는 것도, 싫어하는 것도 아닌 눈빛. 그 눈빛이 무서워 꼼지락거리는 발가락만 쳐다보고 있었다. 내 발가락이 이렇게 말하는 것 같았다.

'야! 너 여기 왜 왔어? 왜 따라와서 이래?'

거부감이 들었다. 괜히 따라왔다는 후회가 밀려들었다. 생전 처음 하는 봉사활동이 도서관 책 정리도 아닌, 우체국 편지 분류도 아닌 장애인 목욕도우미라니. 봉사활동의 개념조차 모르는 초등학생에게 자신과는 달라 보이는 사람을 만나고, 그걸로 모자라 그들의 맨몸을 만져야 하는 일을 시키다니.

그렇게 한참을 구석에 서 있었을까. 막 목욕을 끝낸 듯한 사람이 온 몸에서 물을 떨어트리며 욕실 밖으로 나왔다. 그 분 역시도 욕실 문 앞에 멀뚱히 서 있었다. 뭔가를 해야 할 것 같은데 선뜻 다가 갈 수가 없었다.

하지만, 계속 발가벗은 채로 사람을 세워 놓을 수는 없는 노릇. 눈을 질끈 감고서 다가갔다. 정말 실눈을 뜨다시피 해서 마른 수건으로 몸을 닦았다. 옆에 있는 로션도 꾹 눌러서 팔 다리에 바르고, 새 옷으로 갈아입혀 드렸다. 머리도 물기를 없앤 다음 빗으로 조심스레 빗었다.

모든 일은 시작이 어렵지 그 뒤엔 쉽기 마련이다. 시간이 지나자 멈칫거리던 손짓은 빨라지기 시작했다. 말하지 않았는데 어느새 친구와 역할 분담도 되어 있었다. 내가 머리와 몸의 물기를 닦아드리면 친구는 로션을 발라드리고, 또 내가 옷을 입혀드리면 친구는 머리를 빗겨드렸다. 우리에게 어느 정도 여유가 생긴 것을 보신 수녀님께서는 흐뭇한 미소를 지으며 바라보셨다. 열 분의 목욕이 끝나자 어른들은 뒷정리를 시작하셨다. 그 틈을 타 친구와 나는 살금살금 방을 빠져나와 로비로 갔다.

다리를 쭉 뻗고 숨을 돌리고 있을 때였다. 휠체어에 타고 있던 한 소녀의 말소리가 들렸다. 나에게 하는 말 같기는 한데 나를 보고 있진 않았다. 혹시나 싶어 되물었다.

“나한테 하는 말이에요?”
“…이…르미……머…아…….”

소녀는 다시 뭔가를 말하고 싶어 했다. 분명히 나에게 하는 말이었다. 웅얼거림이 심해서 몇 번이고 되물은 뒤에야 알아들을 수 있었다. 소녀가 하고 싶어 했던 말은 ‘이름이 뭐니?’ 라는 짧은 질문이었다.

“내 이름은 보경이에요.”
“내……이르므…………수…저이…야.”

내 이름을 말하자 소녀도 내게 자신의 이름을 가르쳐 주었다. 그 소녀의 이름은 수정이. 수정이는 자신과 나이가 비슷해 보이는 나에 대해 궁금한 것 같았다. 그래서 이번엔 내가 먼저 12살이라고 이야기했다. 그러자 수정이는 동갑내기를 처음 만나보는 것이라며 흰 이를 내보이며 활짝 웃었다. 수정이도 12살이었던 것이다.

이름과 나이를 얘기하고 나자 무슨 말을 꺼내야 할지 몰라 조용해졌는데, 그 잠깐의 적막을 수정이가 깨트려주었다. 학교에서는 뭘 배우냐고. 막상 그렇게 물어오니 어떻게 답해야 할지 곤란했다. 이것저것 생각하고 있었는데 수정이가 더하기 빼기를 배웠냐고 물어왔다. 더하기 빼기는 초등학교에 입학하자마자 배웠다고 말하려고 하는데 수정이가 다시 생긋 웃으며 말했다. 자신이 얼마전에 더하기 빼기를 배웠다고. 고등학생 언니들이 온 적이 있었는데 책도 갖다주고 공부도 가르쳐줬다며 정말 예쁘게 웃었다. 그 얼굴을 보고 있자니 하려고 했던 말이 쏙 들어가 버렸다.

처음엔 잘 알아듣지 못했던 수정이의 말도 한 번에 알아들을 수 있을 정도의 시간이 흘렀다. 이제 슬슬 재미있어지려고 하는 순간이었는데 어른들께서 집에 가자고 우리를 부르셨다. 잠깐이지만 정이 들어버려서 수정이의 손을 꼭 잡고 말했다.

"수정아 다음 달에 또 올게. 꼭 올 테니까 그때까지 건강하게 잘 지내고 있어. 안녕"

"…으…응……."

수정이는 내가 시야에서 사라질 때까지 작은 손을 흔들어 주었다.

그곳에서 나올 때 쯤 들은 얘기지만 수정이는 7살 지능에서 멈추어 있다고 했다. 나이는 한 살씩 많아지겠지만 평생 7살 꼬마의 생각을 가지고 살아갈 것이라는 이야기를 들었다. 그제야 수정이가 덧셈뺄셈을 얼마전에 배웠다는 게 이해가 갔다. 내가 입학해서 덧셈뺄셈을 배울 때도 7살이었으니까. 괜히 안타깝고 미안한 마음이 들어서 다음 달에도 꼭 와야겠다고 생각했다.

하지만 얼마 지나지 않아서 그 생각은 조금씩 지워지기 시작했다. 수정이와 헤어진 후 첫 번째 주말을 보내고, 네 번째 주말을 보내기까지 봉사활동에 관한 기억은 사라졌다. 봉사활동을 갈까 고민하다가 차를 타고 멀리 가는 것도 귀찮고, 친구랑 놀고 싶기도 했다. 그래서 이 핑계 저 핑계를 대며 봉사활동에 빠지고 집에서 뒹굴거리며 시간을 보냈다.

저녁시간이 조금 지나자 어머니께서 집에 오셨다. 봉사활동을 다녀오신 어머니는 조금 지쳐보였다. 간단히 저녁식사를 한 뒤에 어머니께서 나를 부르셨다.

"딸아. 혹시 저번에 봉사활동 갔을 때 거기 있는 아이랑 약속 같은 거 했어?"

"아이라고? 아, 수정이 말하는 거구나. 그런데 무슨 약속?"

"그 아이 말 들어보니까 다음에 다시 오겠다고 약속하고 갔다던데?"

"맞다! 다음 달에 꼭 다시 오겠다고 약속했었는데 깜빡하고 있었네! 어떡하지?"

나는 정말 수정이와의 약속을 까맣게 잊고 있었다. 한 달간 사람도 잊고 지냈는데 그 사람과 한 약속을 기억하는 것도 이상한 일이다. 순식간에 미안함이 몰려들었다.

"어떡하긴 뭘 어떡해. 다음에 가서 미안하다고 사과해야지."

"그래야겠네. 그런데 엄마, 그 약속을 수정이가 기억하고 있었단 말이야?"

"당연하지. 너 그곳 사람들이 얼마나 기억력이 좋은지 알아? 우리보다 조금 늦고, 혹은 멈추어진 사람들이라고 해서 아무것도 모를 줄 알아? 그 반대야. 일반인들보다 훨씬 많은 걸 기억해."

"정말? 진짜야 엄마?"

"그럼. 특히 우리가 간 곳에 있는 분들은 가족에게서 버림받은 사람들도 많이 있어. 그래서 그런지 몰라도 사람을 잘 잊지 않고 기억하고 있더라."

　나도 모르는 사이에 그들에 대한 편견이 생겨버린 것이다. 나와는 다른 사람이라는, 나보다는 조금 부족한 사람이라는 그런 나쁜 마음이 내 안에 자리 잡혔던 것이다. '너는 나쁜 아이야. 너는 정말로 못됐어!' 하는 말소리가 내 양쪽 귀를 찌르는 것 같았다. 초등학교 꼬마와 같은 그 아이가 날 기억하지 못할 것이고, 약속도 잊고 있을 것이라고 내 기준에 맞춰 내 스스로 판단하고 결정 내렸다. 이 못돼먹은 아이는.

　"엄마도 처음에 많이 놀랐어. 거기에 두 번 정도 갔었나? 우리 딸보다 조금 나이가 있어 보이는 한 아가씨가 엄마한테 오더라고. 그래서 그냥 손을 잡아 줬지. 그런데 그 아가씨가 엄마한테 사진을 한 장 줄 수 있겠냐고 부탁을 하더라. 그래서 왜 필요한지 물었더니 그 아가씨 엄마하고 내가 많이 닮아서 사진을 갖고 싶다고 말하더라고."

　"그래서 엄마 사진 가져다 줬어?"

　"아니. 아가씨의 이야기를 다 듣고 나니 가져다 줄 수가 없었어. 그 아가씨가 어렸을 적 어느 깜깜한 밤, 부모님이 자신의 손을 뒤로 돌려서 두꺼운 밧줄로 묶었대. 그리고 깊은 산에 데려가더래. 꽤 많이 걷고 나서 자신을 큰 나무 밑에 앉힌 뒤 잠시만 기다리라고 하고서는 부모님이 사라져 버렸대. 한참을 그곳에서 기다렸는데 다시 나타나지 않았다고 하더라."

　"왜? 왜 안 왔지? 길을 잃어버린 게 아닐까?"

　"엄마 생각엔 말이야. 아이를 버린 것 같아. 그 사람들도 정상적인 아이보다는 키우기가 힘들어서 그랬겠지. 아가씨말로는 며칠을 기다린 것 같대. 그러다가 사람들의 도움을 받아 시설로 오게 된 거지."

　"거짓말. 어떻게 부모가 자기 딸이랑 그렇게 헤어지려고 해?"

　"엄마도 너무 기가 막혀서 봉사활동을 오래 하신 분께 여쭈어 봤어. 그런데 그런 일이 아주 많대. 더 이상한 건 가족에게서 버림받은 그 사람들이 자신의 부모를 미워하지 않는다는 거야. 오히려 더 보고 싶어 한대. 엄마도 전문적이고 뭐 그런 건 잘 모르는데 한 가지 확실한 건 사람을 잘 기억한다는 거야. 소중히 여겼던 사람과 헤어진 적이 있어서 그런지 사람에 대한 애착이 좀 강한 것 같아."

"그렇구나. 그럼 그 언니한테 사진 한 장 가져다 주면 안 돼?"

"못 하겠더라. 사진 주면 그 아가씨 그거 보면서 평생 자기 엄마를 그리워 할 거 잖아. 다시 못 만날지도 모르는데 평생 아픈 기억 간직하는 거 너무 고통스러운 일이잖아."

"그래도 그 언니한테 자신을 버린 엄마도 소중하니까 계속 기억하는 거 아닐까?"

"그래. 그럴지도 모르지. 대신 엄마는 매달 안 빠지고 무슨 일이 있어도 가잖아. 너도 수정이랑 약속했으면 꼭 지켜야지. 그렇지? 우리 딸."

어머니께서는 다음부턴 절대 빠지지 말라는 뜻을 그 언니의 이야기로 돌려 말하신 것이다. 조금만 기다리라고 말해놓고 다시 오지 않은 그 언니의 부모와, 꼭 오겠다고 약속해 놓고 나타나지 않은 나. 그 죄의 무게는 어느 정도 다를지 모르나, 어쨌거나 사람이 사람에게 주는 상처라는 것은 똑같은 것이다. 그들은 약속을 잊지 않는다. 머릿속에 저장해 두고 매일 꺼내보며 그 약속을 더 확실히 기억한다. 한 번 약속하고 한 번 기억하는 나와, 한 번 약속하고 수십 번을 기억하는 그들. 누가 더 현명하고 바람직한 사람일까.

그 후 어머니의 말씀을 가슴에 새겨 매일 수정이를 기억하고, 수정이를 위해 기도하려고 노력했다. 나름대로 많이 깨닫고, 많이 반성한 한 달이 지나고 그곳으로 가는 날, 심장이 쿵쿵 뛰었다. 수정이를 만나면 무슨 말을 해야 할까. 혹시 나에게 화가 나 있으면 어쩌나. 갖가지 생각을 하다 보니 금방 도착했고 저번보다 훨씬 조심스런 마음을 먹고 건물 안으로 들어갔다.

그런데 이게 무슨 일? 수정이가 로비까지 나와서 나를 기다리고 있는 게 아닌가. 수정이의 얼굴이 보이자마자 나는 그쪽으로 달려갔다. 휠체어 앞에 무릎으로 앉아서 수정이와 눈높이를 같게 했다. 휠체어 손잡이를 잡은 내 손 위로 희고 가느다란 수정이의 손이 겹쳐졌다. 그리고 수정이는 조금의 원망도 없다는 눈빛으로 내 눈을 마주쳐왔다.

"왜…… 안…와써……? 오겠다고."
"미안해. 미안해 수정아. 내가 정말로 미안해."

수정인 왜 저번엔 오지 않았냐고, 오겠다고 해놓고는 왜 오지 않은 거냐고 묻고 싶은 거였다. 나는 수정이의 말이 채 끝나기도 전에 미안하다고 해버렸다. 그 아이 입에서 무슨 말이 나올지 너무나 잘 알아서 무작정 미안하다고 먼저 말해버렸다.

너와의 약속을 잊어서 못 왔다고 하면 내가 먼저 눈물이 날 것 같아서 많이 아팠다고 거짓말을 했다. 너무 많이 아파서 못 왔다는 그럴싸한 거짓말을 했다.

수정이의 손을 잡고 미안하다는 말만 수십 번을 한 것 같다. 목욕봉사는 뒷전이었고 그 곳에 있는 내내 그 아이와 한시도 떨어지지 않았다. 수정이가 궁금해 하는 것, 수정이가 갖고 싶은 것들 중 내가 할 수 있는 게 있다면 무엇이든 해주고 싶었다. 하지만 수정인 뭔가를 바라지 않았다. 그냥 이야기를 나눌 상대가 있다는 것이 좋다고 했다.

어른들이 가실 준비를 하는 것을 보고 나도 수정이에게 인사를 건넸다. 다시 오겠다는 말은 하지 않고 잘 지내라는 말만 했다. 하지만 이번엔 수정이가 나를 그냥 보내지 않았다. 가까이 있는 달력 쪽으로 나를 데려 가더니 손가락으로 가리켰다.

"응? 달력이 왜?"
"어언…제…… 와?"

아, 멀리서 날아오는 돌멩이에 가슴을 맞은 것 같았다. 그 어느 때보다 가슴이 아파오는 것을 느꼈다. 수정이는 내가 지난번 약속을 어기고 오지 않은 것처럼 다음에도 그럴까 봐 걱정이 되었던 것이다. 그래서 달력에 언제 올 건지 짚어보라는 것인데 순간 고민이 되었다. 어머니가 하신 말씀이 떠올랐기 때문이다.

'절대 언제 오겠다거나, 다음에 또 오겠다거나 하는 약속을 해선 안 돼. 저번에 너 오지 않았을 때 그곳에서 일하는 분이 엄마한테 말하더라. 수정이가 매일같이 너 언제 오냐고 묻더래. 매일 아침마다 몇 밤 더 자면 보경이가 오는지 물어 본 거야. 수정이가 매일같이 기다리던 날이 왔는데 너는 오지 않았던 거지. 한 달 동안 기다렸는데 네가 오지 않아서 수정이는 얼마나 상처받았겠어. 네가 앞으로 꼬박꼬박 올 자신이 있어도 사람에겐 무슨 일이 생길지 모르는 거야. 그러니 엄마가 하는 말 명심하고 있어야 해.'

하지만 나를 보고 있는 그 눈동자에게 실망감을 주고 싶지 않았다. 달력 한 장을 넘기고 정확한 날짜를 손가락으로 가리켜주니 그제야 수정이가 생긋 웃으며 나에게 잘 가라는 인사를 건네주었다.

집으로 돌아오는 버스 안. 참 많은 생각이 머리 위를 스쳐갔다. 바람이 세게 부는 날 구름도 뭉쳐서 이동하듯 내 머릿속이 꼭 그날 같았다. 하지만 그 복잡하게 얽힌 생각에서 벗어나게 하는 것이 있었다. 내가 필요한 존재라는 사실. 그것이 바로 내 심장에서 울리고 있었다.

수정이에겐 내가 필요한 사람이었던 것이다. 내가 다른 사람에게 도움이 되는 그런 사람이었다니. 태어나서 처음으로 내가 필요한 존재라는 것을 깨닫게 되었다.

집에 돌아와서도 한참을 그 생각에서 벗어 날 수가 없었다. 그래서 날 특별한 사람으로 만들어준 그들을 위해 어떤 일을 찾을 수 있을까, 더 나아가 어떻게 하면 나를 필요로 하는 곳에 내가 쓰여질 수 있을까 고민하기 시작했다.

책도 펼쳐보고, 인터넷도 뒤져보고 이것저것 조사를 하던 중 무언가가 내 눈에 띄었다. 그것이 바로 지금의 꿈인 특수학교 교사이다. 그때부터 나는 특수학교 교사의 꿈을 키워오기 시작했다. 친구, 도우미, 이야기를 들어주는 사람에서 조금 더 나아가 그들에게 무언가 도움이 될 만한 것을 알려주는 사람. 그런 사람이 되겠다는 희망을 가슴에 싹틔우며 나는 조금씩 자라고 있었다.

＊＊

특수학교 교사가 되겠다고 결심한 지 일 년 정도가 지났을 때였다. 지인을 통해 특수학교에서 학생들을 가르치고 계신 한 선생님을 만났다. 그분을 만나서 특수

학교 교사라는 꿈을 가지게 된 이유에 대해 말씀드리니 선생님께서도 한 가지 이
야기를 해주셨다.

　"나도 보경이 학생과 비슷한 경험을 한 적이 있어요. 내가 특수학교에 온 지 얼
마 안 되었을 때 이야기죠. 우리 학교 학생과 학교 근처의 가게 앞에서 만나기로
한 적이 있었어요. 혹시나 그 학생이 나와의 약속을 잊을까 싶어 그날도 몇 번이
고 당부를 했었죠. 약속시간이 다 되어서 나가려고 준비를 하는데 갑자기 학교에
처리해야 할 일이 생겼어요. 그리고 밖엔 빗방울이 하나씩 떨어지기 시작했지요.
우선 급한 대로 학교일을 최대한 빨리 정리했어요. 그리고 밖으로 나오니 가늘던
빗줄기가 어느새 꽤 굵어져 있더군요. 설마 비를 맞았겠나 싶었어요. 한 10분 정
도 늦었는데 그동안 가게 안이나 비를 피할 수 있는 곳에 있을 거라고 생각했지
요. 우산을 펴들고 열심히 뛰어 갔는데 멀리서 어떤 사람이 내리는 비를 다 맞고
있지 않겠어요?
　"혹시 그 사람이 선생님 학생이었나요?"
　"네. 깜짝 놀랐지요. 말 그대로 헐레벌떡 뛰어갔어요. 그리고 건물 안으로 데리
고 들어갔지요. 우선 미안하다고 사과를 했어요. 머리에서 흐르고 있는 물기도 닦
아 주었죠. 감기에 걸리면 어쩌나 싶어 걱정이 밀려오더군요."
　"그런데 왜 비를 피하지 않고 그곳에 서 있었을까요?"
　"나도 그게 궁금했어요. 그래서 물어봤지요. 어디 따뜻한 곳에 들어가 있지 왜
그 곳에 있었냐고 말이에요. 그러니까 우리 학생이 이렇게 대답 했어요. '선생님
이랑 가게 앞에서 만나기로 했잖아요. 가게 안이 아니라 분명히 가게 앞에서 만나
는 거였잖아요. 그래서 그랬어요.' 라고 말이에요."
　"가게 앞에서 보기로 한 건 사실이네요."
　"맞아요. 그래서 나도 아무 말 못 했답니다. 그 학생에게 많은 걸 배웠지요. 그
뒤부터 정말 좋은 선생님이 되고 싶어서 많이 노력했어요. 지금 특수학교 교사라
는 직업을 꿈꾸고 있는 보경이 학생도 큰 동기가 있으니 잘 할 수 있을 것이라고
생각해요."

선생님과의 만남 후 나는 더 확신이 생겼다. 내가 가고 싶은 길은 전혀 새로운 길이 아니었기 때문이다.

가게 앞에서 보기로 했기 때문에 많은 비가 쏟아져도 가게 안으로 들어가지 않은 그 학생. 그 학생을 위해 훌륭한 교사가 되겠다고 다짐하게 된 선생님.

그 두 사람은 남들과는 조금 다른, 아니 다르다고 하기보단 특별한 길을 걸어가고 있었다. 나도 세상이 이상한 눈길로 쳐다본다고 해도 꿋꿋이 한 길을 바라보는 그 두 사람처럼 살아가고 싶었다.

＊＊＊

절대 변하지 않을 것만 같던 나의 꿈도 조금씩 흔들리기 시작했다. 초등학생의 꿈을 고등학생이라는 큰 장벽이 막아버린 것이다. 남들은 성장할수록 꿈이 확고해진다는데 나는 꿈이 불투명해지고 있었다.

고2라는 애매한 시기가 찾아왔기 때문일까. 고1만큼은 맘이 편하지 않고, 고3만큼은 힘겹지 않는 그런 시기인 고2. 특수학교 교사라는 꿈을 가지고 살아가던 내가 '그냥 성적에 맞춰서 대충 대학을 가고, 성적에 맞춰서 대충 취업을 하면 안 되나' 하는 생각에 빠져들게 되었다.

누군가 '네 꿈은 뭐니?' 라고 물으면 '저는 특수학교 교사가 되고 싶어요.' 라고 말했지만 자신은 없었다. 주위의 친구들이 아나운서, 외교관, PD 등 자신만의 꿈을 키워 갈 때, 나는 '이게 정말 내가 원하던 것일까' 하는 의문이 들었다.

다시 나를 자극해 줄 무언가가 필요했다. 그래서 여름방학을 맞아서 봉사활동을 가기로 했다. 내 꿈을 만들어준 봉사활동. 이번에도 내 꿈을 지켜 줄 것이라는 믿음이 있었기 때문이다. 여름이 시작되려고 준비하는 시기. 매미가 시끄럽게 우는 시기. 그럼에도 불구하고 모두들 머리 싸매고 공부하는 그 시기에 나는 꿈을 찾고 있었다. 나를 지탱해 줄 꿈이 필요했다. 그런 나에게 봉사활동은 꿈을 세우기 위한 마지막 노력이었다. 이번엔 초등학교 때 갔던 그 시설이 아닌 다른 곳에 자원봉사 신청을 했다. 그곳도 지적장애인들을 위한 시설이고, 목욕봉사를 할 사람을 찾기에 자신 있게 지원을 했다. 목욕봉사야 누워서 떡먹기지.

인터넷에서 뽑은 약도 한 장을 들고 그곳을 찾아갔다. 문을 열자 가장 먼저 보이는 것은 어지럽게 흩어진 슬리퍼들이었다. 신발을 벗고 실내로 들어가자 사람들이 커다란 거울 앞에 줄을 서 있는 모습을 볼 수 있었다. 춤 연습을 하는 것 같았다. 그곳의 선생님께서는 동작이 잘 되지 않는 사람들 옆에서 도와달라는 부탁을 하셨다.

노래를 틀자 모두들 선생님을 따라 춤을 추기 시작했다. 앞줄에 있는 사람들은 잘 따라하는데 뒷줄에 있는 사람들은 잘 안보여서 그런지 뒤쳐지는 느낌이 들었다. 그래서 제일 뒷줄에서 한 박자씩 늦게 따라가시는 한 분 옆에서 손을 잡고 도와드렸다. 노래는 몇 번이고 반복되었고, 춤을 배우는 사람들도 지친 표정이 역력했다. 날씨는 덥고, 작은 방 안에서 여러 명이 움직이니 더 후끈거리고. 나도 슬슬 지쳐가고 있었다. 선생님이 눈치를 채셨는지 30분만 쉬자고 말씀하셨다.

모두들 쉬러 가는데 거울 앞에 계속 서 있는 한 사람이 있었다. 아까 전부터 선생님이 춤을 잘 춘다고 칭찬을 하던 보라라는 아이였다. 보라에게 다가가서 말했다.

"네가 여기서 춤을 제일 잘 추는 것 같아."

보라는 칭찬을 들은 것이 부끄러웠는지 얼굴이 빨개졌다. 그 모습이 귀여워보였다. 오른손을 내밀었다. 왜 그랬는지를 모르겠다. 손을 내밀면 잡아 줄 것 같아서 그랬나? 하지만 보라는 내 손을 잡아주지 않았다. 대신 한참동안 내 손만 보고 있던 고개를 들어 눈을 마주쳤다. 빨개진 얼굴과 새까만 눈동자가 정말 귀여워서 저절로 미소가 지어졌다. 보라를 향해 이를 살짝 내 보이고 웃어주자 보라는 하하 소리를 내며 크게 웃었다. 그리고는 갑자기 내 품에 안겨들었다. 칭찬 한 마디에 세상을 다 가진 듯 크게 웃고, 나를 꼭 안아주는 보라. 그 아이의 깨끗함과 순수함이 부러웠다.

내가 마음에 들었는지 보라는 나를 끌어당겨 의자 밑에 앉혔다. 그리고 자신은 의자 위에 앉아 내 머리카락을 만지작거리기 시작했다. 머리를 풀고 있었는데 그게 답답해 보였나보다. 고무줄을 구해오더니 내 머리를 묶어주었다. 긴 머리를 묶는 게 신기했는지 여자아이들이 내 곁으로 하나둘 다가오기 시작했다.

그리고 내게 말도 걸어주었다. 그들이 하는 말을 알아듣지는 못했다. 중간중간 엄마, 추석, 돈 이런 단어가 들렸다. 아마 추석이 되면 엄마가 찾아오고 용돈도 준다는 그런 내용이지 싶었다. 다 알아 듣는 것처럼 고개도 끄덕이고, '그렇구나!' 하는 대꾸도 하며 쉬는 시간을 보냈다. 어느새 쉬는 시간은 끝나고 다시 춤 연습이 시작되었다. 그런데 소파 위에 가만히 앉아 있는 작은 아이가 있었다. 가까이 가보니 발목과 발이 일자로 연결되어 걷지 못하는 아이였다. 그래서 춤 연습을 못하고 가만히 앉아 있었던 것이다. 그 아이가 조그마한 손으로 내 팔을 잡아왔다.

"응? 뭐 필요한 거 있어?"

내게 뭘 달라고 하는 것 같았다. 검지손가락으로 가리키는데 그것이 뭔지 몰라서 아무것도 해 주지 못했다. 대신 옆에 있던 블록 쌓기 장난감을 꺼내서 같이 놀아주었다. 내가 만드는 대로 곧잘 따라 했다. 자신도 같이 춤 연습을 하고 싶은데 일어 설 수가 없어서 혼자 심심했나 보다.

점심시간이 되자 춤을 추던 사람들이 식당으로 달려 나갔다. 나와 함께 있던 다리가 불편한 아이를 위해 점심 식사를 받아서 방으로 왔다. 식탁에 앉힐 수도 없어서 그냥 바닥에 앉아 밥을 먹였다. 국에 밥을 말아 한 입씩 떠 넣어 주니 오물오물 잘 받아먹었다. 나물반찬을 주면 입을 꾹 다물고, 고기반찬을 주면 다시 입을 벌리는 게 아기구나 싶었다.

나는 점심시간이 한참 지나서야 밥을 먹을 수 있었다. 늦은 점심을 먹고 오니 다들 들뜬 분위기였다. 춤 연습을 했으니 이제 목욕 시키는 것을 도우면 되나 싶었는데, 아이들을 데리고 물놀이를 가기로 했다며 짐을 좀 챙겨달라고 하셨다. 보송보송한 수건도 챙기고, 튜브도 챙겼다. 모두 신이 나서 수영장에 가는 차에 탔다.

물놀이까지 함께하지는 않고 그 앞에서 그들을 배웅했다. 차가 떠나는 모습을 보고 나도 그곳에서 나왔다. 버스정류장까지 걸어가는데 몸 속에 따뜻하게 퍼지는 기분이 들었다. 마치 뜨거운 물에 커피를 한 스푼 넣으면 사르르 녹아내리듯이 내 안에서도 그런 일이 일어나고 있는 것 같았다.

아마 그것은 사랑일 것이다. 정말 오랜만에 진짜 사랑을 느꼈다. 삶에서 행복하고 기쁜 일은 많이 있다. 아무리 힘든 학교생활이라 해도 즐거운 일은 매일 생기기 마련이다. 하지만 내가 진심으로 행복한 순간은 '난 필요한 존재'라는 것을 깨닫는 바로 그 순간이다. 내가 미소를 지으면 호탕한 웃음소리로 답하고, 내가 손을 내밀면 포옹으로 답하는 그런 사랑. 내가 그런 사랑을 만들 수 있다는 사실에 나는 가슴이 뛴다.

역시 나는 특수학교 교사라는 일을 해야 할까보다. 내가 제일 행복한 순간이 거기서 온다면 그 일을 하는 것이 나를 위한 최고의 선택이 아닐까?

오지탐험가에서 월드비전의 긴급구호 팀장이 된 한비야씨는 자신이 그 일을 하는 이유가 행복하기 때문이라고 말했다.

많은 사람들이 자신을 헌신하는 삶을 사는 대단한 사람이라고 생각하는데, 긴급구호라는 일을 선택한 것은 막연한 봉사심 때문이 아니라 자신의 심장이 뛰기 때문이라는 것이다.

그 일은 자신의 심장을 뛰게 하기 때문에 아무리 힘들어도 견뎌 낼 수 있다고 했다.

나도 세상의 많은 일들 중에 자신이 행복한 일, 자신이 좋아하는 일을 찾는 게 중요하다고 생각한다.

여러분도 분명 자신만의 '어떤 행복'을 가지고 있으리라고 믿는다.

나는 확실히 내가 가장 행복한 순간을 발견했다.

이제 나의 행복을 향해 멈추지 않고 달려 나갈 것이다.

왜냐면, 그게 나를 행복하게 하니까.

세상에게 말하다

김신혜

세상에게 말하다

"김신혜 아나운서, 마지막 클로징 멘트 준비해주세요."

드디어 올 것이 왔다. 지금이 바로 그 순간이다.

'김신혜 아나운서'라는 이름으로의 마지막 9시 뉴스.

마지막. 마지막 멘트. 난 분명히 알고 있었다. 마지막이란, 언젠가는 반드시 받아들이고 맞이해야 한다는 걸. 그리고 그 순간이 나에게도 다가오고 있다는 걸. 하지만 나에게 다가올 그 순간은 왜 이렇게 빠르게만 느껴지는 걸까? 아직 마음의 준비가 덜 된 걸까? 나름대로 준비가 되었다고 생각했는데…….

"10초 전"

"5초 전"

"화면 넘어옵니다, 3. 2. 1. 큐!"

"네, 오늘 전해드릴 뉴스는 여기까지입니다. 음…… 처음 제가 이 자리에 앉아 여러분께 뉴스를 전해드린 때가 엊그제 같은데 어느새 마지막을 맞이하게 되었습니다. 저는 이 자리에서의 매일매일이 행복했고, 시청자 여러분과 함께했던 모든 순간들이 정말 소중했습니다. 지금까지 저의 부족한 진행에도 불구하고 너그러운 마음으로 시청해 주셔서 고맙습니다. 앞으로도 항상 시청자 여러분과 함께 하는, 사회에 보탬이 되는 김신혜가 되도록 노력하겠습니다. 이상 SHK뉴스."

마지막을 맺으려는데 어떤 뜨거운 감정이 내 목소리를 떨리게 한다. 눈물샘을 자극한다. '마지막'이라는 생각 때문일까? 아나운서를 하면서 어떠한 감정에도 꿋꿋하게 버텨내던 눈물샘이 한계에 다다랐나보다. 결국, 뜨거운 감정이 물방울이 되어 흐르기 시작한다. 동시에 내 머릿속에선 '아나운서'라는 네 글자와 관련된 추억들—아나운서가 되기까지의 과정들, 그 속의 많은 아픔과 노력들, 만족, 기쁨, 그리고 행복했던 순간들—이 파노라마처럼 스쳐 지나간다. 나는 어느새 추억이 되어버린 지난날들을 되돌아보며, 마지막을 맺기 위해 다시 입을 열었다.

"김신혜였습니다. 시청자 여러분, 고맙습니다."

끝났다. 이 한마디와 함께 나의 아나운서 인생에서의 마지막 뉴스가 막이 내렸다. 내 가슴엔 여러 꽃다발들이 안겨졌고, 위로의 말들이 이어졌다.

"김신혜 아나운서, 그동안 수고 많았어요!"

"선배님, 정말 수고하셨어요. 많이 서운하시죠?"

마지막으로 인한 아쉬움 때문일까? 나는 어떠한 위로의 말에도 그저 말없이 미소를 지으며 눈물을 닦았다. 그리고 이 순간을 내 눈 안에 가득 담기 위해서, 잊지 않기 위해서 스튜디오를 돌아봤다. 뉴스 진행을 하고부터 나의 첫사랑이 되어버린 스튜디오. 매일 매일의 흔적이 남아 있는, 추억이 가득한 이 곳. 내일부턴 내가 아닌 다른 여자 아나운서의 추억으로 채워질, 또 다른 누군가의 첫사랑이 될 이곳. 이제 나에겐 그리움의 장소로 추억 되는 걸까? 첫사랑의 마음 그대로 이곳에 들어오는 게 아직도 설레는 나인데, 아나운서로서 처음 이곳에 들어왔을 때의 기억이 아직도 선명한 나인데…….

"김신혜 아나운서~

복잡한 머릿속을 비집고 뇌에 어떤 소리가 감지되었다. 누군가가 날 부르는 소리였다. 아니, 그 소리는 '김신혜'가 아닌 '아나운서 김신혜'를 부르는 소리였다. 다른 날, 다른 곳에서 이 소릴 들었다면 아무렇지 않았을 것이다. 하지만 그 때의 그 곳에서 들었기에 이상하지 않을 수 없었다. 뉴스 진행을 한 이래로, 그 누구도 뉴스를 마친 나를 '아나운서'라는 호칭을 붙여서 부르지 않았으니까.(뉴스 업무가 있을 때는 예외다.) 그 때 느꼈다. '환청이구나!' 얼마나 머리가 복잡했으면 환청까지 들리는지. 그렇게 내 귀를 의심하고 있을 때, 다시 한 번 들려왔다.

"김신혜 아나운서~"

환청이라고 의심하기엔 너무나도 분명했다. 왜 날 부르는 걸까? 혹시 나에게 다시 뉴스 진행을 맡기려는 걸까? 실낱 같은 희망이 꿈틀거렸다. 하지만 내일이면 다른 여자 아나운서가 뉴스를 진행한다는 걸 전국민이 아는 이 상황에서 그럴 가능성은 없다는 걸 나는 알고 있었다. 결국 이 상황에서 내가 할 수 있는 일은 '소리가 나는 쪽으로 돌아보는 것' 뿐이었다. 고도의 청각을 동원해 소리가 나는 쪽으로 돌아봤을 때, 내 눈이 향한 그 곳엔 카메라 감독님들과 많은 스태프들이 분주하게 스튜디오를 정리하고 있었다. 그리고 그들 사이에 한 남자가 서 있었다. 날 불렀던 소리가 환청이 아님을 증명하려는 듯, 정장을 차려입고 카메라와 펜, 수첩을 들고 서있었다. 날 바라보는 그의 눈과 내 눈이 마주쳤을 때, 그의 입에서 뜬금없는 말이 흘러나와 내 고막을 울렸다.

"김신혜 아나운서 축하드려요~"

축하? 오늘의 김신혜는 누가 봐도 위로를 받아야 하는데 무슨 축하? 그의 말에 적잖게 당황한 나는 그 자리에 멍하니 서 있었다. 그는 내 반응을 보더니 자신이 원하던 것이 아니라는 듯 같은 말을 천천히, 또박또박, 한 번 더 반복하였다.

"김신혜 아나운서, 축.하.드.려.요."

마지막 뉴스를 마치고, 슬프고 서운한 마음이 가득한 나였다. 그런데 지금 내 눈 앞에는 나에게 위로가 아닌 축하를 해주는 사람이 서있다. 문득 이 상황이 꿈은 아닌지 눈을 비벼 보았다. 혹시 잘못 들은 게 아닌지, 정말 환청은 아닌지 내 귀도 의심해 보았다. 볼을 꼬집어도 보았다. '악!' 아프다. 정말 아프다. 그럼 이 상황은 현실이란 말인데…… 의아해 하며 아린 볼을 문지르고 있을 때, 그 남자가 다가왔다.

"김신혜 아나운서, 안녕하세요? 김신혜 아나운서가 청소년들이 뽑은 닮고 싶은 최고의 아나운서로 선정되셨어요. 정말 축하드려요."

아린 것도 잠시, 그 남자의 입에서 나온 말을 듣고 웃어버렸다. 나도 어쩔 수 없는 인간이라는 걸 확인했기 때문에. 마지막이란 사실 때문에 서운했던 마음이 어느새 최고라는 단어 앞에서 기쁨과 행복으로 채워져 버렸으니까. 그런데 궁금한 게 생겼다. 나에게 축하한다고 하는 이 사람은 누구인가?

"그런데, 누구세요?"

"아, 아직 제 소개를 안했네요. 전 JJ 신문사 규기자라고 합니다."

"아~ 안녕하세요? 반갑습니다."

"뵙게 되서 영광입니다. 우선 청소년들이 뽑은 닮고 싶은 최고의 아나운서로 선정되신 것 진심으로 축하드립니다!"

이 말을 처음 들은 아까부터 내 가슴 한켠에서는 뿌듯하고 행복한 마음이 자리를 잡고 자신의 세력을 넓혀가고 있다. 아나운서라는 꿈을 가지고 학창시절을 보내고 그토록 하고 싶었던 아나운서를 하면서, 그 속에서 박혔던 마음 속 깊은 상처가 아무는 느낌이랄까? 그 남자가 건네준 축하의 한마디는 아나운서로 살아온 지난 세월이 헛되지 않았다는 걸 증명해 주고 있었다.

"김신혜 아나운서, JJ특집 '내 인생의 한 컷'에 인터뷰 기사를 써야 하는데, 인터뷰를 부탁해도 될까요?"

"네? 인터뷰요?"

그의 부탁에 잠시 고민에 빠졌다. 최고의 아나운서, 닮고 싶은 아나운서라. 내가 과연 이런 말을 들을 자격이 있는 아나운서인지 의구심이 들었다. 아직 최고라는 말을 듣기엔 내 자신이 너무나도 부족함을 알기에 더더욱. 하지만 꿈을 키워 나갈 청소년들이 닮고 싶어 한다니, 그들에게 내 이야기가 조금이나마 꿈과 희망이 될 수 있을지도 모른다는 생각에 인터뷰에 응하기로 했다.

우리는 인터뷰를 위해 방송국 근처의 조용한 카페로 자리를 옮겼다. 그 곳엔 손님이 별로 없었고, 잔잔한 음악만 흘러나오고 있었다. 평온한 분위기에 자연스레 미소가 번졌다. 나는 카페의 가장 안쪽, 창가자리로 그를 안내했다. 그 자리는 단골인 나에게 지정석이나 다름없었다. 자리에 앉자마자 나의 오랜 습관이 배어 나왔다. '창 밖으로 높은 하늘 바라보기.' 내 눈에 한아름 담긴 그 날의 하늘에서는 함박눈이 내리고 있었다. 하얀 눈송이들이 내 마음으로 들어와 폭신하게 쌓였다. 마치 그동안 수고 많았다고 따뜻하게 위로를 해주는 듯했다. 함박눈의 위로에 미소 짓고 있을 때, 주문한 커피가 나왔다. 그는 커피를 한 모금 마시고 입을 열었다.

"제가 아나운서를 직접 만난 게 이번이 처음인데, 김신혜 아나운서를 만나게 되어 정말 영광입니다."

"이런 인터뷰를 하게 된 제가 더 영광이죠. 고맙습니다."

"음, 그럼 몸도 녹일 겸 간단한 인터뷰 먼저 할게요."

그는 수첩과 펜을 꺼내 탁자 위에 올리고는 말을 이었다.

"방금 마지막 뉴스를 마치신 느낌이 어떠세요?"

"음, 지금은 괜찮아졌는데, 조금 전까지만 해도 머리가 복잡했어요. 이 마지막이란 순간이 곧 올 거라고 예상은 했지만 막상 마지막 뉴스를 하고 나니까 서운했나 봐요. 데스크에도 정이 들었는지……."

"매일 드나드는 곳이니 정이 들었을 법도 하네요. 그런데, 어떻게 보면 이제 뉴스 진행을 못하게 되신 건데 아쉽지 않으세요?"

"아쉬움이요? 사실, 앞으로 뉴스를 못한다는 아쉬움보다는 '좀 더 열심히 할 걸' 하는 아쉬움이 있어요."

"좀 더 구체적으로 말씀해 주시겠어요?"

"그러니까, 매 뉴스마다 좀 더 많이 준비하고 노력했으면, 마지막이더라도 아쉬움이 덜 했을 거란 생각이 들어요. 음, 무슨 일이든 그런 거 같아요. 처음 시작할 때 '열심히 해야지' 하면서도 시간이 지날수록 조금씩 그 다짐들을 잊어버리잖아요. 그리고 마지막 순간이 오면 어김없이 좀 더 열심히 하지 않은 것에 대한 후회를 하죠. 지금 후회를 하고 있는 제 자신이 부끄럽기도 하지만, 이것을 교훈 삼아 뉴스가 아닌 다른 방송 진행에선 후회할 행동을 하지 않아야겠다는 또 하나의 다짐을 하게 됐어요."

"그렇군요. 그럼, 청소년들이 뽑은 닮고 싶은 최고의 아나운서로 선정되신 소감은 어떠세요?"

"솔직히 최고라는 말은 저에게 과분하고 어색하기 짝이 없는 말이에요. 그런 말을 듣기엔 제가 많이 부족하니까요. 그런데 최고라는 말에 흐뭇하긴 하네요. 1등이 아닌데 1등인 것처럼 이야기하고 칭찬해 주면 기분이 좋은 것처럼요. 왠지 마지막이란 상황에 대한 서운한 마음을 위로해 주는 선물 같다는 느낌이 들어요. 그러니까 꿈을 키워 나갈 청소년들에게 마지막까지 희망을 줄 수 있도록 더 노력하라는 뜻으로 받아들이고 앞으로 무슨 일을 하든지 최선을 다해야겠어요."

내가 말하는 동안, 그는 앞으로 있을 나와의 이야기가 점점 흥미로울 것이라고 느끼는 듯한 눈빛이었다. 그것은 처음 보는 그에게 닫혀 있던 내 마음 문을 열게 하기에 충분했다.

"마지막까지 겸손하신 모습, 귀감이 되네요. 그럼 본격적으로 청소년들이 궁금해 하는 몇 가지 질문으로 인터뷰를 할게요. 청소년들이 선정한 질문이라 꿈과 관련된 질문이 많아요. 먼저, 김신혜 아나운서는 언제, 어떻게 아나운서라는 꿈을 가지게 되셨나요?"

"제가 처음 아나운서의 꿈을 가지게 된 건요."

『내가 초등학교 1학년 때.

매주 월요일, 목요일이 되면 나는 엄마를 재촉했다.

"엄마~ 빨리 가자! 늦겠어~ 빨리 빨리!"

그렇게 엄마 손을 잡고 향한 곳은 대구 KCG 방송국. 나는 그곳에서 초등학생들을 위한 MC교실의 학생이었다. 그곳에서의 나는 부끄러움이 없는, 말 그대로 적극적인 아이였다. 초등학교에 갓 들어온 1학년인 나는 언니 오빠들이 가득한 교실에서, 앞에 나가 발표를 하고 MC인 양 똑 부러지게 말을 하는, 가장 어리면서도 가장 똑똑한 꼬마였던 것이다.

그 때부터 내 안에 있는 아나운서의 자질이 드러나기 시작했던 걸까?

몇 년이 흘렀다.

내 나이 13살. 초등학교 6학년 때이다. 무더운 여름이 계속되어 지쳐가던 8월, 가을이 왔다고 착각할 정도의 시원한 바람이 산들산들 불어오는 날이었다. PM 9:00.
여느 때와 다름없이 TV에선 뉴스가 시작됨을 알리는 소리가 나오고 있었다.

"study eat sleep aniphone이 9시를 알려드립니다. 뚜. 뚜. 뚜. 뚜.(9시를 향한 초
침의 움직임)"

"시청자 여러분, 안녕하십니까? 8월 22일 토요일 KCG뉴스입니다."

틀림없이 같은 뉴스, 같은 아나운서였다. 하지만 그 날의 아나운서는 나에게 왠
지 모를 특별함으로 다가왔다. 그리고 세 글자가 내 머릿속을 스쳐 지나갔다.

'멋. 있. 다.'

내 눈은 그 아나운서에게 한동안 고정되었다. 그리고 문득 어떤 생각이 들어,
설거지를 하고 있는 엄마에게 달려가서 말했다.

"엄마! 나 정말 하고 싶은 꿈이 생겼어."

"꿈? 무슨 꿈이 생겼는데?"

"아나운서 하고 싶어. 너무 멋있는 거 같아. 홀딱 반해버렸어."

"아나운서? 어쩌다 그런 꿈을 가지게 됐어? 그냥 멋있어서?"

엄마는 날 보지도 않고 설거지를 하시며 말씀하셨다. 왠지 달갑지 않다는 눈치

초등학교 4학년, 글쓰기 대회에 나갔을 때의 모습이 보도된 신문스크랩 – 맨 왼쪽 아이

셨다. 하지만 난 웃음을 잃지 않고 자신 있게 말했다.

"멋있어서 하고 싶은 것도 맞아. 그런데 나 예전부터 글쓰기나 발표 잘한다고 사람들한테 칭찬 많이 들었잖아. 초등학교 1학년 때, MC교실 했을 때도 그렇고, 그리고 4학년 때 글쓰기 대회 나갔을 때, 신문에도 나왔고. 또 몇 달 전에 공원에 놀러갔을 때는, 뉴스에도 나왔잖아."

엄마는 여전히 날 보지 않으셨다. 그리고는 매정하게 말씀하셨다.

"그랬지, 그런데 그 일들이 아나운서가 되는 거랑 무슨 관계가 있다는 거야?"

엄마의 매정한 질문에 당황했지만 난 주눅 들지 않고 끝까지 웃으면서 말했다.

"이때까진 그냥 기분 좋고 자랑스러운 것뿐인 줄 알았는데, 저기 뉴스 하는 아나운서를 보면서 생각해 보니까, 뭔가 그 일들이 아나운서라는 직업이랑 조금씩 연관이 있는 것 같아. 내가 아나운서가 될 거라고 알려주는 것처럼. 뭔가 아나운서가 내 운명적인 미래의 직업일 것 같은 느낌이야."

내가 말하는 동안, 엄마는 하시던 설거지를 멈추시고 뭔가 망설이는 듯한 표정을 짓고 계셨다. 나에게 어떤 말을 해야 할지 말아야 할지 고민하시는 것처럼. 결국은 내가 아나운서가 되기를 원하시지 않는 것처럼 말이다. 결국 내 언짢은 마음이 퉁명스러운 말로 튀어나왔다.

"엄마, 왜? 내가 아나운서 하는 게 별로야?"

나의 퉁명스러운 질문에 엄마는 더 이상 안 되겠다는 듯 말씀하셨다.

"신혜야, 엄마는 네가 좀 더 신중하게 생각해서 다른 직업을 찾아보는 게 좋을 것 같다. 아나운서보다 너한테 더 잘 맞고, 또 네가 잘 할 수 있는 일들이 많잖아. 솔직히 엄마는 반대야."

난 너무 슬펐다. 나에겐 가장 가깝고 든든했던 엄마가 이런 말씀을 하실 거라곤 상상도 못했으니까. 엄마와 나는 침묵을 이어갔고 엄마는 다시 묵묵히 설거지를 하셨다. 그동안 나는 끊임없이 생각하고 또 생각했다.

'도대체 뭐가 문제인 거지? 엄마는 왜 내가 아나운서가 될 수 없다고 생각하시는 걸까? 도대체 뭐 때문에 엄마가 이런 말씀을 하시는 거지?'

그 때, 뭔가가 내 뇌리를 스쳐 지나갔다.

'설마…… 설마 그 이유 때문일까?'

문득 이 생각이 들자 내 눈 앞은 캄캄해졌다. 아무것도 보이지 않는 것처럼. 숨이 턱 막히는 듯했다. 계속되는 정적 속에 나는 조심스레 엄마에게 물었다.

"엄마…… 혹시 내 발 때문에 그래?"

엄마는 다시 설거지를 멈추셨다. 그리고 나는 싱크대로 떨어지는 엄마의 눈물을 보았다.

"신혜야, 미안해."

엄마의 눈물을 보고, 떨리는 목소리를 듣자 나도 어느새 눈시울이 붉어졌다.

"엄마가 왜 미안해? 엄마가 이렇게 낳고 싶어서 그런 거 아니잖아. 괜찮아, 엄마! 울지 마."

그랬다. 그게 문제였던 것이다. 태어날 때부터 달고 있었던 내 타이틀. '정상적이지 못하다는 것.' 사실 나는 정상적인 아이들과는 다르게 임신 8개월 반에 1.7kg 미숙아의 모습으로 세상의 빛을 보게 되었다. 뿐만 아니라 나에겐 선천적인 병이 있었다.

'선천성 만곡족(내반족[內反足, clubfoot] :발이 안쪽으로 휘는 병).'

나는 이 병으로 태어난 지 7일째 되는 날부터 인큐베이터 안에서 깁스를 하기 시작했다. 그리고 매주 목요일마다 깁스를 잘라내고 다시 하는 끔찍한 작업을 했고, 그 작업은 자그마치 1년 동안이나 계속되었다.

그럼에도 불구하고 내 발은 스스로 걸을 수 있을 만큼 좋아지진 않았다. 결국, 생후 16개월이 되면서 대수술을 해야 했다. 정상적인 친구들보다 짧은 내 아킬레스건을 늘이는 '아킬레스건 확장수술.' 미숙아라 너무 약했기 때문에 수술은 전신마취 하에 이뤄졌다. 만약 4~5시간 걸리는 대수술을 내가 잘 견뎌 주지 못한다면, 목숨까지도 잃을 수 있는 매우 위험한 상황이었다. 가족들과 주변사람들의 기도 덕분인지 다행히 수술은 성공적으로 끝이 났다. 하지만 정상적인 친구들과 완전히 똑같을 순 없었다. 그래서 수술 후에, 조금이라도 정상과 가까운 발 모양을 유지하기 위해 두 돌이 되어 스스로 걸을 수 있게 되기까지 반깁스를 했고, 어디를 가든 무릎으로 기어 다녀야 했다.(교회에 가면 아이들은 이러한 내 모습을 재미있어 하며 같은 모습

으로 내 뒤를 기어서 따라오곤 했다.) 게다가 매일 K대학병원 재활의학과를 다니며 물리
치료를 받아야 했기에 내 생활은 너무 아프고 힘든 하루하루의 연속이었다.

　어린 나이에 오랫동안 깁스를 하고 있었고, 그로 인해 지속된 스트레스로 발목
과 발은 정상적으로 자라지 못했다. 그래서 시간이 지나도 내 발은 작았고, 발목
은 가늘었다. (고등학교 2학년인 지금도 내 발 사이즈는 215mm이다.) 또한 작은 돌이나 턱
에도 쉽게 걸려서 넘어지고 다치기 일쑤였다. 혹시나 수술흉터 부위에 상처가 나
면 쉽게 아물지 않아서 고통의 나날을 보내야 했다. 이렇게 상처가 잘 아물지 않
는다는 점과 상처 나기 쉬운 수술 부위의 위치가 나의 아나운서의 길을 가로막았
던 것이다.
　엄마는 식탁에 멍하니 앉아 자신의 말을 듣고 있는 날 보시더니, 설거지를 멈추
고 나에게 다가오셨다.

　"신혜야, 넌 키가 작잖아. 그런데 단지 키만 작은 거라면 엄마가 이렇게 반대하
지 않았을 거야. 아나운서 하고 싶어 하는 사람들 중에 너처럼 키가 작은 사람이 많
으니까. 하지만 그 사람들은 굽 높은 구두를 신든지 해서 그 키를 보완할 수 있어."
　나는 내가 다르다는 사실에 오기가 생겨 엄마의 말을 가로챘다.
　"나도 굽 높은 구두 신으면 되잖아. 난 다른 사람보다 많이 작으니까 더 높은 구
두 신으면 되겠네."

수술을 하고 1년 후,
이제 혼자서도 서 있고,
걸을 수 있게 되었다.

항상 발목을 감싸고 있던 깁스를 풀고 오랜만에 보는 발을 보고 신기해 했다.(수술 전)

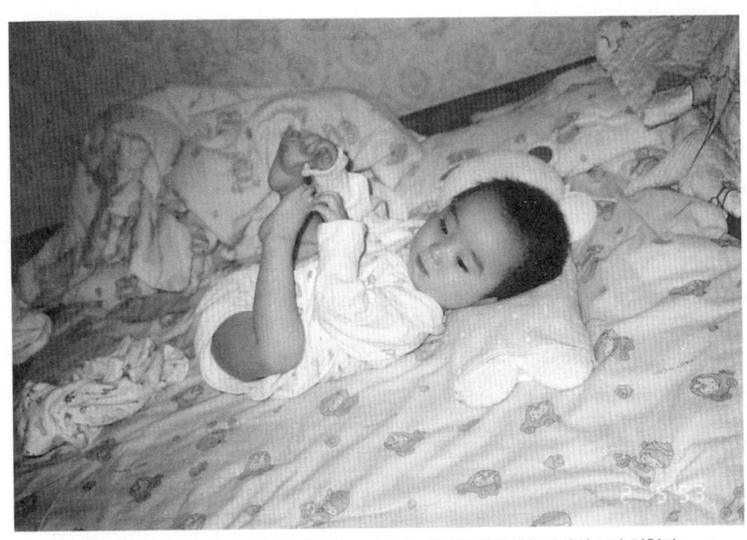

수술 전 내 발은 정상적인 친구들과는 다르게 다리와 발이 일(一)자의 모습이었다.

하지만 엄마는 아무리 오기를 부려도 진실을 바꿀 순 없다고, 사실을 부정할 수는 없는 거라고 말씀하셨다.

"너도 알다시피 넌 힘들잖아. 새 운동화만 신어도 상처가 나서 고생하는 걸 봐서는 굽 있는 구두도 잘 못 신을 거야. 만약에 네가 어른이 돼서 키가 작다는 이유로 아나운서 시험에서 떨어졌을 때, 네가 얼마나 실망을 하고, 사회의 모순에 대해 원망하고, 그리고 네 발로 인해서 엄마가 미안해 하고 속상해 할 거란 게 뻔히 보이는데 어떻게 그 길로 가라고 할 수 있겠니?"

엄마의 말을 듣고 난 아무 말도 할 수 없었다. 나도 두려웠으니까. 하지만 시간이 지나면 지날수록 아나운서에 대한 내 꿈은 더욱 커져만 갔다. 누군가가 다른 직업에 대해 이야기 할 때는 아무것도 들리지 않는 것처럼 꿈쩍 않던 내 귀가 '아나운서' 이야기만 나오면 쫑긋 세워지고 또 심장이 쿵쾅쿵쾅 뛰었으니까.

커지는 마음을 주체할 수 없어 계속 고민을 하던 어느 날, 큰 결심을 하고 엄마에게 다시 말했다.

"엄마~ 죄송해요."

"응? 뭐가?"

"엄마가 걱정하는 건 알겠는데... 나, 아나운서 꿈 못 버리겠어. 며칠 전부터 엄마 말 듣고 다른 꿈 찾아보려고, 아나운서 잊어보려고 노력해 봤는데, 다른 직업은 생각도 안 나고 아나운서 하고 싶은 마음만 자꾸 커져."

"……."

엄마는 아무 말씀이 없으셨다.

"엄마, 나 정말 잘 할 자신 있어! 해낼 자신 있어! 지켜봐~ 이런 나도 할 수 있다는 거 보여주고 싶어. 아나운서 시험 떨어지면 다시 또 도전하면 되잖아! 한 번 해볼래. 시도도 안 해보고 그냥 지금 포기하면 나중에 엄청 후회할 거 같아. 차라리 그 때 실패하더라도 아나운서 꿈 포기 안 할래. 아니, 포기 못하겠어."

묵묵히 내 말을 듣고만 있던 엄마가 곧 입을 여셨다.

"그래 신혜야, 네가 이렇게까지 하고 싶어 하니까 어쩔 수 없겠구나. 한 번 해봐! 네 말대로 나중에 후회하는 것보단 낫겠다. 그 대신 절대 흔들리지 마! 네가 이렇게 결심한 이상 이제는 어떤 어려움이 있어도 '아나운서' 이 한 길만 바라보고 가야 한다. 엄마한테 이 약속 하나만 해주면 엄마도 너의 영원한 응원자가 되어줄게."

엄마는 믿음의 눈으로 날 바라보시며 말씀하셨다. 그리곤 잠시 방에 들어가시더니 작은 종이 한 조각을 가지고 나와 나에게 내미셨다. 그 종이에는 마치 나의 이야기인 듯한, 내 가슴을 뭉클하게 하는 짧은 글귀가 적혀 있었다.

흉터

모든 상처에는 흉터가 남는다.
그 흉터는 우리가 어떻게 받아들이느냐에 따라
삶의 훈장이 될 수도 있고, 숨기고 싶은
창피한 흔적이 될 수도 있다
내 딸아이는 어릴 때 심장수술을 받았다.
딸아이는 그 흉터 때문에 고민이 많았는데,
어느 날 나는 우울해 하는 아이를 꼭 안으며 말해 주었다.
"그 흉터는 바로 네가 큰 병을 이겨냈다는 징표란다.
어린 나이에 그 큰 수술을 견뎌내는 건 아무나
할 수 없는 일이었어. 그래서 난 네 흉터가
오히려 자랑스럽단다."
−김혜남의 「어른으로 산다는 것」 중에서

"신혜야, 네가 확실하게 아나운서가 되겠다는 꿈을 꾼 이상, 앞으로 누가 무슨 말을 하든지 다리에 있는 네 흉터를 부끄러워하지 말고 그럴수록 더 당당하게 열심히 해서 꼭 아나운서 꿈 이루자!"

내 손에 꼭 쥐여진 글귀와 엄마의 말씀에 더욱 자신감이 충만해진 나는 큰 소리로 말했다.

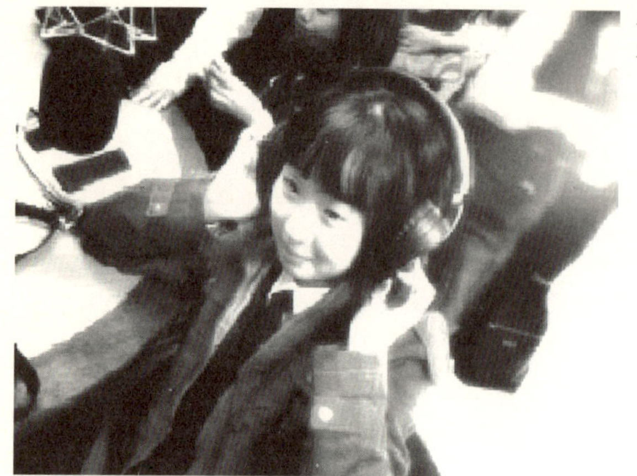

"당연하지! 엄마, 나 약속할게. 나 정말 당당한 아나운서가 될게."

이렇게 김신혜의 인생에 아나운서라는 직업이 떡하니 자리 잡게 되었다. 그 날 이후, 누군가가 나에게 꿈에 대해 물을 때면 당당하게 이야기할 수 있었다.
"넌 꿈이 뭐니?"
"아나운서요!"

내가 굳은 결심을 하고 난 후, 신기하게도 아나운서와 관련된 경험을 할 수 있는 기회가 더 많이 주어졌다. 중학교 3학년 때는 방송국을 방문하였다. 뉴스 스튜디오를 둘러보고, 라디오 진행을 구경하고, 아나운서와 잠시 만나는 영광도 만끽하였다. 그리고 고등학교 2학년 때는, 아나운서와 개인적으로 만날 수 있는 기회가 주어졌다. 아나운서에 대해 더욱 알고 싶은 마음을 주체할 수 없어 이메일을 통해 아나운서와 연락을 취했다. 고맙게도 대구 mbc 한혜원 아나운서가 나를 만나주었다. 2~3시간 정도의 시간 동안 궁금했던 것들을 물어보고, 아나운서라는 직업과 관련된 많은 이야기를 나누는 등의 뜻 깊은 시간을 가졌다.
많은 고민과 눈물로 결정한 꿈이기에 나에겐 이 직업이 더욱 애틋했다. 아나운서라는 직업에 조금씩 가까이 다가갈수록, 아나운서의 매력에 점점 더 깊이 빠지게 되었고, 정말 아나운서가 나의 평생 직업임을 깊이 느끼게 되었다.』

　"……이렇게 아나운서를 꿈꾸게 된 거죠."
　나의 아픈 과거를 이야기했지만 불편하지 않았고 오히려 기분이 좋았다. 날 바라보는 그의 눈빛이 재밌는 이야기를 듣는 아이처럼 초롱초롱 빛나고 있었기 때문이다. 그는 이미 자신이 인터뷰를 하러 온 기자라는 걸 잊은 듯했다. 그의 볼펜이 수첩에서 떨어져 그의 손에 쥐어질 기미가 없어 보였으니까.
　"우와~ 정말 신기하네요! 한편으론 김신혜 아나운서에게 그런 아픈 어린시절이 있었다는 사실이 놀라워요. 항상 당당한 모습에 전혀 상상도 못했는데. 그럼, 아나운서라는 꿈을 가지고 노력하는 과정에서 겪어야 했던 어려움이 있었다면 어떤 게 있었는지 말씀해 주실 수 있나요?"
　"어려움이라면 한도 끝도 없이 많죠. 그 중에 가장 아팠고 아직까지도 기억에 남는 것으로는 제 키에 관한 것인데……."

고등학교 2학년, 대구 mbc 한혜원 아나운서와의 만남

『17살 되던 해, 고등학교에 갓 올라온 새내기 1학년일 때이다. 그 때 난 다짐했었다. 아나운서라는 꿈을 이루기 위해 더 열심히 공부하고 노력해야겠다고. 나는 그 다짐을 항상 마음에 새기며 아나운서라는 목적지를 향해 한 걸음 한 걸음 가고 있었다. 얼마나 지났을까? 순탄한 길을 걷고 있는 내 앞에 막다른 골목과 같은 깜깜하고 안타까운 현실이 기다리고 있었다.

'정말 이루고 싶은 꿈을 이루기 위해선 반드시 시련이 뒤따른다.'

(나는 시련이 없다고 여기는 사람에게도 시련이 없다는 사실 자체가 시련이라 생각하기 때문에 반드시라는 말을 감히 쓸 수 있다.)

내가 원하는 꿈을 순탄하게 이뤄가는 것이 시샘이 났는지 시련이란 못된 놈이 나에게 찾아왔다. 그리곤 크고 긴 바늘로 나의 심장을 아주 깊이 찔렀다.

내가 중학교 맏언니 노릇을 하다가 고등학교에 입학하여 새내기가 된 초기, 담임선생님과 상담을 할 때였다. 선생님은 나의 자기소개서를 뚫어지게 보시면서 말씀하셨다.

"그래, 신혜가 꿈이…… 아나운서?"

"네! 초등학교 6학년 때부터 이 꿈을 키워 왔어요."

아나운서라는 꿈이 생긴 이래로 항상 그래왔듯이 당당하게 말했다. 너무 당당하게 말했는지 교무실에 있던 선생님들이 날 보고 웃으셨다. 부끄럽기도 했지만 담임선생님으로부터 듣기 좋은 대답이 들려올 거라 기대했기에 선생님들의 반응에는 신경 쓰지 않았다. 하지만 그의 입에선 그 기대를 한 번에 깨버릴, 확고한 꿈을 가지고 있는 내가 듣기엔 상상도 못할 말들이 나왔다.

"에이~ 포기해야겠네. 그 키로 무슨 아나운서를 한다고. 이제 키도 멈췄을 텐데……."

"……."

"꿈도 실현 가능성이 있는 범위 안에서 가져야지! 안 그래?"

선생님이 하시는 말씀이라 난 아무 대꾸도 할 수가 없었다. 아니, 너무 큰 충격을 받아서 할 말을 잃었다. 나는 아나운서의 꿈을 가진 후로 줄곧 이 한 길만 바라

보면서 살아왔다. 난 내 꿈에 대해서 항상 당당했고, 자부심을 가지고 있었다. 그런 나에게 선생님의 이 한 마디는 가히 충격이 아닐 수 없었다. 이때까지 내 꿈에 대해 물었던 사람들은 내 대답을 듣고 모두 선생님과 같은 생각을 했을까? 나에게 '잘 하겠다, 잘 할 수 있을 거야.'라고 말한 사람들은 모두 가면을 쓰고 거짓말을 했던 걸까? 그 날 이후 나는 내 자신이 작아짐을 느꼈다. 좌절 속에서 하루하루를 살아갔다. 그런데 만약 이 한 번의 충격으로 끝이 났다면 시련이란 놈이 찔러버린 내 심장의 상처는 아물었겠지. 하지만 시련이란 놈은 날 절벽 아래로 떨어뜨리려고 작정을 하고 왔는지 한쪽의 상처가 아물 때쯤이면 다른 쪽을 찔러버리고, 또 한쪽의 상처가 아물 때쯤이면 또 다른 쪽을 찔러댔다. 시련은 내가 다시 꿈을 향해 나아갈 수 있는 마음의 틈을 결코 주려 하지 않았다.

'다시 생각해 보는 게 어때? 왜 하필 아나운서야, 가능성이 별로 없잖아. 아무리 실력이 있다고 해도 요즘 사람들 관점에선 그 키론 장담 못하지. 경쟁률이 얼마나 높은데, 그 키로는 너한테 불리하잖아. 더 늦기 전에 너한테 좀 더 유리한 다른 직업을 찾아보는 게 어때?'

그렇다. 내가 자라던 시절에는 키가 크고 실력도 겸비한 사람이 아나운서를 하는 추세였다. 그 추세에 맞게 사람들은 색안경을 쓰고 날 바라봤고, 그럴수록 난 시련이란 놈이 원하는 대로 이끌리듯 점점 바닥으로 내려갔다.』

"…… 다시 생각해 보니까 가슴이 아려오네요. 다행히 지금은 그 아픔도 예쁜 추억으로 남아 있지만 말이에요."

날 초롱초롱한 눈빛으로 쳐다보던 그는 내 말이 끝나자마자 다음 이야기를 빨리 듣고 싶다는 듯이 질문을 이어갔다.

"그런데 어떻게 그런 아픈 시련을 극복하셔서 그 아픔을 예쁜 추억이라고 말씀하시죠?"

"이 시련을 극복하는데도 당연히 많은 시간과 노력이 필요했죠."

『시련, 고난 그리고 성취. 자신의 목표를 이루기 위해선 시련과 고난이 항상 뒤

따르는 법이다. 울었다. 사람들에게 부정적인 말을 들은 날이면 혼자 펑펑 울었다. 그 사람들 앞에선 아무렇지도 않은 체했지만, 어떻게 아무렇지도 않을 수가 있겠어. 나도 사람인데, 난 심장이 딱딱하고 차가운 로봇이 아닌데……. 그 날도 여느 때와 다름없이 마음 한쪽 깊숙한 곳에 시련이 만들어 놓은 상처의 구멍을 가지고 집으로 돌아왔다. 눈물이 목구멍까지 차오른 상태였다. 집에 들어가자마자 눈물이 바로 터져버릴 기세였다. 현관문을 열자, 평소라면 집에 아무도 없을 그 시간에 엄마가 계셨다. 엄마는 따뜻한 웃음으로 문 앞에서 날 맞이하고 계셨다. 나의 꿈에 대해 긍정적으로 말씀해 주시며 희망을 주셨던 엄마. 결국, 목구멍까지 차올랐던, 금방 터질 기세였던 그 눈물이 내 눈 앞에 서 있는 엄마를 보자마자 터져 버렸다.

"엄마~"

"왜? 무슨 일이야?"

나는 끊임없이 흐르는 눈물 때문에 그 어떤 말도 할 수 없었고, 엄마도 말없이 날 꼭 안아주셨다. 몇 분이 지났을까? 쏟아낼 눈물은 다 쏟아냈는지, 눈물범벅이던 얼굴엔 조금씩 눈물이 말라갔고, 마음도 안정이 되었다. 눈물을 닦고 엄마를 바라봤을 때, 엄마는 자신의 딸이 왜 울었는지 자신에게 말해 주기를, 자신은 들어 줄 준비가 되었다는 듯한 눈빛으로 날 바라보고 계셨다. 엄마가 마음 아파하실까봐 아무 일 아니라고 하려던 나는 조심스럽게 나의 시련의 구멍투성이인 심장을 엄마에게 내어 보였다. 역시 후회 없는 탁월한 선택이었다. 엄마는 딸의 말을 듣고, 그 딸이 평생 동안 마음에 지니고 살아갈 명언을 해주셨다.

"신혜야, 엄마가 저번에 산에 갔을 때 말한 적 있지? 인생은 등산하는 것과 같다고. 산 정상에 도달하기 위해선, 시작부터 순탄하게 잘 포장된 길을 따라 올라가서 정상에 바로 도달하는 것이 아니라, 분명 너무 힘들어 잠시 쉬었다 가야 할 때, 길을 잘못 들어서 되돌아 가야 할 때, 온 몸에 상처를 내면서 가파른 암벽을 타야 할 때도 있다고."

"응……."

나는 눈물을 닦으며 말했다.

“만약에 어떤 사람이 등산을 하다가 힘든 고비가 왔을 때 포기해 버리고 만다면, 어떻게 된다고 했었지?”

“그 사람은 절대 정상에 도달할 수 없어.”

“그렇지? 그럼 그 사람이 아무리 힘들더라도 끝까지 포기하지 않고 정상을 향해 한 걸음 한 걸음 나아가는 사람이라면?”

“당연히 정상에 도달하겠지.”

내가 조금씩 안정을 되찾자, 엄마는 웃으시며 말을 이어가셨다.

“그래, 그 사람은 정상에서 웃고 있는 자신의 모습을 발견하게 될 거야. 그것처럼 넌 지금 아나운서라는 꿈 실현의 정상에 도달하기 위해 힘든 고비를 지나고 있는 것 뿐이야. 힘들다고 해서 너 여기서 포기할 거야?”

“아니……. 절대 아니지.”

“그래, 아니잖아. 엄마랑 포기하지 않겠다고 약속 했잖아. 엄마가 말했지? 영원한 응원자가 되어준다고. 마음만 단단히 먹으면 너 아나운서 될 수 있어. 우리 딸 힘내야지! 미래의 아나운서 김신혜! 아자 아자 파이팅!”

날 향해 환하게 웃어주시며 파이팅을 외치는 엄마를 바라보며 나는 대답했다.

“아자 아자 파이팅!”

엄마가 너무 고마웠다. 시련의 구멍투성이인 내 심장을 내어보였을 때, 마음이 많이 아프셨을 텐데. 내색 하나 안하시고, 웃으시며 나에게 용기를 주시고, 날 믿어주시고, 나에게 희망을 주신 우리 엄마. 그렇게 엄마는 구멍 난 내 심장을 어루만져 주셨다. 그 날 엄마의 말을 듣고 난 오기가 생겨 다시 한 번 다짐했다. 꼭 아나운서라는 꿈 실현의 정상에 도달하고 말겠다고. 그 정상에서 웃는 내 모습을 날 응원했던 사람들과, 나에게 부정적으로 말했던 그 모든 사람들에게 반드시 보여주겠다고 말이다. 그렇게 나의 다짐과 오기, 그리고 장혜옥 우리 엄마의 명언이 내 심장의 시련의 구멍들을 하나하나 채워주었고, 하나의 면역체를 이루었다. 그 후 날 향한 어떠한 부정적인 말도 나의 면역력을 이기지 못하게 되었고, 나는 웃으면서 그 말들을 흘려버릴 수 있었다.』

"…… 그렇게 나의 다짐, 오기, 엄마의 명언으로 형성된 면역력 덕분에 제가 아나운서라는 이름으로 이 자리에 서 있고, 이런 인터뷰도 할 수 있는 것 같아요."

"우와~ 역시 김신혜 아나운서의 어머니도 훌륭하신 분이시군요! 모전여전이란 말이 꼭 맞네요! 부럽습니다."

함박눈이 내리던 밤하늘엔, 어느덧 노란 달이 자신의 빛을 과시하고 있었다. 그리고 카페는 우리가 들어왔을 때보단 손님들이 늘어 있었지만, 여전히 잔잔한 음악 속에 조용한 분위기를 이루고 있었다. 우리들의 이야기는 점점 무르익어갔고, 그와 나는 커피를 한 모금 더 마시고 이야기를 이어갔다.

"그럼 기억이 나실지 잘 모르겠지만 아나운서에 합격하셨을 때의 느낌이 어땠는지 말씀해 주실 수 있나요?"

"그 날은 잊을 수가 없죠. 제가 아나운서라는 꿈 실현의 산 정상에 도달했음을 알리는 날이자, 저의 새로운 인생의 시작을 알리는 날인데요. 합격 발표 날이었어요."

『오늘은 합격 발표 날이다. 나는 몇 번의 떨어짐에도 인생은 등산하는 것과 같다는 엄마의 말을 마음에 새기고 정상에 도달하기 위해 끊임없이 도전해 왔다. '이번엔 어떤 결과가 날 기다리고 있을까? 예전처럼 나의 마음에 못을 박는 결과가 기다리고 있을까? 아니면 나에게 이제 새로운 인생, 아나운서의 삶이 펼쳐질 것임을 알리는 결과가 기다리고 있을까?' 내 머릿속은 온통 복잡한 생각들로 뒤엉켜 있었다. 이를 아는지 모르는지 내 눈은 컴퓨터 모니터를 향하고, 내 손가락은 마우스 위에서 합격자 발표 페이지를 향해 이리저리 딸깍거리고, 내 심장은 터질 듯이 쿵쾅거리고 있었다. 이 같은 경험을 몇 번 해보았지만 나는 이 모든 것이 처음인 양 행동하고 있었다. 합격자 발표 페이지가 가까워질수록 내 심장은 점점 더 쿵쾅거렸고, 손은 점점 떨리기 시작했다. 내가 원하는 '합격자 발표' 라는 페이지로 넘어가기 위한 마지막 관문. '수험번호 입력.' 나는 금방이라도 터져버릴 것 같은 마음을 가다듬고 키보드에 나의 수험번호를 하나하나 입력하기 시작했다. 'B079' 그리고 눈을 질끈 감고 기도를 했다. '하나님, 이번에도 좌절을 해야 하나

요? 아니면 기뻐할 수 있는 결과가 기다리고 있나요? 만약 이번에도 좌절을 해야
한다면 너무 큰 충격은 받지 않게 해주세요.'

　나는 눈을 뜸과 동시에 수험번호 확인 버튼을 눌렀다.

　그리고 내 눈에 들어온 두 글자.

　합.

　격.

　나는 혹시 수험번호를 잘못 입력한 것은 아닌지 확인하고 또 확인했다.
'B.0.7.9' 분명 나의 수험번호였다. 그리고 다시 내 눈에 들어 온 두 글자. '합.격.'
이 두 글자가 날 향한 것임이 확인되자 내 눈에선 눈물이 흘렀다. 울었다. 아무 말
없이 울었다. 돌덩이가 산산조각이 났기 때문에…… 가슴 한 구석에서 단단하고
차가운 몸으로 여리고 따뜻했던 내 심장을 끊임없이 누르며 압박했던 돌덩이. 이
때까지 겪어온 마음속에 단단히 응어리져 있던 아픔의, 상처의 돌덩이가 '합격'
이란 단어 앞에서 산산 조각이 나버렸다. 동시에 꾹꾹 눌러오며 참아왔던 감정들
이 눈물이 되어 모습을 드러냈다. 겨울 내내 꽁꽁 얼어 있던 수도꼭지가 봄이 되
자 녹아서 콸콸 나오는 것처럼. 조금씩 안정이 되자 난 그 자리에 풀썩 주저앉아
다시 한 번 하나님께 기도했다. '고맙습니다. 정말 고맙습니다. 정말 열심히 최선
을 다해서 하나님께 영광 돌리는 삶을 살겠습니다.' 그렇게 울고 기도를 하자, 어
느덧 내 몸에선 행복 호르몬이 조금씩 분비되기 시작했고, 눈물범벅이던 내 얼굴
엔 언제 그랬냐는 듯, 어린아이처럼 함박웃음으로 가득했다.』

　"…… 그렇게 된 거죠!"

　"말씀 하시는 내내 얼굴에 웃음이 가득하신데요? 그 날, 김신혜 아나운서가 환
하게 웃는 모습이 상상이 되네요. 그럼, 대부분의 아나운서들이 뉴스나 방송 중에
일어난 실수나, 재미난 에피소드들이 있잖아요. 혹시, 김신혜 아나운서도 그런 에
피소드가 있으세요?"

"당연하죠! 제가 얼마나 실수를 많이 했는데요. 제 실수를 들어보면 어떻게 그런 실수를 할 수 있냐고 하시는 분들이 많은데, 긴장을 하면 그런 실수도 하게 되더라고요."

"어떤 실수인데요? 기억에 남는 거 하나만 짧게 말씀해 주세요."

"제가 뉴스 진행을 시작한 지 3개월이 되었을 때쯤, 그 당시 제가 아침 뉴스를 진행하고 있을 때였죠."

『-AM 4:30. 여느 때와 마찬가지로 새벽에 눈을 뜬 나는, 주섬주섬 준비를 하고 방송국으로 향했다. 방송국에 도착하니 시계는 짧은 바늘이 5를, 긴 바늘이 6을 가리키고 있었다.

-AM 5:30. 나는 방송을 위한 메이크업을 하고 자리로 돌아와 아침 라디오 뉴스와 TV 뉴스의 원고를 검토했다. 그 날에도 원고 속엔 우리나라, 그리고 세계에서 일어나는 각종 다양한 사건들로 가득 차 있었다.

-AM 7:15. 라디오 뉴스를 마쳤다. 아침 뉴스 시작하기 5분 전이다. 마치자마자 아침 뉴스를 위해 재빠르게 스튜디오로 갔다. 많은 스태프들과 파트너 김광언 아나운서가 분주하게 뉴스 준비를 하고 있었다. 프롬프터를 점검하는 스태프, 기사를 점검하는 스태프, 카메라를 점검하는 감독님, 데스크에 앉아 원고를 검토하는 김광언 아나운서까지. 나는 도착하자마자 메이크업을 점검 받고 데스크로 가서 앉았다.

-AM 7:20. 뉴스 시작을 알리는 방송이 나가고 카메라가 우리를 비췄을 때, 김광언 아나운서의 인사말과 함께 인사를 했다.

"시청자 여러분, 안녕하십니까?"

큰일 났다. 난 분명히 인사를 하고 나면 이어서 '3월 28일 수요일 SHK 아침뉴스 입니다.' 라고 말해야 했다. 그런데 인사를 하려는 순간, 날짜가 갑자기 생각이 나지 않는 것이다. 머릿속이 하얘졌다. 나는 어떻게든 이를 해결해야 했기에 순발력을 발휘해서 머리를 굴렸다. 다행히 머릿속에 떠오른 생각, '큐시트!(Cue-Sheet : 라디오나 텔레비전 프로그램의 제작에 있어서 연기자, 카메라맨, 기술자들이 행해야 할 동작이나 진행순서를 기입한 일람표).' 나는 인사를 하려고 고개를 숙였을 때, 날짜가 적혀 있는 데 스크 위의 큐시트로 재빠르게 눈을 향했다. 시간이 촉박했기·때문에 날짜와 요일을 다 보지 못하고, 그 날이 수요일인 것만 확인했다. 그리곤 카메라를 향하여 자연스럽게 입을 열었다.

"수요일 SHK 아침뉴스 입니다."

날짜를 말하지 않고 요일만을 말한 나는, 나 자신도 너무 당황한 데다 위기를 모면했다는 생각에 말을 마치자마자 씽긋 웃어버렸다. 뉴스를 시작한 지 3개월 밖에 안 된 신입이었기에, 날짜를 빼먹고 뉴스를 시작하고, 또 그 상황에서 웃어버렸다는 것은 큰 실수가 아닐 수 없었다. 그 날, 뉴스를 마치고 아나운서실로 향하는 내 발걸음은 아나운서실이 가까워지면 가까워질수록 점점 무거워졌다. '어떻게 하지? 그냥 무조건 죄송하다고 해야겠지? 선배님들께서 뭐라고 하실까? 어떤 말을 하시더라도 꼭 참고 받아들여야지. 각오 단단히 하자.' 모든 상황을 상상하며 아나운서실로 향하던 나는 어느새 아나운서실 문 앞에 서 있었다. 나는 숨을 크게 들이마시고 문을 열었다. 내 예상은 빗나가지 않았다. 선배님들은 날 보고 지나가면서 한 마디씩 하셨다.

"너 오늘 뉴스하면서 웃더라!"

"날짜는 왜 빼먹었니?"

그 날, 나는 눈물 쏙 빠지도록 울면서 제대로 혼났다. 그 이후, 너무 죄송해서 한동안 방송국 안에서 얼굴을 제대로 들고 다닐 수가 없었다.』

"…… 이런 웃지 못 할 에피소드가 있었죠. 그래도 그렇게 혼나고 나니까 다신 안혼나려고 조그만 일도 신중히, 조심하게 되더라구요. 긍정적으로 보면 그게 오히려 저에겐 많은 도움이 되었죠."

내 이야기를 듣고 있던 그는 자신이 그 일을 치른 것처럼 안도의 한숨을 쉬면서 이야기 했다.

"정말 많이 긴장되셨겠네요. 이야기를 듣는 것만으로도 긴장감이 느껴지는데요? 그리고 실수를 긍정적으로 받아들이고, 더 노력하려는 모습은 저와 우리 청소년들도 반드시 본받아야 할 자세인 것 같네요. 그럼 이번 인터뷰에서 가장 중요하다고 할 수 있는 질문을 할게요. JJ특집 '내 인생의 한 컷'. 한 사람의 인생은 한 컷으로 남아 기억된다고 하잖아요. 유관순 하면 3 · 1 운동. 세종대왕 하면 훈민정음 창제. 이런 것처럼요. 그럼 김신혜 아나운서는 자신의 아나운서 인생이 어떤 모습으로 남았으면 하세요?"

"음, 저는 제가 첫 뉴스 했을 때의 모습으로 남고 싶어요."

『내가 첫 뉴스를 했을 때였다. 뉴스를 마친 후, 생의 첫 뉴스를 무사히 마친 것에 대한 안도의 숨을 내쉬고 있을 때, 많은 분들이 다가와 칭찬을 해주셨다.

"너 어디서 아나운서 하고 왔니? 어떻게 뉴스를 처음 한다는 애가 그렇게 편안하게 할 수 있니?"

"보통 아나운서들이 처음 뉴스 진행할 때 보면 너무 긴장해서 표정이 굳어 있잖아. 근데 넌 편안하게 뉴스를 즐기는 것처럼 보여."

게다가 당시 다른 아나운서들과 다르게 키가 작은데도 당차게 해내는 모습에 신선한 느낌을 받으셨다고 한다.

이런 좋은 말을 들을 때면 내 머릿속에 떠오르는 무리가 있다. '나에 대해 부정적으로 말한 무리.' 이들이 떠오를 때면, 그들의 말이 틀렸다는 것을 보여준 것 같아 기분이 좋기도 하고, 한편으로는 나 자신을 더욱 낮추고 칭찬을 겸손하게 받아

들여 더 노력하게 되어서 좋았다. 솔직히 내가 아나운서가 될 수 있었던 건 순전히 노력의 결과라고 생각한다. 키와 같은 신체 조건상으로는 다른 경쟁자들에 비해 불리한 부분이 없지 않아 있었기 때문에, 노력밖엔 방법이 없다고 생각했으니까.』

"…… 그러니까, 처음인데도 처음이 아닌 것처럼, 끊임없이 노력했다는 것이 그 결과로 확실하게 드러나는 그런 아나운서로 기억되고 싶어요. 항상 방송을 즐기고, 겸손하게, 어떤 일을 하든 처음이라 생각하고 부단히 노력하는 아나운서 말이에요."

"대부분 자신의 전성기를 한 컷으로 남기고 싶어 하시는 분들이 많은데, 색다른 매력인 것 같네요. 그럼 마지막으로, 첫 뉴스 하셨을 때의 느낌이 어땠는지 말씀 좀 해주세요."

그의 질문에 내 마음은 첫 뉴스 할 때의 나의 마음으로 돌아간 듯했다. 심장 박동이 점점 커지고, 긴장과 흥분 그리고 그 속에서도 침착하려는 노력이 되살아나고 있었으니까.

"아, 첫 뉴스 했을 때요? 제가 남기고 싶은 한 컷인 그 때는요, 음, 전 아직도 그 순간을 잊을 수가 없어요! 많이 떨리고 긴장되었지만 그 속에서 꿈틀거렸던 그 설렘과 행복……."

『뉴스 시작 전, 모두가 분주하게 준비를 한다. 새로운 여자 아나운서의 첫 뉴스라서 그런지 모든 스태프들과 감독님의 신경이 날카롭다. 모두의 눈빛이 날 향해 있다. 몇몇은 걱정하는 눈빛이다. 또 몇몇은 눈빛으로 잘하라고 힘을 주고 있다.

"김신혜 아나운서, 준비하세요! 곧 시작합니다. 긴장하지 마시고 편안하게 하세요! 자, 이제 시작합니다."

떨린다. 하지만 난 잘 할 수 있다.

이것보다 더 큰 역경을 딛고 일어났으니까.

"10초 전"

그래.

나는 할 수 있다.

나는 아나운서다!

"5초 전"

김신혜, 긴장하지 말고 뉴스를 즐기자!

"화면 넘어옵니다, 3. 2. 1. 큐!"

"시청자 여러분, 안녕하십니까? 오늘부터 9시 뉴스 진행을 맡게 된 김신혜입니다……."』

혼잣말

김혜영

혼
잣
말

누군가에게 들은 적이 있다.

'혼잣말은 관심을 받고 싶기 때문에 하는 거래.
내가 살아 있고 당신 옆에 있다는 것을 알리기 위한 어떤 애절함이 깃들어 있는 것 같아.'

쏟아지는 비가 구질구질한 창을 타고 흐르는 것에 시선을 집중한 채 가만히 빗소리에 집중하다 문득 흐르고 있는 저것이 저 흐른 자리를 그대로 내 비치고 있다는 걸 깨달았다. 줄줄줄. 닦지 않고 여러 날이 흘렀는지 창을 타고 흐를 때 더러운 선을 하나씩 달고 굴러 떨어진다.
혼잣말이 보인다면 저렇듯 애처로울까. 언제나 문제는 뒤늦게 깨닫는 것에 있었다. 빗물이 흐르고 있는 것은 모르지만 흐르고 난 뒤의 저 길게 자국이 남은 창을 보고 눈치 채는 것처럼.
나도 나를 한 발자국 뒤에나 알아차렸다. 이미 내 자신이 상처받고 아픈 뒤에 홀로 깨달았다. 그리고 남의 그것 또한. 나는 관심을 주는 것도, 받는 것도 서툴렀다. 내 자신에게조차 서툴렀다.
빗물이 흐른 자리를 손으로 따라 가며 말했다.
'너는 혼잣말과 닮아 있구나.'

나는 혼잣말을 한다.

1장
울다

✱이곳과 저곳은 다르다

눈앞에서 별이 진다.

하얗게 질린 얼굴로 실려 나간다.

밤바다라는 들것에 들려 출렁출렁 실려 나간다.

어두웠고, 그래봬도 도시라고 희뿌연 하늘에는 잘 보이지 않는 아직 살아 있는 별들이 주위를 두리번댔다. 두리번댈 뿐이었다. 멋들어지게 자신의 별자리를 유지하며 슬쩍 구경만 할 뿐 누구도 도와주거나 관심을 가지진 않았다. 이런 게 이웃일까. 나는 서서 침을 삼켰다. 꿀꺽

비둘기 한 마리가 내 주위를 걸어 다녔다. 유유자적하게도. 온통 새까맣게 보이는 와중에도 비둘기만은 눈 안에 들어왔다. 뚜벅뚜벅. 구구 뚜벅뚜벅 구구. 평화의 상징이 어이없게도 불결의 상징으로 전락해버린 그는 자신의 괴로움을 알아달라는 것 같이 우습게, 어쩌면 괴로워 보이기도 했다. 힘들겠구나, 너도. 그 작은 몸으로 살아갈려니 어지간히 힘들 거야. 사람들은 점차 너를 피하고 넌 어떻게 해야 살아갈 수 있을지 몰랐겠지. 아이들은 너만 보면 돌을 던지고, 혹은 버릴 음식들

을 너에게 던져줄 때. 너는 얼마나 슬펐겠니.

얼굴에 열이 가득 올랐다. 금세 심장에 눈물이 고였다. 그러나 끝내 눈에는 눈물이 차지 않았다. 뇌는 움직임을 중지했다.

아까부터 삼키던 마른 침은 목을 따갑게 하며 흘러내려갔다. 얼굴을 약간 찌푸리자 눈에 힘이 들어갔다. 바싹 마른 목과 바싹 마른 눈은 따끔거렸다. 눈을 꽉 감고 나는 녹아내려갔다. 물이 되어버린 것 같은 기분에 그 자리에서 벗어나 하수구 따위로 흘러들어가고 싶었다. 지금 이곳에서 진동하는 썩은 내보다는 나을 것이다. 움직일 힘은 있었다. 그러나 그 일마저 하고 싶지 않은 무기력함은 내 온몸을, 정수리 끝에서부터 발 끝까지 전부 나를 뒤덮었다. 나는 무엇인가를 되찾아야 한다고 내 권리와 모두에게 당연히 있어야만 하는 그것을 되찾아야 한다고 생각했다.

손댈 수 없는 아득한 밤은 지나갔다. 세 번. 딱 세 번. 희미해서 결코 생각나지 않는 그날들은 그렇게 흘러갔다. 단 하루도 눈이 젖은 날은 없었다. 그러나 모두들 울었다. 그곳에서는 모두 울었다. 나는 이방인이었다. 나는 아무도 모르는 별에서 살다온 아무도 모르는 사람이었다.

세상은 나를 빼고도 잘 돌아갔다. 그것이 마냥 싫지만은 않아서, 그래서 난 영원한 이방인을 원했다. 내 삶에서조차 나는 이방인이고 싶었다.

나도 모르는 두려움은 나를 지배하기 시작했다. 아무도 눈치 채지 못하게 속으로 썩어갔다. 점차 내 속은 썩어버린 동태의 냄새로 그득하게 되었다. 입을 열면 새어나와 입도 열 수 없었다. 거무튀튀한 냄새가 나를 집어삼킬수록 나는 혼자서 수도 없이 되뇌었다. 필요 없었다. 당신 같은 사람 필요 없었다고 속으로, 속으로만. 절대 밖으로 드러낼 수 없어 안으로만 되까렸다.

아, 그가 필요 없다는 건 거짓말. 그래, 그건 거짓말.

사실은 그 사람에게 내가 필요 없었어. 알고 있었잖아.

그 사람은 흘러가는 사람이었어.

어떤 사교성도 내게는 남아 있지 않았다. 의무에게로 가 의무만을 다하고 돌아오는 나날이 늘어만 갔다. 어떤 이들도 내가 그들과 다르다는 것을 눈치 채지 못했다. 이 세상 어디에도 이렇게 분명한 썩은 내는 존재하지 않을 텐데도. 나는 무지한 것들을 무시했다. 정작 무지한 것은 '나'였음에도. 정작 이해를 가장 바라면서도, 위로가 가장 절실했음에도 불구하고 나는 있는 척 해댔다. 위선과 독단. 쓸데없는 아집과 온갖 가식.

신경 쓰지 마. 미안하지만 난 네들보다 잘났거든.

그래, 결코 난 잘나지 못했다. 약했고, 작았고, 애처로웠다. 두려움에서 벗어나기 위해 발버둥치는 내 두 다리는 가늘었다. 아주 많이.

＊한여름 밤의 꿈

그것은 어느 화창한 여름날로부터 시작된다. 집에 들어가기 싫었던 여학생은 친구 집에서 잔다는 말만 툭 던진 채 집을 나왔다. 거짓말은 아니었다. 그 날은 분명 친구 집에서 잤으므로. 일종의 도피라고 생각하는 게 나을지도 모른다. 확신할 수 없는 사람이었다. 생각도 행동도. 분명 '많은 무엇을 알고 있다는 것 자체'를 앎에도 내색하지 않던 그녀였다. 그것이 너무도 크고 두려웠기 때문에. 그녀의 원만한 사회생활과 호탕한 웃음소리의 이면에는 좋은 것이라곤 눈을 씻고 찾아봐도 찾을 수 없었다. 보통의 생활을 하는 보통 성적의 보통 학생들은 알 수 없었다.

물론 보통이란 것은—내가 이렇게 생각하는 것은 분명 자만이리라—없다. 많은 이들은 자신이 가장 남들과 다르다고 생각한다. 어디에 대해서든, 무엇이든지 간에. 그러나 그녀는 그런 생각을 하는 것 자체를 부끄러워했다. 나는 남들보다 더 '아프다'라고 생각하고 싶지 않았다. 아픔을 자랑처럼 드러내는 그들에게도 수치와 심한 멸시를 느껴왔으므로. 허나 어쩌면 일종의 자부심 따위의 것이 아니었을까.

  남들은 그런 그녀에게 '철'이라는 것이 들었다고 지칭했다. 철에 대한 사전적
정의는 이러하다.「사리를 분별할 수 있는 힘」깔끔하게 비웃고 사전을 덮었다. 그
것이 얼마나 그녀를 짓누르고 있었는지는 오직 신만이 아실 일이었다. 그 소리를
들을 당시 그녀는 '애' 였다. 그것도 아직 초등학교를 입학한지 얼마 되지 않은. 그
렇다. 병아리! 삐악 삐악과 함께 들리던 호루라기 소리를 잊을 만큼 큰 사건이 그
녀에게 있어서는 안 되었다.

  다시 이야기로 돌아가 보자. 그녀는 열심히 놀고 다음 날 오후 집에 돌아와 불
쾌하기 짝이 없는, 속된 말로 뭐 씹은 표정으로 열쇠를 딸랑이며 돌아왔다. 집에
는 '아무 것도' 없었다. 어제 저녁밥이었는지 모를 오래된 라면이 담긴 냄비가 초
파리를 꾀고 있었다. 짜증이 치밀었다. 소매를 걷어붙인 채 짜증나는 설거지를 덜
그럭덜그럭 시끄럽게 소리를 내며 해치웠다. 배는 고팠지만 그냥 참았다. 거실로
돌아와 텔레비전을 켜 예나 지금이나 한결같이 인기 있는 '짱구는 못 말려' 라는
제목의 만화를 틀어놓았다. 바닥에는 대나무로 된 시원한 장판이 깔려 있었다. 이
리저리 몸을 뒤척이며 엎드려 있자니 꼭 시간이 자신에게만 한정 없이 쏟아지는
것 같았다.

  잠깐 졸았나, 어느 새 그녀의 볼과 팔 다리에는 그 대나무 장판 특유의 줄이 죽
죽 그어져 있었다. 발가니 그어진 모습이 재밌어 그녀는 보는 사람도 힘 빠지게
시익 웃었다. 그렇게 그녀는 어떤 것을 회피하고 있었다. 벌써 그곳에서는 소리가
없는데. 아무 소리도 들리지 않는데. 심장의 요동을 애써 무시하는 모습이 역력했
다. 그 때부터였을까. 그녀의 입 속에 썩은 내가 나기 시작한 때가.

  대충 집에 있던 3분 요리로 저녁을 때운 그녀는 하루가 다르게 점점 더 늦어지
는 언니의 귀가 시간을 욕하며 책상 앞에 앉았다. 나흘 전에 빌린 도서관 대출 책
이 가지런히 쌓여 있었다. 컴퓨터를 틀어 셀린 디온의 Because you Loved Me를
재생시킨 뒤 어떻게 하면 오디오를 살 수 있을까에 대해 잠깐 고민을 했다. 마구
잡이로 쑤셔 넣은 음악 파일은 셀린 디온을 지나 4 Non Blondes의 What's up을
흘려보내고 있었다. 노래가 바뀐 것을 알아차린 그녀는 좀 체계적으로 음악을 넣

어야겠다며 혼자 생각했다.

　시간은 흘렀다. 두 시간 정도 책을 읽다 툭툭 정리를 했다. 살짝 삐거덕거리는 의자를 집어넣고는 발로 컴퓨터 전원을 연결한 책상 밑 멀티 탭 스위치를 꺼짐으로 눌렀다. 딸깍, 경쾌했다. 거실로 돌아가 흰색의 홑이불을 끌어당겨 배만 덮은 그녀는 홑이불만큼 가볍게 재채기를 했다. 맑은 콧물이 흐르고 그녀는 주섬주섬 휴지를 되는대로 뽑아 코에다 박아 넣었다. 텔레비전 화면에는 아까부터 켜놓은 방송사, 투니버스가 켜져 있다. 이상한 만화가 하고 있었다. 리모컨을 잡고 채널을 바꾸자 어떤 곳에서 미라에 대해 설명하고 있었다. 죽음과 매장, 보존 그리고 일생. 그녀는 무엇인가에 홀린 듯 그것을 직시했다.

　곧 그녀는 눈이 절로 감겼다. 힘을 풀자 스르륵 잠에 빠져들었다. 어느 누구에게도 내일의 보장은 없다. 하지만 그녀는 내일 아침 특유의 짜증스러움을 느끼며 일어날 것이라고 확신했다. 한 사람의 일생은 내적인, 혹은 외적인 어떤 요인에 의해 이미 끝났음에도, 그녀 바로 옆에서 그렇게 되었음에도 그녀는 무시했다. 알고 있어서 더욱 무시하려 했다. 그녀는 지금 눈을 감음과 동시에 심장의 눈마저 감아버렸다. 그녀는 이제 앞을 볼 수 없다. 속에서 올라오는 썩은 내에 말할 수조차 없다. 이런 게 바로 병신이라지. 병신.

2장

울다

*이상한 것과 모르는 것들에 대한 예찬

언제나 걸음은 느렸다. 같은 길, 같은 가게, 같은 나무와 같은 분위기. 모든 오늘은 어제와 같았고 모든 어제는 오늘과 같았다. 별 감흥 없는 날들이 지속되었다. 그 사이 비둘기들은 한층 더 외로워지고 나는 전혀 다른 환경에 적응하고 있었다. 누군가의 하루가 변하는 사이 나는 별반 다를 것 없는 여러 가지가 뒤엉켜 하나의 어떤 것을 형성하고 있었다. 시간이 지나고 서서히 또 다른 여름이 다가온다. 나는 나아질 수 없었다. 그러고 싶지도 않았거니와 그럴 방법조차 알 수 없었다.

그 길은 유난히 나무가 많은 곳이었다. 조경 사업이니 환경을 생각하느니 해서 심은 거겠지만 나는 오히려 불쾌했다. 매일 지나야 하는 곳이었고, 약간의 열등감도 있었으므로. 그것들은 자랐으며 색을 바꿨고 바람에 흔들렸으며 새들이 날아왔다. 나는 자라지도, 색을 바꾸지도, 바람에 흔들리지도, 새들이 날아오지도 않았다. 비가 올 때면 내 몸 속 중간에 말라붙어버린 구멍이 눅눅하게, 그렇다고 물은 조금도 차지 않은 채 무거워졌다. 그득한 눅눅함으로 장마가 다가온다. 내 속의 그리움을 투영하는 그것은 여름인가, 아니면 추위인가.

　눈 속에 줄이 그어진 것만 같았다. 하염없이 쏟아지는 폭우로 집안까지 젖어 들어갔다. 물을 받아 끝없이, 어쩌면 바닥을 통과해 지구 반대편으로 그 나뭇잎이 전해질 듯 늘어진 길의 그것들은 어딘지 화려했다. 나는 그 바로 옆을 지나쳐 갔다. 나무는 내게 화를 냈다. 나 따위는 걸을 곳이 아니라고 화를 냈다. 그 커다란 가지에 걸린 내 옷자락은 비명을 질러대고 있었다. 놓아달라고 제발 살려달라고.

　쓰고 있던 우산을 놓쳤다. 정수리 부분의 가마가 차차 젖어 들어갔다. 톡, 톡— 물은 이마를 타고 흘러 볼을 따라 내려왔다. 추워서, 추워서 떨었다. 단지 추위로만 떨었다고 확신했다. 누구에게도 져서는 안 되기에. 심지어 나 자신에게도 그래서는 안 되었기에. 새파란 입술, 차가운 손끝은 원래의 온기를 잃고 나는 여전히 지지 않기 위해 눈을 똑바로 떴다. 자꾸 물이 속눈썹을 짓누르며 떨어지는데도. 나는 강하다. 너보다 강하다. 흠뻑 젖은 온 몸에서는 허연 김이 서리는데도, 나는 허리를 꼿꼿이 세웠다. 그것이 얼마나 한심한 일인지. 울지 마. 수치스러워.

　이봐, 언제까지 감출 거야?

　발버둥치지 않아도 돼. 그냥 가만히 그냥 조용히

　그가 나를 도와줄 것을 알잖아. 너는 알고 있잖아.

　아, 나는 여태껏 단 하나만을 모르고 있었다. 그가 나를 도울 것을 알고 있다는 것. 그것 하나만을 모르고 있었다. 혼자만의 세상, 혼자만의 일, 모든 것은 혼자. 혼자는 모든 것이라고 지껄이는 내 자신이 한심하다. 누가 그리 살던가! 어느 누구도 절대 그러지 못함을 나는 이제야 알았다. 아니, 이제야 되찾았다.

　감정의 홍수가 일었다. 노아의 방주가 뜬다. 진정한 내 것을 담아 배를 띄워야지. 비둘기 한 마리. 울음 한 병. 웃음 한 상자. 생명 한 움큼. 이미 져버린 별이 담겨 있던 궤짝 한 개와 아직 떠 있는, 그래야만 하는 별 궤짝 한 개. 달 심장 조각들을 모아 만든 큰 보름달 퍼즐 하나. 이제 나머지는 안녕, 잠깐 비켜줘. 우리가 먼저 터를 잡을게. 그러고 난 뒤에 돌아와. 그때 제대로 받아줄 테니, 그때 돌아와.

　나무는 나를 슥 놓아 주었다. 나는 떨어진 우산을 주웠다. 쓰지는 않았다. 걸었다. 느릿느릿, 시간의 존재가 무색하게 여겨질 정도로 느리게.

　오늘도 걸음은 느렸다. 같은 길, 같은 가게, 그러나 다른 나무와 다른 분위기. 모든 어제는 죽었다. 모든 오늘은 살아있다. 그 사이 비둘기들과 나는 전혀 다른 환경에 적응하고 있었다. 나의 하루가 변하는 사이 누군가는 별반 다를 것 없는 여러 가지가 뒤엉켜 하나의 어떤 것을 형성하고 있겠지. 시간이 지나고 서서히 또 다른 여름이 지나간다. 나는 나아지고 있었다. 그러고 싶었고 그럴 수 있었다. 할 수 있었다.

＊열쇠가 필요해

　집으로 들어가려면 열쇠가 필요하다. 첨단 21세기를 살고 있기에 비밀번호나 카드로 들어간다는 사람들도 많겠지만 그 꼬마아이는 열쇠가 필요했다. 집에는 아무도 없었다. 놀이터에서 잃어버린 게 확실했지만 찾을 방법은 없었다. 벌써 30분을 놀이터에서 허비하고 온 길이었다. 아이에게 모래사장은 참으로 넓었다. 꼬마는 몇 분 정도 어슬렁어슬렁 돌아다니다 결국 집 앞에 쪼그리고 앉았다.

　꼬마가 집으로 들어가기 위해서는 열쇠 이외에 두 가지의 방법이 있었다. 첫째, 하염없이 기다리기. 둘째, 옆집 옥상으로부터 담을 넘어 자기 집 옥상으로 들어가기. 하지만 두 번째 방법은 어린 나이의 꼬마는 생각하지 못 할 일―또한 뛰어넘을 키도 안 되었다―이었으므로 아이는 하염없이 기다리기를 선택했다. 심심했다고 할 수는 없었다. 잠깐 졸다 화들짝 놀라기도 하고 앞집의 개 짓는 소리에 같이 큰 소리를 내기도 했으며 혼자 땅따먹기를 하다가 넘어지고 웃기도 하며 꽤 재밌게 놀았기 때문이었다.

　그러나 그도 잠시, 아이에게 고비가 찾아왔다. 추위였다. 아직 쌀쌀함이 사그라들지 않은 봄이어서 기다린 지 한 시간쯤 지나자 맑은 콧물이 줄줄 흘렀다. 그래도 훌쩍거리며 계속 놀았다. 두 시간이 지나자 재채기가 나왔다. 에취― 눈물도 찔

끔 흘렀다. 몽롱하니 잠도 왔다.

바람이 불자 으으으- 하며 오한이 들 때쯤이었다. 저 멀리서 아이의 할머니가 장바구니를 두 손 가득 들고 총총걸음으로 걸어오셨다. 아이는 벌떡 일어나 '할머니!' 하며 뛰어나갔다. 훌쩍거리며 할머니 앞에 선 아이는 '왜 밖에서 기다렸노' 하는 소리에 '열쇠 잃어버렸어' 라고 하자 할머니의 아이고 소리에 미안하다는 말을 황급히 덧붙였다. 물론 할머니의 '아이고'는 허옇게 핏기 없는 아이의 얼굴을 보고 나온 소리였다.

할머니는 뛰다시피 걸어서 문을 열고는 아이를 들여보냈다. 장바구니에는 아이스크림이 있었지만 냉동고에 넣을 생각은 나지도 않았다. 금방 욕실로 데려가 따뜻한 물에 얼굴을 씻기더니 옷을 갈아입히고는 이불로 꽁꽁 싸매 바닥에 앉혔다. 그제야 한시름 놓았는지 장바구니에서 저녁 찬거리인 고등어와 무, 간장 등을 꺼내고 아이를 위해 산 아이스크림을 냉동고에 넣는다.

가스레인지에 물을 올려놓고 생강차를 찬장에서 꺼낸 할머니는 '좀 매워도 몸에 좋은 거니까 마셔라' 고 말하고는 컵에 옮겨 담았다. 끓는 물을 붓고는 아이가 좋아하는 꽃 장식이 달린 찻숟가락을 꺼내 아이의 손에 쥐어준다. '저어 무라' 며 생강차를 건네주는 할머니는 그 와중에도 식힌다고 호호- 한다. 아이는 '따시다' 라고 외치며 히히 웃는다. 호록호록 잘도 마신다. 할머니는 서랍에서 여분의 열쇠를 찾아 또 잃어버릴까 목에 걸 수 있도록 긴 실을 단다. 아이가 좋아하는 고운 노란색 실이다. 이제 다시 발그레해진 아이의 볼은 웃음이 한 가득이다.

3 장
그래서 살다

*꿈틀대는 것

침침한 밤하늘이 그것을 덮고 있다. 주위는 온통 암흑이었으나 실명의 상태인 그것은 개의치 않았다. 조금 추웠을 뿐. 그렇게 시간이 흐르는 동안 자신의 눈이 열릴 날이 얼마 남지 않았다는 것을 깨닫는다. 눈이 간지러웠다. 아니, 그보다는 뜨고 싶었다. 이제까지와는 다른 계절이 다가온다.

어린 그것은 당황스러웠다. 언제나 조금만 움직여도 매스껍게 출렁이더니 오늘은 그러지 않았다. 몸은 그저 그가 원하는 데로 살랑이며 옮겨 다녔다. 왼쪽으로 기울이면 왼쪽으로, 오른쪽으로 기울이면 오른쪽으로 실어다 주었다. 움직임의 자유는 그럴듯해서 어쩐지 그를 계속 옮아가게 했다. 밤하늘은 넓었고 이제까지 모아둔 힘은 많았다. 아기의 호기심으로 보이지도 않는 그는 돌아다녔다. 암흑을 벗어나 움직였다.

얼마나 움직였을까. 숨이 턱까지 차올라 헉헉대면서도 그런 급작스러운 자유에 대한 제어는 배우지 못했는지, 아니면 묘한 향수를 일으키는 그 행위에 대해 어떤 식으로든 멈출 수 없었던지 계속해서 옮겨 다니고 있다. 그 조그마한 것은 자신의 모든 것이 찌부러질 때 추억마저 찌부러진 줄 알았지만 사실은 아니었다. 작아졌지만 압축에 가까웠다. 손실은 거의 없었다. 단지 아직 그 압축을 풀 방법이 없었을 뿐. 단지 나를 잊고 잃은 것일 뿐.

가만히 앉아서 힘을 비축하는 것보다 움직이며 힘을 비축하는 것이 더욱 어려웠다. 끊임없이 달려드는 외부의 어떤 것과도 싸워야 했다. 거대한 외부의 것은 그를 쪼거나 파괴하려고 여러 번 그를 찾아왔다. 그는 그때마다 용케 피했지만 다른 때보다 세 배 가까이 힘들었다. 작고 허약한 그것은 남들과 달리 그저 왼쪽 오른쪽 피하는 것만으로 충분히 아팠다. 허나 가만히 있고 싶다는 생각은 추호도 들지 않았다. 이제 가만히 있던 자신은 없어진 것이다.

켜켜이 싸인 껍데기를 벗었다. 그만큼 날이 따뜻해진 것이다. 자신을 꽁꽁 옭아매던 옷가지 하나를 스스로 벗었다는 것만으로 그는 잊고 있었던 나를 아주 작은 한 귀퉁이에서 찾았다. 밤하늘의 얼음 알갱이들은 이제 거의 녹아 사라졌다. 그는 여름이 그리웠다. 그리고 두려웠다. 직시하는 것이.

이제 그는 편안한 움직임의 여행을 계속해서 할 수 있었다. 별의 근처에 가면 따뜻해졌지만 어쩐 일인지 달의 근처에 가면 냉기가 느껴졌다. 달은 조금 냉정했다. 그것이 별이고 달이고는 본능이 일러주었다. 그는 여전히 지금이 삭인지 망인지 알 수 없었지만, 무엇인가 그에게서 되살아났다. 마침내 준비가 거의 다 된 것이다.

점점 별이 흐려졌다. 더워지려는 조짐이 보였다. 살갗을 파고드는 더운 습기는 그를 또다시 옷 벗게 했다. 그는 아주 얇은 차림이 되었다. 자신을 다룰 줄 알게 되면서 그는 나의 윤곽을 그리기 시작했다. 내 자취를 좇기 시작했다. 나는 그가 나를 찾기를 바랐다.

벌겋게, 밤하늘이라 할 수 없는 하늘이 펼쳐졌다. 그곳이 처음부터 주황빛이었던 듯 붉음으로 들어 채우며 어둠에게 조금의 틈도 주지 않고 몰아붙였다. 해의 최초의 등장. 이런 뜨거움은 그는 처음 느끼는 것이라 생각했다. 처음은 어려워. 그러나 그는 금방 알아냈다. 처음이 아니라는 것을. 꼬박 1년 전에 똑같은 광경을 보았다는 것을. 그는 놀랐다. 자신 속의 꿈틀대는 것을 그는 찾을 수밖에 없었다.

그는 눈을 떴다. 그것은 한순간이었다.

눈이 부시다, 라는 표현은 바로 지금 그에게 걸맞는 표현이었다. 잔뜩 쏟아지는 햇빛은 눈을 감고 있었던 시간에조차 어두웠던 그에게 어색하고 불편했다. 눈이 욱신거렸다. 눈물이 고여 빛의 산란이 일어났다.

시간이 흐르고 눈앞의 그곳은 짙은 푸른색 물감을 한껏 짜 응어리진 푸름을 물이 가득한 붓으로 섞은 듯 투명했고 찰랑찰랑 아름다웠다. 눈물 때문에 희뿌연 그 하늘에 손대고 싶었다. 손끝을 뻗으면 푸른 물이 묻어나올 것 같았다. 손끝까지 스며들 것만 같았다. 밤까지 하염없이 바라보는 것 밖에는 어쩔 도리가 없었다.

뜨거운 여름이라고 감히 말할 수 있었다. 그는 자신이 어떤 모습인지, 뭘 하고 있었는지, 어느 계절을 어떻게 횡단했는지를 생각하고 돌아봤다. 구분되지 않는 가을 겨울을 지나 봄을 거치고 비로소 여름으로 왔다. 영원히 피하고만 싶던 여름으로 그가 걸어 들어갔다. 나는 확신한다. 그는 나를 찾으러 이곳에 왔다.

고개를 젖혀 뚫어져라 하늘을 보던 그가 돌연 앞을 보고 걷는다. 그는 이제 어색하지도 불편하지도 않았다. 그것이 자신의 일부였다는 것을 알므로. 전부 제자리로. 그리고 그도 제자리로 돌아가려고 한다. 똑바로 걷는 그는 어떤 위험한 사명을 띤 전사의 표정과 닮아 있었다. 그는 탁 탁 탁 탁 경쾌하고도 절도 있게 걸어 집에 다다랐다. 그리고 나는 발견되었다. 나를 찾고자 하는 그에게서. 아니, 나를 찾고자 하는 나에게서.

* '아' 라는 감탄사의 의미

아이는 자신이 생각하기에 아주 큰 어느 도심의 한 가운데에 멀뚱히 쪼그려 앉아 있다. 손은 떨리고 누군가를 기다리는 눈빛은 투명했다. 곧 아이의 깊은 검은색의 눈동자가 회빛으로 흐려지기 시작한다.

'아.'

무엇인가 생각난 듯 감탄사가 툭 튀어나온다. 작은 아이의 작은 입에서 작은 소리로. 은은하게 미소 짓는 입가에는 두근거림이 녹아 있다. 꼭 누군가를 발견한 것 같아 아이의 시선을 따라 나 또한 같은 곳을 바라본다.

'아.'

감탄사는 내 입에서도 터져 나온다. 붉은, 불타오르는 하늘. 그리고 새빨간 하늘을 뒤쫓는 푸른 밤의 장막. 꼭 마녀가 자신의 망토를 휘두르며 붉게 상기된 얼굴을 가리고 도망치는 것만 같다. 화려한 부끄러움. 그러나 오로지 그 하늘에 대한 찬탄이었을까.

아이는 내게 뚜벅뚜벅 다가온다. 그것은 온전한 대면이었다. 아이가 내 앞으로 오고 있는 것은 분명 나를 놀라게 할 연출은 아니리라. 아이가 나를 불렀다. 내가 아이를 불렀다.

아이는 한 걸음 한 걸음 걸을 때마다 자라면서 어느 샌가 내 앞에 다다른다. 여태 보지 못한, 그보다 내가 보지 않은 시간의 흐름이 내 눈앞에서 적나라하게 재현된다. 그것이 아니었으면 아마 또 다시 그렇게 서러운 1년이 흐른대도 알아차리지 못하겠지. 그러나

한 발자국, 아이는 소녀가 되었다.

두 발자국, 소녀는 조금 큰 소녀가 되었다.

세 발자국, 소녀는 더 크고 싶었다. 하지만

네 발자국, 소녀는 자신을 붙잡았다. 딱 적당하게, 딱 자신의 키 만큼만 나이 들었다. 크고 싶다고 생각지 않아도 큰다는 것을 알게 된 것일까. 아니면 한편으론 더 크고 싶지 않았기 때문일까.

그녀는 내 눈을 바라보며 웃는다. 해맑게, 다 알겠다는 웃음으로 나를 바라다본다. 모든 것을 인정하고 싶어진다. 그 노을에서 그녀는 무엇을 발견했지? 나를, 너를? 울고 싶었다. 사실은 이미 울고 있었다. 눈물은 구르고 떨어진다. 그녀의 눈을 바라볼 수 없었다. 서로의 '아'의 의미. 그것은, 그래 그것은

…열림.

붉게 타오르는 그 태양으로 나는 무엇을 가리고 있었는지 어렴풋이 느꼈다. 나

는 현존하는 내 부분을 부정했다. 밤을 가려 매일을 해 속에서 전부 숨겨, 덮어두고 처박아 놓는 것이 얼마나 위험한지를 나는 알지 못했던 것이다. 언제까지고 가려질 줄 알았다. 그러나 이렇게 지금 열렸다. 빠르든 느리든, 이제는 열렸다. 열.었.다.

　금세 웃음이 전염되어 버렸다. 웃음은 옮는데 단 10초도 걸리지 않았다. 하늘만큼이나 붉게 충혈된 내 눈동자가 앞을 바라보았을 때, 바로 그때.

　'아!'

　우리는 몇 분이고 몇 시간이고 웃었다. 바로 그것이, 그것만이 세상의 전부인 듯이. 그리고

　아, 실로 세상은 그것이 전부. 온 삶은 그것, 그것이 전부.

연결고리

연결고리는 빠져 있었다.

적어도 내가 자신을 의식할 때부터 이미. 고리는 어느 틈엔가 사라져버렸고 또한 그것이 내 스스로의 잘못이라는 것도 알고 있었다. 노력하지 않았다. 삶과 나는 이어지지 못한다고, 원래부터 그랬다고 솔직해지지 못한 채 자신을 부정해 왔다. 가만히 놓아두면 금세 흔들리는 꿈은 내게 좌절을 이야기했다. 어느 것 하나 허망하지 않은 것이 없었다. 꿈은 단지 꾸는 그 순간에서 끝이라고 치부했다. 두려움. 실패할 것이라는 헛된 망상에 사로잡혀 만들어낸 거절과 실패의 불쾌한 하모니는 그토록 하고 싶었던 모든 일들을 스스로 포기하도록 만들었다.

미래의 불확실은 내게 독이었다. 온 가득 미래를 그려대던 어린 나는 어디로 갔는지, 그 때의 나는 모두 조각났다. 무엇을 의미했는지조차 잃어버린 내가 떠들어대던 미래는 지금의 나와 연결될 여지라고는 찾아 볼 수 없었다.

나와 삶은 결코 이어지지 못했다. 이어질 수 없었다. 고리가 사라진 그 때부터 나는 나를 살지 못했다. 부질없는 시간은 흐르고 눈앞에서 자꾸만 밟히는 그 흐름은 계속해서 나를 짓누르고 옭아맸다. 그리고 여름이 시작되는 한 해 전의 더위 아래, 누군가 죽었다.

　부패한 죽음의 냄새가 나를 도망가게 했다. 도망가기 시작하자 눈에는 그제야 내 삶이 보이기 시작했다. 현실을 보지 않은 그 시간 속에서 뛰쳐나가 현실을 마주했다. 아, 그냥 그렇게 살면 된다는 안일한 생각은 증발해버렸다. 사실과 마주한 나는 살아왔던 삶이 내 것이 아니었다는 이미 알고 있는 사실들을, 그 시간들을 보았다. 단 하나 확실하게 이야기 할 수 있는 것은 내 시간은 앞으로 흘렀다는 것. 내 것도 아니었고 목적도 의지도 없이 흘렀던 것이지만 의미는 있었다. 삶과 나를 이을 수 있었다. 앞을 향하였기에.

　나는 그것을 누군가의 죽음으로, 어떠한 흐름도 내비치지 않는 고여 버린 한 인생으로 찾을 수 있었다. 나는 움직이기 시작했다. 잃어버린 연결고리를, 절실히 필요한 그 고리를 찾아야만 했다. 나와 삶을 이을 매개체. 내 현재의 마지막 도달점에 대한 확신이 필요했다. 작은 손과 소진된 힘으로는 나를 삶에 이을 수 없었지만 겨우겨우 손댈 수는 있었다. 나는 감히 그것이 행복한 혼란이었다고 말할 수 있다.

　단 한번도 사라지지 않았던 한 가지를 찾을 수 있었다. 그리 오랜 시간이 걸리지도 않았다. 고등학생이 되고 교내 백일장이 열렸다. 혼란은 그대로 글에 드러났다. 글은 거짓말 하지 않았다. 음지에 숨어 있던 자신을 양지로 끌어낼 수 있는 주제였다. '꿈.' 나는 잠들었다. 그리고 달을 좇는 내 모습을 발견했다. 달을 잃고 해가 시야에 가득 들어찼다. 뜨거움에 잠을 깼다.

　이어졌다.

　비로소 나는 내 현재와 미래, 다시 말해 나와 삶을 이을 연결고리를 찾아내었다. 글. 내 자신을 온전히 드러낼 수 있고 온전히 덮어 낼 수 있는. 나는 나를 글 아래에 숨쉬게 하고 싶었다. 토씨 하나, 단어 하나 내가 아닌 것이 없었다. 결국 지금 나는 책 쓰기 프로젝트에서 나를 이야기 할 힘을 얻었고 부산물―상이라든지―까지 따랐다.

어리지 않은, 결코 어리지 않은 지금, 열일곱. 고리를 되찾은 나는 더 행복하다. 아직도 잘 모르는 것투성이지만 무엇인가를 쓴다는 것 자체가 내 자신이며, 내 자신이 하나의 책이라고 믿고 있다. 나는 나를 위한 글을 쓰고 싶다. 그동안 나를 거부하고 거절한 것은 남들이 아닌 바로 나 자신이었다. 나를 써내고 싶다. 그리고 더 강해진다면, 누군가를 위한 글도 써보고 싶다. 내 마지막 꿈인 셈이다. 아주 오랜 시간이 흐른 후 나를 감당할 수 있는 초연한 시간이 온다면 바로 그 때에.

이 글들에는 내 모든 것이 녹아 있다. 어떠한 불순물도 포함하지 않은 채 그 상태로 용융되어 이 글자들 아래 흐르고 있다. 글을 쓰는 것만으로 정리되고 치유되며 흥분하는 내가 특별하게 느껴졌다. 특별하고 싶은 보통사람. 나는 그런 사람이다.

마음을 품은 네모

유슬기

마음을 품은 네모

"ㅇ…일…일ㄴ…일어나세요♪"

차츰 멜로디와 함께 그 글자들이 머릿속에 인식되어 올 때면 말 그대로 눈 깜짝할 새 일어나는 내 기계 같은 행동이 있다.

1. 벌떡 일어나기
2. 핸드폰을 둔 곳을 생각
3. 핸드폰의 전원이 있는 버튼 공략
4. 버튼을 2초간 누르기
5. 잠이 깨기 전의 다시 그 자리 그대로 눕기

이 순서에서도 가장 중요한 순서가 있으니, 내 빠른 행동들은 5번을 위해 일어나는 속도이다. 절대! 그 앞에 순서들을 해내느라 잠을 깨서는 안 된다. 그래서 잠을 깨기 위해 저녁의 나는 행동반경을 넓힌다. 책꽂이 안 책 속에 핸드폰을 끼워놓고 알람은 일 분간격으로 10회를 해놓는다. 이렇게 해놓은 이상 끄려다보면 깨겠지. 하는 아름다운 생각을 하고서. 그러나 아침의 나는 저녁의 나보다 많은 장

점과 영리함을 가지고 있다. 어쩜 그렇게 생각이 잘나는지 저녁에 고민 끝에 뇌둔 장소를 머리가 깨닫기도 전에 다리가 가서 책을 뽑는다. 슬라이드만 딸깍 대고 나면 다시 1분 뒤에 울릴 것을 알기에 전원까지 꺼버리는 치밀함까지. 아침마다 하는 이 실험을 통해 아침에 공부하면 공부가 더 잘된다는 말을 몸소 깨닫는 드문 사람이다. 자기 위해서 끄니 깨기 위해 알람을 맞춘 게 내가 아니라는 생각이 들 때도 있지만 그 두 행동 다 '나' 한 사람을 통해서 나오는 행동은 분명하다. 화장실 들어갈 때랑 나올 때랑 다르다고, 딱 그 마음인 거다. 그저 저녁의 나랑 아침의 나랑은 다른 사람일 거라고, 그렇게 생각하는 게 편할 뿐이다. 그 후 정확히 30분 후에 원래 이 시간에 일어나야 한다는 듯 일어난다. 강이안의 게으름 속에서 제조된 생체리듬이다.

이렇게 학교 가는 척 일어난 오늘은 일요일이다. 학교 대신 교회를 가긴 하지만 말이다. 어물쩍어물쩍 시간을 보내다 보면 결코 생각했던 시간에 나가지 않는다. 여유 있는 내 자신을 위해 조금 일찍 잡아놓은 시간을 지나 '꼭 저 시간이 되기 '전' 까지는 나가야 돼!' 하는 그 '전' 에 나간다. 이건 게으름이 만들어준 습관.

그렇게 도착한 교회에 착석하기 전 가장 익숙한 뒷모습을 찾는다. 닌자 못지않은 인기척 없는 발소리일 거라는 온전한 제 생각에 빠진 후 어깨에 살포시 손을 얹고 손가락 하나를 착! 내-밀-면!……푸시시— 들었는가? 아니 읽었는가? 손가락에 힘 빠지는 소리다. 결코 돌아봐주지 않는다. 심히 기분이 메롱하다. 아, 바보 같은 수연이 한테나 해보는 건데. 무안해진 손가락으로 오그라드는 표정을 숨기고 방긋이 웃음 짓는다. 방긋—

"안녕. 내가 여기까지발소리안내고인기척안내느라옷스치는소리하나안내며살금살금와서는아침부터너하나기분나쁘게만들고싶어서그래도혹시나속아서돌아보지않을까해서어깨에손얹었는데그거하나기분좋게안돌아봐주고손가락잡아버린은선아."

아-뿌듯해. 그러면 돌아오는 대답 하나 있다.

"멍청이"

아—기분 좋아!!! 기분 나쁘면 지는 거다! 아침부터 기분 좋게 먹은 욕에 회개 속에서 목사님을 쳐다보고 있노라면, 있노라면, 죄송해요 목사님. 이 친구랑 한 마디만 할게요. 원 플러스 원으로 한마디만 더……. 서비스……. 예배의 끝은 항상 회개이니라.

결국 예배를 드리지 못한 것에 회개를 드리고 나면 고등부 순서가 남아 있다. 계단을 오르던 도중에 강도사님이 부르신다. 벌써부터 기분이 좋다. 강도사님이 내게 무엇을 건네실 건지 알지만 모른 척 곁으로 가본다.

"왜요, 강도사님?"

"이안이한테 줄 게 있어서 그러지."

"뭔데요??"

그래, 모르는 척해서 강도사님의 기대치를 높여드려야지. 받고는 놀라며 더욱 기뻐하는 것도 잊지 말고.

"자—이안아, 주기로 했던 성경책이다."

"오오— 감사합니다. 강도사님. 성경책이 되게 예쁘네요. 와— 진짜 주시네요. 감사합니다!"

그 후 제 역할을 다 한 것에 만족하며 전에 썼던 이제 다신 보지 않을 까만 성경 책을 들여다본다. 성경아……. 네가 방금 받은 성경에 비해 못난 게 있다면, 세월 이랑 더 많이 지냈다는 거랑……. (디)자인이랑 가까운 사이가 아니란 거. 그래, 그뿐이야. 하지만 넌 성경인 만큼, 그곳에 넣어둘 거야. 그렇게 성경은 알아듣지도 못할 위로를 건네고 나면 내 자신이 큰 인심을 썼다는 듯 안심이 되어 내 스스로 를 대견히 여긴다.

하아—하아—하아— 힘들게 도착한 학교에는 학주 선생님이 지금 뛰지 않으면 지각이라고 호루라기를 불고 계신다. 아—친절하셔라. 내게 뛸 힘을 선사하시잖 아. 그렇게 세이프!를 외치고 나면 뒤쪽에 우르르 잡힌 지각생들이 보인다. 학생 10년째, 서당 개도 3년이면 풍월을 읊는데 이 정도는 해 줘야 하지 않겠는가 하고, 나무에서 떨어진 원숭이들을 안타깝게 쳐다봐준다. 뭐, 나도 가끔은 나무에서 떨어질 때가 있기 때문에. 그렇게 힘들게 올라선 교실에서 우선 마주치는 친구들과 인사를 하고 가방도 벗기 전에 '그' 앞으로 간다. 내 자리는 안타깝게도 맨 앞이지만 교실이란 본래 커봤자 책상 7개와 사물함 뒤라는 규모시라 '그곳'으로 가기까지도 오래 걸리지 않는다.

그리고 '그 곳' 내 '사.물.함.' 앞에 멈춰 서선 열쇠를 집어 든다.

딸각

내 사물함이 열리는 신호음

그 안에는 주변 사물함 속과는 조금 다른 상황이 펼쳐져 있다. 교과서는 단 한 권도 들어 있지 않은 채, 때 탄 곰돌이에 카메라, 엠피쓰리, 마지막 강의라는 책과 어린왕자 책, 일기장(사실 일기장이랄 것도 없다), 사진이 들어 있는 액자, 불우이웃을 돕기 관련 책자들, 일본어 책, 먼지가 쌓이고 있는 머그컵, 초등학교 운동회에서나 보던 아이스크림이 튀어나가는 아이스크림이 장난감. 그 외엔 버리기엔 뭔가 아깝고 가지기엔 자질구레한 것들이 들어 있다. 그렇게 애정 어린 눈길로 한번 씩 훑어본 후 어제로 내 손때 묻는 것에 인생을 마감한 성경책이 빈 곳에 들어선다. 성경을 조심히 넣다가 일기장을 살며시 꺼낸다. 일기장은 하루를 기록하는 공책이었던가. 내 일기장은 그것은 아니니 어쩜 일기장이라는 이름이 어색할지도 모르겠다. 그냥, 순간순간 내 기억에 남아 있는 기억들을 그것이 아침이든, 점심이든 마음 내킬 때 잠시 보관해두는 것 뿐이다. 그리고 항상 맨 밑에 달려 있는 같은 말들. 응답 없음. 언제쯤 응답 다음에 있음이라는 말이 와줄까. 그 응답은 꿈이다. 내가 응답이 온 날은 내게도 꿈이 생긴 날이겠지.

1교시 시작종이 친다.

공부를 하면 어쩜 이렇게 시간이 더디게 갈까. 공부만 한다면 하루를 48시간으로 살 수 있을 것 같다. 여러모로 공부는 효율적이다. 그렇게 멍하니 볼펜을 휙휙

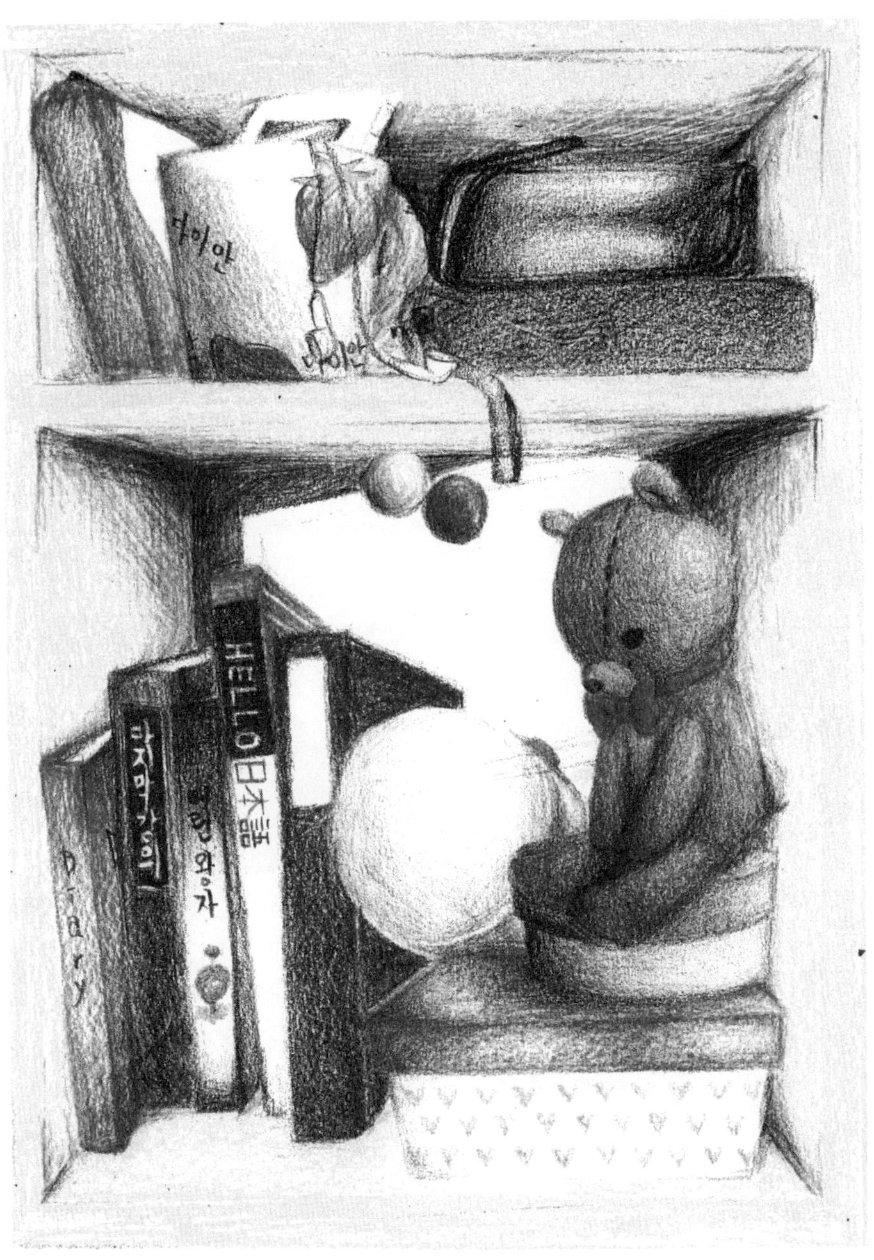
다이안
다이안
HELLO 日本語
마지막 날의
이탄 와ㅇ자
Diary

돌리고 있다 보면 '툭.' 볼펜이 떨어진다. 사실 볼펜이 떨어지면 귀찮은 건 내가 아니라 볼펜이 떨어진 주위의 친구이다. 앞에 앉은 진아의 허리가 이만큼 꺾이더니 곧 볼펜 하나 툭 던져준다.

"감사."

간단한 인사를 건네고 다시 돌려지는 볼펜. '툭' ……차라리 안 주워주면 마음이 편하다. 다시 숙여지는 진아의 고개. 휙 던져주는 폼이 한 번만 더 떨어뜨리면 가만두지 않겠다는 무언의 압력이 서려 있다. 그러다가 몇 분 뒤 '툭' 아…… 이번엔 생각 없이 있다가 손에서 볼펜이 떨어져 버렸다. 낭패다. 기어코 뒤를 돌아 진아가 한 마디 건넨다.

"왜 그렇게 볼펜을 떨어뜨리려대!"

"너 주우라고 떨어뜨리는 거야."

난, 적반하장 유분수를 좋아한다. 그렇게 투닥투닥 거리다가 수업 끝을 알리는 종소리에 재빨리 뒤로 향한다.

새로 넣은 물건이 있는 만큼, 이번 쉬는 시간은 그 물건에 신경을 좀 써줘야 하지 않겠어? 나름 신경 쓰고 있는 물건평등이다. 사물함을 여니 역시나 까만 성경이 눈에 띈다. 집어 들고 무엇을 읽어볼까 생각하다가, 결국 잠언이다. 성경책 안에서 잠언은 지혜의 말씀이라고들 하니까. 절대적으로 지혜가 필요한 난, 결국 항상 성경을 볼 때 잠언밖에 안 본다. 이름하야 성경 편식이다. 문득 성경을 읽고 있노라니 처음 교회 갔을 때 생각이 났다. 무엇보다 지금 내 삶의 큰 부분을 차지하고 있기에 생각이 꼬리를 물며 이어졌다. 비록 아직 내 믿음에 확신하지 못해도, 그 교회 안에서 받는 사랑이 너무 많기에 그 교회 안의 너무 좋은 친구들 덕분에 내가 그래도 자그마한 믿음이라도 가지고 살아갈 수 있기에 너무나도 고마운 곳이다. 그리고 그 곳에서 우리에게 말씀을 주는 목사님 그리고 강도사님이 생각났다. 나도 큰 믿음을 가져서 목사님은 못되더라도 선교는 해야 할 텐데……

왜, 난 17살이나 돼서 꿈 하나 없는 걸까. 왜 응답 하나 없는 거지? 그러나 가끔 어른들이 물어보시는 말에 대답하기 위한 가짜 꿈은 마련돼 있다. 이 나이에 꿈이 없는 것을 안타까워하실 어른들을 위하여 손수 마련한 착한 거짓말이. 사실상 착한 거짓말이란 것은 존재하지 않지만. 거짓말 자체가 나쁜 짓이다. 다만 현명한 거짓말이 존재할 뿐이다. 그렇기에 괴로운 거짓말을 시키는 꿈이란 녀석은 내게 아직 벅차다. 그런 꿈이란 녀석들을 세상 사람들은 어떻게 정의해 놨는지 갑자기 의문이 들었다. 국어사전에 따른 의미는 이러하다.

꿈 : [명사]

1. 잠자는 동안에 깨어 있을 때와 마찬가지로 여러 가지 사물을 보고 듣는 정신 현상.
2. 실현하고 싶은 희망이나 이상.
3. 실현될 가능성이 아주 적거나 전혀 없는 헛된 기대나 생각

누군가는 지금 잠을 자며 그게 현실치곤 이상하다고 느끼며 꿈을 꾸고 있을 테고, 누군가는 실현하고 싶은 희망이나 이상을 향해 어울리는 자신을 만들어 가고 있을 거다. 그리고 정작 난 실현될 가능성이 아주 적거나 전혀 없는 헛된 기대라는 생각에 꿈 하나 못가지고 쩔쩔 매는 꼴이다. 어릴 때야 내 욕심대로 꿈을 가질 수 있다. 대통령도 될 수 있고, 외교관도 될 수 있고, 의사도 될 수 있고. 그때까지만 해도 3번째 의미는 아직 알지 못한다. 그러나 1년 2년 자라가며 이룰 수 있는 꿈을 꾸기 시작한다. 현실을 고려한 꿈들을 말이다. 꿈의 3번째 의미가 스멀스멀 존재를 드러내기 시작한다. 아직 어느 대학을 갈지도 모르겠는데, 직업이라니. 내가 과연 그것이 어떤 직업이든지 할 수 있을까. 그냥 헛된 꿈은 아닐까. 고민, 그리고 불안. 꿈을 가지지 않은 사람은 불안해진다. 남은 인생에 대한 준비가 없는 것이기에. 준비되지 않았다고 매를 들어줄 사람도 없다. 꿈에 대한 준비가 없는 사람은 그대로 인생의 낙오자가 되어 힘겹게 살아가야 한다. 그래서 어서 빨리 꿈을

가지려 안달낸다. 불안하니까……. 왜 이런 중대한 결정을 10대에게 강요하는 걸까. 인생은 행복은 10대에 결정된다는 책들은 왜 그리 많은지. 난 그 행복의 결정권을 20대에게 미뤄주고 싶다. 우린 아직 어린데. 어린이의 교실에 또 다시 수업을 알리는 종이 울린다.

성경을 집어넣고 2교시 수업 준비를 한다. 흐음, 하던 생각이나 마저 해야겠다. 수학이다. 그뿐이다. 넌, 수학이니까. 이미 내 삶에 사라진 존재다. 철저히 무시해야지, 매 시험마다 네가 내게 주는 배신은 너무 크니까 이 정도 미움은 받아야 마땅해. 내가 먼저 너에게 손 내미는 일은 없을 거야. 워낙 세상 사람들이 중요하게 쳐주는 녀석이라 오만하기 그지없고, 많은 노력을 필요로 한다. 그래서 사실, 수학을 무시하면 겁이 난다. 그래도 수업을 안 들을 순 없기에 꾸역꾸역 들은 수업은 결국 잠으로 쏟아져 나온다. 정처없이 꾸벅꾸벅 휘젓는 내 고갯짓이 '전 선생님의 수업을 억지로 듣고 있답니다.' 라고 알려준다.

"자, 5분 내에 1번 문제들을 풀어보도록 해라."

문제풀기는 나만의 방법이 있다. 해답 훑으며 눈으로 계산하기.

"요놈들이 다들 문제는 안 풀고 왜 가만히 양 세리고 앉아 있어? 빨리 풀어라. 요 녀석들아."

'선생님, 너무너무 풀기 싫다고요. 저희는 푼다는 게 너무 힘들어요.'

그럼 여기서 왜 힘든 건지도 생각을 해줘야 한다. 선생님은 아는 것을 가르치지만 저희는 모르는 것을 배워야 하잖아요. 그렇게 결론지은 해답은 아는 것과 모르는 것의 차이다. 실장의 인사로 수업이 끝나면 그것이 차갑고 딱딱한 책상 위일지라도 안락한 10분을 보낼 수가 있다. 해골 물도 달콤하다고 느꼈던 원효 할아버지의 깨달음을 매일 경험하는 신세대 해탈인이다.

3교시 생물.

큰일이다. 이 책들을 다 어떡하나. 생물선생님은 무척 재밌고 좋으신데, 꼭 다른 선생님들과 다르게 바닥에 휴지라던가 책상 낙서 상태, 책상 위의 책들, 줄 배열,

특히 교탁에서부터 칠판 사이의 거리를 신경 쓰신다. 교탁에서부터 칠판 사이가 선생님이 서서 수업하시는 곳이니까 그런 거겠지만 말이다. 아마 너무 가까이 다가선 우리가 위협적이겠지. 여고생이란 가히 위협적인 존재다. 줄 오케이. 바닥 휴지 오케이. 낙서 상태 오케이. 교과서…… 네가 문제로군. 이마에 언덕 하나 멋지게 만들어줄 놈일세. 사물함에 교과서 하나 넣지 않는 난 당연히 책상 위에 차곡차곡 쌓아두는 수밖에 없다. 고등학교는 교과서 뿐만 아니라 부교재도 많다는 사실에, 그저 고개를 살짝 숙이면 책에 가려 선생님이 살짝 안 보일 뿐이다. 선생님은 그 책들을 보더니 몇 개인지 세리라고 하신 후 다른 아이들에게 눈길을 돌리신다. 그럼 여기선 세리라는 의도를 파악하기 시작한다. 왜일까, 왜 세려야 하는 걸까.

……! 개수 대로 맞는 거야. 어떡하지, 어떡하지. 넣을 곳도 없어. 고민 끝에 책들을 무릎 위에 얹고 책상 깊숙이 의자를 끌어당겨 앉았다. 원래 선생님은 책이 위에 안 보이는 것이 목적이라 그냥 안 보이면 안 보이나 하지 어디 있는지까지는 상관 안 하실 걸 이미 알고 있기 때문이다. 내 예상처럼 선생님은 그냥 수업을 하셨다. 하마터면 22권 수 대로 이마에 퇴적층 만들 뻔했다. 그렇게 힘겹게 다리 위에 올려놓고 있다가 수업을 일찍 끝내 주시는 은사에 감사하며 책들을 책상 위로 올려놓았다. 잠시 뒤 선생님은 환생한 내 책들에 감탄이라도 하셨는지, 언제 또 다시 그 책들이 다 나왔냐며 부들부들 떠신다. 알겠사옵니다. 다시 다리 위로 착석하지요. 내 다리가 다시 부들부들 떨리면 선생님의 몸은 진정을 찾으신다.

아— 난 절대적으로 잠이 부족한가 봐. 다시 잠이 들어야겠어.

"야— 강이안, 그만 자. 나 너한테 해줄 얘기 있단 말이야."

"……"

"야!!! 잠만 자대고 네가 무슨 신생아냐!!!"

신생아 하련다. 그러니 그만 소리치셔요. 신생아 깨요. 그렇게 쉬는 시간에 단잠을 자고 있는데, 갑자기 머리 위로 엄청난 무게가 느껴지며 "꺄아—" 하는 꼭 자신이 이 사건의 관계자요— 알려주는 목소리가 들려왔다. 내 머리 위의 무게는 고스란히 다 내 교과서의 무게였다. 책 산사태가 일어난 것이다. 이 갑작스런 재해는 누구한테서 위로받나.

"김다솜이…… 책 산사태를 일으켰겠다아!!!!"

간지럼을 유달리 타는 다솜이한테는 목 집중 공략이다. 손을 공격적으로 목 주변을 찔러대면.

"꺄르르르― " 그렇다. 이 아이에게서는 여고생에게서 듣기 힘든 소리가 난다. 아―신기해. 또 한 번 더.

"꺄르르르―"

사실 소리는 무척 즐기는 듯 내뱉지만, 그 모습을 보면 심히 처참하니, 목 주변을 감싸고서 땅바닥에 자신을 부착시키기 시작한다. 옵션으로 발버둥. 이 정도면 재해에 대한 위로는 충분히 받았고, 쓰러진 책을 서글프게 쳐다보다 4교시 책을 찾아낸다.

음악이라. 오오― 머리 안 쓰는 수업이야! 선생님의 반주에 맞춰서 내지르는 발성에는 나름 혼신의 힘을 다한다. 이상하게 열심히 하게 되는 과목이다. 가뜩이나 머리 쓰는 과목도 안하니 머리 안 쓰는 과목이라도 하라는 기특하신 나의 결정이신가 보다.

그러나 음악시간의 결정적 단점은 시간 배치다. 4교시. 이를 어쩐다. 내 밥!!!!! 띵동댕동― 다다다다다닥! 턱! 어? 뭔가, 발에 걸,렸,다?? 철푸덕― 설마, 내가 낸 소린가? 설마 나 지금 땅바닥에 붙어 있는 건가? 도대체 몇 사람이나 쳐다보고 있을까. 내 자세가 얼마나 웃기게 보이는 걸까. 난 일어나서 어떤 행동을 취해야 하는 걸까. 어떤 표정을 취하고 일어서야 하는 거지? 축하해. 이안아, 너 넘어졌어. 불과 1초 만에 모든 생각을 끝내고 일어난다. 앞에는 뛰다 말고 멈춰선 시민 몇 분이 계신다. 웃음을 참는 듯 나보다 얼굴은 더 빨갛다.

"괜찮아?"

"으응, 뭐 괜찮지."

나는 괜찮냐는 말이 싫었다. 안 괜찮은 걸 알면서 괜찮다는 말을 바라며 묻고, 안 괜찮으면서 괜찮다고 대답해야 하는 가식적인 말이니까. 순전히 상대방을 위한 말이 아닌가. 하여간 남들 앞에서 대 자로 뻗는 건 너무 스릴 넘치는 시련이다.

어렵사리 소녀들을 헤치고 사수해낸 내 위치. 그리곤 여유롭게 식판을 한 움큼 집어낸다. 그리고선 달랑 하나 내 손에 얹혀놓고 다음 사람에게 식판 한 움큼을 얹혀준다. 이유는 간단하다.

뒤로 줄줄 이어진 우리 반 아이들에게 식판을 전달하기 위해서. 혹시나 잘 전달돼 오던 식판이 누군가의 앞에서 뚝 끊어져 잡을 것 없는 두 손이 민 망해지는 걸 조금이나마 더 미루기 위하여. 분명 내 손에서 떠난 식판들도

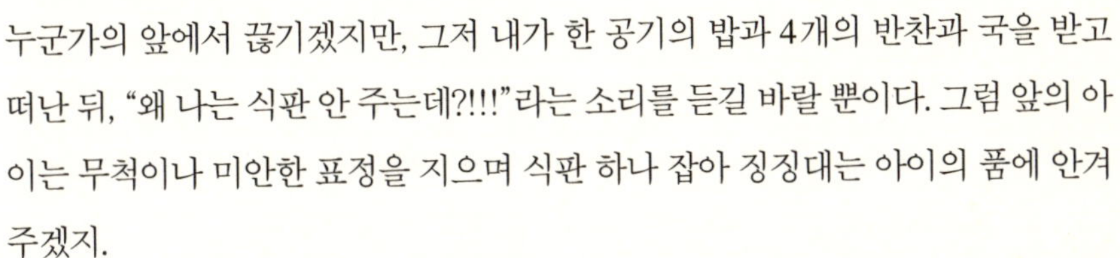

누군가의 앞에서 끊기겠지만, 그저 내가 한 공기의 밥과 4개의 반찬과 국을 받고 떠난 뒤, "왜 나는 식판 안 주는데?!!!"라는 소리를 듣길 바랄 뿐이다. 그럼 앞의 아이는 무척이나 미안한 표정을 지으며 식판 하나 잡아 징징대는 아이의 품에 안겨 주겠지.

서로의 얼굴을 쳐다보며 밥 먹겠다는 의지 하나로, 4개의 책상 위의 물건들을 잠시 이전시키고 힘겹게 급식 배열을 만들기 시작한다. 이 몫은 전부 처음 받은 사람의 몫. 아― 이럴 땐 그냥 나중에 받을까 싶다. 그리고 하하 호호 시작된 우리들의 점심식사는 누구의 식판에 맛있는 것이 가장 많이 담겨 있나로 시작된다. 다윤아, 너 고기가 한 숟가락은 더 많은 거 같애. 어차피 내 식판이 아니다. 저 아이는 저걸 먹고 살이 더 찔 거야. 그렇게 자기 위로와 함께 점심식사를 마친다.

사물함 앞에 앉아서 액자 속의 사진을 쳐다보고 있으니 갑자기 교실 안에 밤이라도 찾아온 듯 깜깜해진다. 내 등 뒤의 두 덩치들로 인해서.

"왜? 그새 나 보고 싶었어?"

"…… 죽을래?? 너 사물함에 뭐가 들어 있길래 그렇게 사물함에서 떨어지질 않는지 보고 싶어서 왔다."

"그래?? 내 어때? 나한테 소중한 물건들이야."

나한테 너무 소중하고 사연들이 있는 물건이라 내 친구들한테서 만큼도 그만큼 멋져 보이길 원했는지, 물어보는 목소리가 첫 만남에서나 들어볼 목소리다. 하

지만 우리 소녀들의 표정을 보아하니 아닌 듯.

"뭐, 별거 없네. 안에 물건도 많이 없어서 내 사물함보다는 좀 여유로워 보인다. 나 나중에 물건 뭐 하나만 맡겨둬도 돼나?"

휴우— 내 소중한 것들이 너희의 소중한 것들일 수는 없겠지만, 사람의 관점이란 이렇게 달랐던가? 하지만 속상한 마음 잠시 감추고 장난스레 한 마디 건넨다.

"됐어! 이 멍충이. 네 사물함이 터져나가도 내 사물함에 안 넣어줄 거야."

떵동댕동. 점심시간이란 항상 이렇다. 밥을 먹고 양치하고 잠시 시간이 나는가 하면, 내 생각을 비웃어주기라도 하는 듯 5교시가 찾아온다.

"야! 국사시간이야 빨리 앉아!!!"

실장은 제 역할에 따라 앉아서 조용히 해야 하는 우리 역할을 가르쳐주지만, 우리들은 역할에 충실하지 않는다. 국사선생님이 누군가의 눈에 포착되어 문을 열기 직전에 우리의 역할이 시작된다. 그리고 학기 초 따분하고 지겨울 줄만 알았던 국사에 그렇게 독특하고 활발한 선생님이 들어올 줄 수업을 들어보기 전에는 상상도 하지 못했었다. 그리고 그렇게 생생한 모션과 재연으로 국사 수업을 들을 줄도. 국사 선생님의 수업은 매력 있었다. 아마 국사에 대해 전혀 관심 없던 내게 국사를 재미있다고 느끼게 하였으니 아마 온전히 선생님이 발산해내는 매력이었을 수도 있었다. 그런데, 그런 국사선생님에게 매력을 느끼고 나자 선생님이 가지고 있는 그 선생님이란 직업에 대해서도 매력을 느끼게 됐다. 아이들에게 무언가를 가르친다는 것과 나의 수업을 듣는 제자가 있다는 것. 무엇보다 이렇게 나뿐만 아니라 모든 아이들의 존경과 사랑을 받는다는 것. 여느 때와 다름없는 생동감 있는 수업 후 사물함으로 어슬렁어슬렁 기어갔다.

딸깍. 그리고 마지막 강의라는 책을 집어 든다. 이 책을 쓴 사람은 책 속에 있는 CD를 통해 딱 한 번 간접적으로 강의를 들어본 적 있을 뿐이었으나 내게 선생님으로 있어서는 국사선생님 못지않은 매력을 가진 분이었다. 아니, 어쩌면 이 책을 통해 누군가를 가르친다는 것이 더 대단한 일이 아닐까 생각을 가졌다. 이 책은 다른 책과 달리 CD가 있었다. 영어공부를 하기 위한 책도 아니고 그냥 누군가의 마지막 강의가 들어있는 책이었다. 그 CD는 이 교수가 한 마지막 강의를 담은

CD이었다. 책을 읽기도 전에 CD를 먼저 봐버렸다. 그리고 그 강의는 내가 짧은 생을 살아오면서 그 어떤 강의와도 다르고 많은 메시지를 주는 강의였다. 그는 죽음을 앞두고 자신의 아이들에게 많은 이야기를 해주고 싶어 했고, 그것을 마지막 강의로 풀어냈다. 그의 강의는 꿈으로 가득 차 있었으며 그는 꿈으로 똘똘 뭉친 사람이었다. 그가 빛나 보인 것도, 달라 보인 것도, 유명한 교수가 된 이유도, 꿈을 가진 자여 서였다. 그는 우리가 흔히 생각하는 직업 따위를 꿈으로 삼지 않았다. 무중력 상태에 있어보는 것이 꿈이었고, 백과사전에 자신이 쓴 글이 올라가는 것도 꿈이었으며, 누군가는 벌써 백번은 이뤘을 봉제동물인형 따기도 꿈이었다. 봉제인형 따기. 그것을 꿈으로 가져본 적이 있었던가. 기껏해야 하나의 소망으로 간주하고 꿈이라는 이름을 붙여줄 가치가 없다고 생각하지 않는가. 그렇게 그는 작다면 작은 꿈들도 하나하나 이뤄가며 큰 사람이 되었다. 그가 죽었다는 것을 알게 됐을 때는 꼭 그를 이미 알고 있었던 사람처럼 안타까웠으며 슬펐다. 그 사람이 살아있었다면 들을 수 있었을 메시지가 몇 십 개는 더 있었을 텐데……. '살아 있는 것만으로도 그 가치를 다 하는 사람'이 죽었다니 슬플 수밖에……. 꿈을 이룬 그는, 이렇게 다른 사람의 꿈이 되어가고 있었다.

"야, 강이안! 너 체육복 안 갈아입어?"

"어??"

"체육복 안 갈아입냐구!! 다음 시간 체육이니까 빨리 갈아입어. 너 주번한테 달달 볶이고 싶어???"

그 어느 학년보다도 튀는 형광 주황색 체육복을 갈아입고 어서 빨리 소녀들과 운동장을 향해 달린다. 왜 어느 학교든지 평범한 체육복은 없을까. 꼭 학교 체육복이라는 티를 내야 하는 걸까 라고 투정부리며.

줄넘기 수업을 한 건지 땅따먹기 수업을 한 건진 모르겠지만, 줄넘기 하는 시간에 열심히 땅따먹기를 하고 올라오니, 그것도 체육수업에 한 거라고 지친 몸이 되어 교실을 향해 올라섰다. 존재만으로도 감사한 정수기라는 물체가 눈앞에 보이고 손에 움켜쥔 컵으로 한순간에 천사로 등극하는 같은 반 친구가 보인다. 아아― 내게도 은사를 주소서. 컵을 잽싸게 잡아채고 꼴깍꼴깍 넘어가는 물맛이 행복 그 자체다. 컵 하나 없어 매번 물병 빌려 마시는 내 자신에게 불만을 좀 토로한 뒤 사물함으로 가본다. 그 안에는 내가 없다고 투정부린 머그컵 하나가 구석에 들어 있다. 그러고 보니 이제는 저 밑구멍에 먼지들이 쌓여 있는 이 컵은 사용 안한 지도 오래되었다는 것을 표시해 주고 있다. 중3 때 선물 받아 고등학교 초기 시작할 때부터 함께 해 온 이 컵은 무슨 사연으로 여기까지 들어 왔더라. 맞아. 이 컵 전염컵 이었지. 학기 초 나를 비롯해 여러 명의 아이들이 유리컵을 가지고 왔었다. 그러나 어째 그것이 항상 자신의 손이든 남의 손이든 차례대로 아이들의 컵이 깨지기 시작했고, 나도 저러다 금방 깨지겠거니 마음을 비우고 있으니, 책상 위에 널부러 놓아도 어째 이 컵이 깨지지가 않는 것이다. 얼마나 가나, 얼마나 가나, 했더니 비워진 내 마음이라도 채우려는지 결국 나를 제외한 모두의 컵이 깨질 때까지 내 컵은 홀로 빛나고 있었다. 그러니 어느새 컵이 없는 대부분의 아이들이 나의 컵을 사용하게 되었고, 내 컵은 만인의 컵이 되어 있었다. 그러던 어느 날 감기 걸린 한 친구가 내 컵을 들고 물을 마시고 내준 것이 그 시작이었을 것이다. 아무 생각 없이 남은 물을 마셨다, 다음날 학교에 왔을 때 난 이미 목감기가 걸려 있었다. 그 후의 절차는 반복된다. 내 컵을 사용한 아이가 감기에 걸리고 또 다른 아이가 감기에 걸리고, 그러다 우리 분단 전체가 같은 감기에 걸리고 말았다. 아— 이 사랑스러운 컵. 바이러스 덩어리 같으니라구. 바이러스를 퍼트린 죄로 사물함에 무기징역에 처해진 거나 마찬가지다. 그렇게 이 컵은 사물함에서 먼지나 먹고 있게 된 것이다. 너도 사람에게서 바이러스만 옮지 않았더라면 체육 시간 뒤 행복을 담을 수 있는 영광을 누렸을 텐데. 너도 피해자 일 테지……

7교시가 지구과학이었네. 몇 개월을 있어도 시간표는 도저히 외워지질 않으니나 원 참. 과학 선생님처럼 생기신 과학 선생님이 곧 들어오신다. 꼭 이렇게 과목과 어울리게 생기신 선생님이 있다. 왜 그 모습이 그 과목과 닮았냐고 하면 그건 말하지 못한다. 과학에 종사하는 사람들이 풍겨내는 이미지를 표현하지는 못하나 느끼는 건 있다고 해두자.

"오늘은 태양계를 공부할 꺼다. 자, 행성들은 지금 몇 개지?"

"8개요."

"그래, 원래 2006년까지 명왕성까지 합해서 9개였지만, 명왕성은 전부터 행성이 맞다, 아니다로 말이 많았는데, 결국 퇴출되었다. 그게 왜 퇴출되었냐 하면……."

아, 별 이야기네. 난 과학 중에서도 이렇게 천체에 관련된 게 가장 신기하다. 몸이나 여러 생물들의 특성을 과학적으로 풀어내는 생물도, 물체의 힘과 전기의 작용 등을 알아보는 물리보다도 여러 약품들로 인해 발생하는 현상을 보는 화학보다도, 이 지구과학 부분 중 행성들에 관한 게 가장 신기하다. 하지만 과학으로 밝혀지지 않았으면 하는 부분이기도 하다. 과학적으로 풀이되어도 신기하기는 하지만, 별은 아직은 우리가 다가가기엔 먼 존재로, 초월적인 존재로 남아 있었으면 한다. 지구는 맨틀과 외핵과 내핵과 뭐로 이루어졌고, 달은 태양의 빛을 반사해서 빛을 내는 것뿐이라는 그런 얘기보다는, 저 우주 너머엔 지구를 닮은 더 많은 별들과 태양과 별이 있다는 아득한 이야기로 남아 있었으면 하는 마음 말이다. 사람들이 신비로운 별에 대해 좀 더 많은 것을 상상해낼 수 있게. 과학은 실제로 상상을 죽인다. 그 증거로 달에 있던 방아 찧는 토끼님은 달이 과학적으로 설명되면서 살해당하셨다. 그렇게 흥미로운 수업은 끝나고, 가만히 턱을 괴고 생각하니 사물함 속에 별을 담은 이야기가 하나 있다는 게 생각났다. 딸깍. 책을 뽑아들고 앞을 보니 어린왕자란 글자와 그 어설픈 어린왕자 그림이 보인다. 내가 읽은 동화책 중에 유일하게 별을 담은 이야기다. 내가 처음 어린왕자를 읽었던 게 언제더라. 아마 초등학교 1학년 때쯤, 명작이라는 소리를 들으며 읽었던 것 같다. 얼마나 재밌기에 이렇게 유명한 거지 하며 펼친 그 책은 착한 공주님의 사랑이야기도, 착한 일을 한 어린이의 이야기도 아니었다. 그리고 그 책에는 착해야 한다는 이야기도 이렇게 저렇게 살아라, 하는 이야기도 없었다. 비행기를 운전하던 어른이 들려주는 어린왕자의 이야기일 뿐. 어린 나에게는 공주님의 사랑이야기보다는 재미없었지만 그래도 명작이란 소리에 그 책을 제대로 알아주지 못한 것 같아 계속 읽고 싶었다. 동화는 읽을 나이가 지났잖아, 스스로 치부해 버리고 지나온 세월 중에 그래도 나이가 있다고 영어도 같이 써져 있는 어린왕자를 선물로 받았다. 이상하게도 그 내용을 아주 뚜렷하게 기억하고 있었다. 그렇게 읽던 중 한 대목에서 아주 오랫동안 책장을 넘기지 못했다. 어릴 적 자신이 이 대목을 보면서 비웃어 주던 생각이 나서이다. 그 대목은 술을 먹는 사실이 부끄러워 술을 마시는 아저씨가 나오는 대목이었다. 다른 동화책이었다면 술을 먹는 아저씨의 술 먹는 이유는 분명 교훈적인 이야기였을 것이다. 자신의 잘못이 있어 그것을 잊고 싶어서 먹는 것이라고. 그러니 너는 이런 저런 잘못은 하면 안 되다 교훈을 주려 했겠지. 그런데 어린왕자에서는 술을 먹는 자신이 부끄러워 술을 마신다고 적혀 있었던 것이다. 어릴 적의 난 의문과 함께 그 아저씨를 비웃어주었다.

"술을 먹는 게 부끄러워서 술을 마신다고? 그럼 술을 안 마시면 되잖아. 진짜 바보 같은 아저씨네."

그런데 그때와 다른 이유로 그 대목에서 멈출 수밖에 없었다. 그건 동병상련이었다. 공부를 못하는 게 고민이라 공부 못하는 바보 같은 짓을 같이 하고 있다는 동질감. 어린 날의 나와 달리 성장한 나는 술 취한 아저씨를 동정할 수 있게 됐다. 아— 아저씨, 우리는 어린아이도 알고 있는 그 쉬운 답을 왜 실천하지 못하며 살아갈까요…….

8교시 도덕수업

아, 아직 8교신 건가. 어째, 시간한테 놀림당하고 있는 기분이다. 그래도, 도덕이니까. 빡빡하게 수업은 안하시겠지. 선생님이 익숙한 손놀림으로 노트북을 켜신다. 아이들이 기대에 찬 눈빛으로 티비를 바라본다. 그저, 티비로 뭔가 사진 한 장만 나와도 그저 좋은 것이다. 소녀들이여, 그대들은 진정 소녀이기 전에 학생이셨군요. 그리고 곧 한 인자한 할아버지의 사진이 뜬다.

"자— 여러분 보세요, 이 사람이 바로 고르바초프입니다. 이 사람은 머리에 세계지도 모양의 점을 가지고 태어났어요. 그리고 엄청난 일을 해냅니다……."

세계지도가 머리에 새겨진 사람이라…… 이분도 뭐 위인전에 수록된 인물들 중 한 분이겠네. 머리에 새겨진 세계지도부터가 위인처럼 생겼어. 그는 자신이 위인전에 쓰일 줄 알았을까. 하지만, 이름이 남겨지리라는 것은 알았겠지. 그리고 사람들은 그 위인전을 자신의 아이들에게 읽히며 저렇게 위인전에 나오는 사람이 되라고 가르치고, 아이들은 읽으며 위인전에 쓰이는 위대한 사람이 되고 싶다고 소망을 가질 것이다. 난, 위인전에 나오는 사람이 아닌 동화 속에 나오는 사람이고 싶다. 위인전에 나오는 사람들은 항상 평범한 사람들과는 다르다. 남들보다 뒤떨어져도 호기심이 많고 뒤떨어진 사람들보다도 어릴 때부터 유달리 똑똑한 사람들이 많았기에. 그러나 동화책은 다르다. 분명 처음은 남들보다 어설프고 문제가 있거나 잘못을 했지만 후엔 성공하니까, 아니, 꼭 성공하지 않아도 그들은 행복하다. 그리고 그들의 이야기는 언제나 교훈적이다. 난 이미 위인전의 사람들처럼 영특한 어린 시절을 보내지 못했다. 그래서 난 남들 인생에 교훈이 될 수 있는, 그리고 후엔 행복할 수 있는 그런 동화 속 사람이 되고 싶다. 그러므로 불안해 할 필요도 실망할 필요도 없다. 난 이팔청춘에서 고작 1살 더 많지 않은가. 기대는 하지 말되 희망은 갖자. 기대는 때때로 실망이라는 비싼 값을 치러야 하지만 희망은 앞으로 갈 수 있는 힘을 준다. 힘내자, 강이안! 난 아직 포기하는 주인공은 보지 못했으니까! 내 인생의 주인공은 난데, 내가 포기하면 주인공은 누가 해줘.

9교시 논술 수업

마지막 교시다! 그 생각과 함께 즐거운 논술수업이 시작됐다. 논술 선생님이 좋아서가 아니라 내신에 구애받지 않는 수업이기 때문이다. 고등학생에게 있어서 논술에 구애받지 않는다면 그것보다 더 즐겁고 편안한 수업은 없다. 편안하다는 것은 그 수업을 충실히 듣지 않아도 마음에 아무런 불편함이 없다는 말이다. 선생님의 손으로부터 하얀색 A4용지가 날아왔다. 항상 받아온 종이들은 회색빛의 우둘투둘한 갱지였기에, 가끔씩 날아 들어오는 하얀색 종이엔 당황한다. 그 새하얗고 맨들맨들한 종이가 왠지 너무 귀하게 느껴져 빡지라도 써줘야 할 것 같은 느낌이 들기 때문이다.

"자, 종이 다 받았지? A4용지 왼쪽에 지금 생각나는 단어 5가지만 적어봐. 아무거나 상관없어. 깊이 생각하지 말고 떠오르는 대로 써. "

단어? 뭘 써야 할까. 도대체 뭘 하시려는 거지? 우선 친구, 마음, 바람, 텔레비전, 꽃을 순서대로 써넣었다. 아무생각 없이 떠올리니 정말 기본적인 것들이 떠오른다.

"자자! 다 적었지? 그다음에는 A4용지 오른쪽에 생각나는 단어 5개를 적어"

또 다섯 개? 아무런 목적도 이유도 없이 적는 단어는 사실 쉽지 않았다. 아무 단어나 적으라고 하셨지만, 좀 더 나은 단어를 적어서 후에 일어날 일에 득이 되어야 하지 않을까 하는 생각이 들기도 하고, 갈피가 잡히지 않았다. 아무런 목적 없이 쓰는 단어 하나도 이렇게 고민이 되는데, 목적 없이 앞으로 나아가는 길에는 얼마나 많은 고민이 기다릴까. 아—또 뭘 적어야 하나…… 사물함, 힘, 사랑, 사람, 손. 다 됐다. 여유롭게 주위를 둘러보면, 정말 아무생각 없이 적은 건지 휘갈겨 쓴 글씨체들과 생각 말고 적으라는 선생님의 말은 어디다 내팽개쳤는지 고민하는 아이도 보였다. 짝꿍과 소곤소곤 떠들고 있으니 곧 와글와글 거리는 모두가 소곤대는 소리가 들려왔다. 선생님이 내놓은 일은 모두 다 끝냈다는 일종의 신호다.

"떠드는 거 보니까 다 했나 보네! 자 조용하고, 그러면 이제 왼쪽에 적은 단어들을 오른쪽 단어들에 하나씩 연결해서 문장 하나를 만든다. 예를 들어. 오른쪽에 선생님이란 단어가 있고 왼쪽에 미남이라는 단어가 있다면. 그 둘을 매치시켜…… 그래,,,, 그 둘이 매치되면 안,,되겠,,지???"

아이들의 표정이 심상치 않음을 느끼셨나 보다. 그럼요, 선생님. 그 둘은 매치되면 안 되는 금지어입니다.

"예를 들어 오른쪽에 비라는 단어와 왼쪽에 청소부라는 단어가 있다면 비는 청소부이다. 라고 문장을 만든 뒤. 비가 내리면 먼지들이 떠내려가기 때문이다. 라고 밑에 그 문장이 성립하는 이유를 적는 거다. 대충 알겠지? 하지만 단어들이 그렇게 매끄럽게 연결되지 않을 꺼다. 자신이 이유를 찾아서 적어야 하는 경우가 더 많을 거야. 제일 열심히 안 하는 사람은 발표시킨다."

아, 이런 거였어? 좀 더 그럴 듯한 단어들을 적는 건데. 매치될 만한 게 안보이잖아. 으음, 보자,,, 우선 친구는 힘이다! 그래, 이건 좀 쉽네. 이유는, 친구는 내가 힘들 때 곁에서 즐겁게 해주기도 하고 고민도 들어주고 힘을 내게 해주니까. 좋아, 좋아. 매끄럽군. 사랑은, 으음,,,,마음이다?? 아냐, 좀 더 괜찮은 게 없을까? 사랑은,, 바람이다! 이게 좀 더 낫겠다. 사랑은 바람처럼 누군가의 곁을 머물다가 다른 곳으로 떠나니까. 텔레비전은 사람이다. 텔레비전이 여러 개의 채널을 가지고 있는 것처럼 사람도 여러 개의 모습을 가지고 있으니까. 어라?? 써놓고 보니 또 말이 되는 거 같네. 사물함은 도대체 무슨 말을 써 넣어 줘야 어울리는 거야?? 사물함이 꽃일 리도 없고, 친구? 말이 되기는 하는데, 친구는 힘이 더 어울리지. 에이, 주특기 써야겠다. 나중으로 미루기. 아, 내 사랑하는 사물함. 네가 골칫덩이가 되다니. 내가 너에게 온 마음을 다했거늘. 내 마음을 다 담은 물건들을,,,, 어? 마, 음?? 그래. 사물함 너는 내 마음을 담은 곳이야. 그러니 곧 사물함은 내 마음이지. 사물함은 내 마음이다. 이유는 내 마음과 내 소중한 사연을 담은 물건을 보관해 놓은 곳이기 때문이다. 그래, 사물함을 내 마음이라 보고 사물함 안 속의 물건들은 내 마음 속에 있는 내 관심들인 거야. 이때동안 적었던 그 어떤 문장보다도 명쾌했다. 그래, 사물함은 내 마음 자체였어.

"자— 대충 다 마쳤지? 마음속의 단어들이 뭐가 나왔는지는 모르겠지만, 그 단어들을 적게 된 건, 그게 니들이 자주 생각하고 근접해 있는 단어겠지. 마음속에 주로 담고 있던 생각들이나 더 깊이 생각해 본 것들이 바로 너희들의 꿈과도 연관돼 있단다. 너희들이 만들어 놓은 문장들을 보면서 꿈과는 뭐가 관련이 있을지 생각해 봐."

선생님. 저는 마음속에 있는 꿈과 관련된 단어가 아닌, 제 마음 자체를 찾은 거 같애요. 저도 몰랐던 제 마음을요. 그리고 제 마음 곧 사물함에 담겨 있던 책들, 봉사 책자들. 카메라,,, 모두 다 제 꿈을 만들어줄 물건이기도 한 걸 이제야 알았어요.

"자 오늘 수업은 끝이다. 9교시 하느라 수고했다."

"차렷. 경례." "감사합니다."

의자에서 일어나 항상 가도 또 들여다보고 싶은 그곳을 향해 몸을 튼다. 가자. 뒤편의 내 작은 마음으로. 살며시 꺼내본 내 일기장에 날짜와 함께 단 한 줄의 일기를 남긴다. 응답 있음. 이젠 알 수 있을 것 같았다. 선생님이라는 그 직업이 제겐 좀 더 관심이 있고 마음에 있었단 걸. 그리고 그 직업이란 꿈을 통해 또 다른 내 많은 꿈들을 이루어 갈 거란 걸. 응답 없는 하루들을 보내면서 얼마나 기다려왔던 네 글자던가. 기쁨이 고여 온다. 그리고 난 한 가지 더 알 수 있었다. 오늘을 전날 같이 응답 없음 이라는 같은 글을 적었을지라도 마음만은 이렇게 가졌을 꺼란걸. '괜찮아. 꿈을 마련하는 시간이 남들보다 조금 늦어져도. 언젠가는 없어질 이 꿈의 불안함을 즐겁게 가지자. 난 이팔청춘 보다 1살 더 많을 뿐이다.'

내 순간은
당신의 영원보다 길다

김민

PAUL GAUGUIN D' o? venons nous? Que sommes-nous? O? allons-nous?
폴고갱(Where do we come from? What are we? Where are we going?)

내 순간은 당신의 영원보다 길다

1

한없이 잘게 쪼개어지는 순간이란 것에 대한 인식.

누구도 순간이 정확히 얼마만큼의 시간인지 헤아릴 수는 없다. 아니 어쩌면, 누구나 저마다의 순간을 정의할 수 있기 때문에 무엇이 옳은지 못 고르는 것일지도 모르겠다.

언제부턴가 연필만 잡아들면 써내려갔던 단어, 순간. 기분이 쉽게 변하는 성격 탓에 좋았던 기억, 싫었던 경험이 순간순간으로 낙서되어 있다. 여기저기에 두서 없이 말이다. 그리고 그 감상들엔 항상 지금 이 순간의 충만한 느낌이 내일이면 사라질까 안타까움이 배어 있다. 나조차도 내 순간을 온전히 소유할 수 없음에 짜증도 내고 있다. 이상하리만치 순간에 집착하고 있던 거다.

잠깐만. 그럼 대체 순간이 뭘까? 내가 그토록 완전히 갖고 싶어 하는 시간의 영역. 순간이란 게 있기는 있는 걸까? 시간도 인간의 편의를 위해 정의된 것일 뿐, 자연에는 애초에 그런 개념조차 없는데 말이다. 사실 순간이니 영원이니 하는 것도, 오랜 시간 뭇 사람이 떠들어댔던 낭만적인 사유에 불과할런지도 모른다. 하지만 그렇게 단정짓기엔 너무 많은 사람이, 너무 많이 사고했다. 분명히 관념적인 것이지만 실재하는 것이나 다름없을 만큼. 그렇게 순간순간으로 한평생을 살았고, 나와 똑같은 아이를 낳아 길렀고, 시간이란 기발한 개념 따라 무수한 이야기가 녹아들었고, 우리는 우리의 과거를 역사로 포장한다. 순간이 순간인지, 계속인지도 분간이 안 되기 시작한다. 도대체 얼마만큼이 순간인지도 생각해 보게 된다. 금세 머릿속은 복잡해지고 궁금증은 서로 맞물린다. 끝이 없는 되풀이가 시작된다.

그래, 포기. 순간이 무엇인지 완벽히 정의내릴 수 있는 사람은 아무도 없다. 또 얼마만큼인지 증명해 보일 사람도 없다. 또 처음부터 그렇게 하는 게 아니었다, 순간이라는 관념은. 내 기억 속의 순간들도 저마다 다른 크기로 남아 있다. 그리고 변하지 않는 건, 어떠한 경험을 한 순간의 느낌으로 기억하며 중시하는 내 습관. 왜 내가 그렇게 좁은 마음으로 순간에 집착하고 빠짐없이 기억하려 애쓰는지, 어떤 기억들이었는지, 그것들이 내게 무엇을 말하는지. 그 후에도, 내게 그 순간들이 여전히 순간으로만 남아 있는지. 하고 싶은 말들은 무지하게 피어오르는데, 내 마음이 비좁고 앎이 부족해 글로써 다 할 수 없음이 부끄럽다.

누구나 그러하듯, 내게도 아무리 오랜 시간이 흘러도 잊히지 않을 순간들이 있다.

일곱 살 때 외할머니 품에 안겨 들은 자장가. 한참 동안 들어오던 앨범이 갑자기 너무 좋아 맘이 설렐 때. 시골집에서 나를 향해 떨어질 듯 빛나던, 하늘을 가득 채운 별들. 저 별빛은 도대체 얼마나 먼 공간을 얼마나 오래 날아온 걸까? 〈데미안〉을 처음 읽었을 때. 두 번째 읽었을 때. 그 다음 또 다시 읽었을 때. 그 때마다의 깨달음의 충격. 귀여운 남자애의 첫인상은 틀리는 법이 없고, 계속 생각나서 바보같이 웃었던 것. 정말 오랫동안 좋아해 온 가수의 콘서트를 드디어 보게 된 날. 어두워지는 조명, 커지는 음악, 덤으로 터질 것 같던 내 가슴까지.

내 삶에 굵직굵직한 전환점들은 많지만, 순간의 기억이 선명한 것은 오히려 사소한 일들이었다. 순간으로 다시 기억될 일들이 꼭 특별한 경험일 필요는 없다. 이 글에 등장하는 그 단어 개수만큼이나 많은 순간들이 나를 끈질기게 괴롭혀왔다. 그만큼 일상적인 나날 중에서, 나는 갑자기 무언가를 생각하고 또 느끼곤 했다.

2007. 09. 16.

순간을 오직 나의 것으로 만들 수 있다면 얼마나 행복할까. 시간의 연속이 지속적이란 것은 내게 극복할 수 없는 고통이며, 나 자신을 낮은 곳에 남기려는 참 절대적인 흐름이지만, 어쩌면 나의 이런 극단적인 단점……(말하자면 의지박약)을 깨닫게 하는 유일한 것일지도 모르겠다. 때로는 측은하다. 내가 이런 고통을 이제야 깨달았단 것이. 어쩔 수 없는 일이다. 지금은 지난 시간을 원망하고 있지만, 정작 그 지난 시간에 이걸 깨달을 수 없단 건 너무 당연한 것이었지 않을까. 깨달음은 언제나 느리기에 고통스러운 거잖아. 언제나 생각했다. 깨닫는 것은 고통의 연속이라고. 깨닫는 것은 내가 무지했던 것에 대한 부끄러움이라 고통이며, 깨닫는 것은 내 의식이 깨어가는 것이니 응당 그에 걸맞게 사회가 내게 진중한 책임감을 요구하기에 또 고통이다. 그리고 모든 앎의 과정은 쉬이 얻어지는 게 아니라 깨닫는 그 자체가 힘든 고통이라 생각했다. 고통이다. 고통이다. 고통이어서 난 하지 않았던 걸까?

고입 실패. 남들보다 한 박자 먼저 경험했다면 위로가 될까 싶었다. 워낙에 지난 일이라 기억도 나지 않지만, 중학생 때 경험했던 고등학교 입시 실패는 전에 느껴본 적 없는 극심한 고통이었다. 이제 아무렇지 않게 담담하게 기억할 수 있는 것은 싫은 기억은 금방 잊고 마는 특유의 성격 때문에.

입시를 준비하면서 시간이 부족한 것에, 뒤늦게 시작한 것에 미칠 듯 후회하며 썼던 글에서도 순간을 아쉬워하고 있다. 온통 고통스럽다고, 힘들다고 떼쓰고 있지만 그 순간을 모두 지나고 난 후에 남은 것은 성장이었다. 당시엔 내가 바라던 것을 이루지 못했지만, 이제 와보니 분명 그 때 나는 나만의 순간을 가지고 있었던 것이다.

2009. 05. 03.

서늘한 상실감. 잃는 것으로부터 오는 모든 서글픔.

도로 한 중간에서 길을 마저 건너기 위해 기다리고 있는 할머니의 뒷모습을 보며 가슴 한 구석에서 뭔가가 흘러나가는 것 같다. 늦은 저녁 시간, 가로등 불빛 아래여서 그랬나.

나는 정확히 내가 살아가는 삶의 좌표를 모르겠다. 나처럼 불완전하고 미흡하기 짝이 없는 영혼에게도 인생이란 것을 살아갈 기회가 주어졌다는 것이…… 새삼스레 내가 살아가는 순간이 숭고해진다.

사랑하는 것을 잃기엔 너무도 맘 아픈 순간이다.

집으로 돌아가는 차 안. 그저 아빠가 운전하는 차 안에서 편안하게 늘어져 창 밖을 내다보는데, 무단횡단 하시던 한 할머니의 뒷모습을 보았다. 갑작스럽게 밀려드는 슬픔에 힘이 다 빠지더라. 지금 생각해도 그 이유를 모르겠다. 늦은 밤, 양손에 짐을 한가득 들고 도로 중간에 서 계신 할머니의 모습이 내게는 방황으로 다가와서 그랬을까. 순식간에 지나간 할머니의 모습이 참 오래도 머릿속에 남아 있었다.

2009. 06. 12.

-지금 이 순간, 여기서 내 삶이 멈춰버려도 좋을 만큼 행복했던 적이 한 번이라도 있었을까? 그만큼 행복하면 과연 정말로 미련 없이 끝낼 수 있을까? 그럴 용기가 있을까? 만약 그렇지 않다면 왜 그렇게 행복에 집착할까.

-마음을 열어줄래? 근데 울 것 같다. 이런 경험은 너무 낯설어서. 하마터면 살면서 한 번도 경험하지 못했을 순간이 나를 관통하고 지나간다. 너무 낯설어서. 너무 설레고 무서워서. 조금만 한 눈 팔면 놓칠세라 잊어버릴세라 집중하는데, 그게 쉽지만은 않아. 아찔하다.

처음 글을 쓰기 시작했을 때, 순간에 대해 깊게 되짚어 보았다. 그리고 그에 앞서 내 자신을 반문해 보기도 했다. 말 그대로 처음이었다. 내가 나와는 완전히 다른 사람이 되어 나를 살펴보기. 당혹스럽기도 하고, 무엇보다 너무 어려웠다. 그 낯선 감정 하나하나가 초 단위로, 분 단위로 흩어지는 게 더 견디기 힘들었다. 감정을 붙잡아 두기가 이렇게 힘들까, 하고 애가 탔다.

2009. 09. 03.

좋은 날.

연습장에 적힌 낙서. 왜 쓴 거지? 근데 이 말 정말 좋다.

좋다는 현재의 사실이, 좋기를 바라는 기원이……

그런 긍정적인 느낌이 나서 더 좋다.

날씨 좋은 게 기분 좋을 만큼 두서없이 변하는 내 감정. 글에 적힌 그대로다. 종이 끄트머리에 적힌 '좋은 날' 이라는 단어 하나에도 금세 기분이 좋아져 서둘러 이 글을 적었던 기억이 난다. 그리 오래되지 않은 기억이니까. 그 순간의 나를 지금의 내가 충분히 느낄 수 있다.

2009. 09. 16

늦었지만 깊지는 않은 밤. 비가 오는 도로는 주홍빛 가로등을 연신 반사시킨다. 그 위로 떨어지는 엷고도 잦은 빗방울들…… 마치 보석들이 떨어지듯 반짝거린다.

평범한 밤이었다. 간만에 가을비가 내렸고, 간만에 엄마와 함께 집에 가고 있었다. 빗속을 달리는 자동차 소리는 아직도 생생하다. 기억에서 금방 까먹는대도 이상할 게 없는 평범한 하굣길이었다. 하지만 횡단보도 신호등을 기다리는 그 순간은 절묘한 타이밍이었다. 내리는 비가 정말 보석 같아 눈을 뗄 수가 없었으니까. 평범하지 않은 것이 있었다면, 우리 동네는 비가 오면 야경이 참 예쁘단 것. 우리 집에서 내려다보는 각도에서가 제일 예쁘다는 것도 아는 사람만 알 거다. 비는 무지하게 싫지만, 비 오는 야경은 보기에 예쁘기만 하다면 그걸로 다 용서받을 수 있다, 적어도 나한테는.

2009. 04. 27

넓은 역사의 흐름에서, 우리 일생도 일순간의 찰나로 잊혀 가는데, 하물며 우리 일생의 순간은 어찌 타인의 기억에 각인될 수 있을까. 수십 년의 투쟁도 단 한 줄의 역사로 남기 힘든 것을…… 내 슬픔과 아픔이 너무 부질없어진다.

—

그리고 순간에 대한 고찰은 이렇게 시작됐다.

나도, 다른 이들도 순간순간을 치열하게, 분분하게 살아가는데 도대체 그가 얼마만큼 기억될 수 있을까? 그런데도 찰나적 쾌락에 집착하고, 눈앞의 것에 온 기력을 쏟는다.

하지만 순간을 완전히 무시해 버릴 수 있을까? 그런데도 내가 여태 그렇게 순간을 좋아해 왔었나?

두 생각이 계속해서 부딪쳤다. 아무런 의미를 갖지 못하는 너무 작은 단위로서의 순간과 오히려 의미의 시작인 기초적 단위로서의 순간. 나는 사소한 순간들 속에서도 큰 의미를 발견했고, 그 과정에서 숱한 시행착오를 무릅써야 했다. 힘들어 포기할 것 같을 땐 모든 게 덧없어지기도 했다. 시간이 지나고 나면 또다시 극복. 그리고 순간으로 다시 남는 깨끗한 기억. 그 꾸준한 반복 속에서 순간에 대한 또 다른 인식이 필요했다.

고빈다(인도 브라만교 학자로, 생애나 저서에 관해 알려진 바는 없으나 대철학자인 샹카라의 저서에서 '고빈다에게 사사받았다'는 사실을 밝히고 있다. - 편집자 주), 이 세계는 불완전한 것도 아니며 완성을 향하여 서서히 나아가고 있는 도중에 있는 것도 아니네. 그럼, 아니고말고. 이 세계는 매 순간순간 완성된 상태에 있으며 온갖 죄업은 이미 그 자체 내에 자비를 가지고 있으며 작은 어린애들은 모두 자기 내면에 백발의 노인을 지니고 있으며, 젖먹이도 모두 자기 내면에 죽음을 지니고 있으며, 죽어가는 사람도 모두 자기 내면에 영원한 생명을 지니고 있지.

—

헤르만 헤세 〈싯다르타〉 중에서. 헤세는 이 책에서 열반은 이성적으로 인식되는 것이 아닌 한 순간의 심오한 통찰 속에서 체험하는 것이라 역설한다. 불가에서는 수행자들이 그토록 기다리고 갈망하는 깨달음 역시 한 순간에 찾아온다 하였다. 이는 선각자가 무엇이다 말해 주면 이해할 수 있는 것도 아니며, 그토록 꺼리는 속세의 번민을 스스로가 한참을 경험한 후에야 찾아오는 것이라 한다. 불가의 뜻과 그를 위한 수행이 동경일 뿐인 내가 알기엔 너무 벅찬 가르침이다.

산중에 묻힌 사찰과 법당을 에워싼 향 피운 냄새, 경내를 가득 채운 일정한 목탁 소리, 끝없이 이어진 연등. 법당에 들어서면, 나를 내려다보는 부처님의 눈길보다도 절하는 신자들 앞에서 더욱 숙연해진다. 내가 사랑하는 이들이 윤회의 굴레에서 벗어나기보다는 나와 다시 연이 닿길 바라고, 속세의 일들이 모두 순조로워지기를 기도하는 나는 여전히 어리고 또 어리석은 범부(凡夫)에 지나지 않나보다. 하지만 별 수 없는 거니까. 향 피우고 절하는 시늉은 일찌감치 끝내고서도 한참 법당 밖을 나서지 않고 주위 사람들을 물끄러미 바라보는 나의 외로운 신세는 저 사람들로부터 공감을 얻기 위함이다.

불교에서는 찰나를 다룬다. 찰나라고 쓰인 단어가 내 눈으로 들어와 가슴으로 반응하던 그 때를 잊지 못하겠다. 찰나는 산스크리트어 크샤나(ksana)의 음역이라 한다. 처음에는 어감이 예뻐 한참을 되뇌었고, 후에는 불가에서 찰나가 가지는 진중한 뜻에 숙연해져 또 한참을 곱씹었다. 우리는 흔히 아주 짧은 순간의 표현을 찰나라 한다. 찰나는 불교에서 말하는 시간의 최소 단위로, 1찰나가 약 0.013초에 해당한다. 수치적인 것은 중요하지 않다. 다만, 내게 와 닿은 것은 불가에서 말하는 찰나의 의미였다. 찰나생멸(刹那生滅), 모든 것은 찰나마다 생겼다가 멸하고 멸했다 생기면서 계속된다 한다. 찰나는 찰나로 끝이 아니라 그 연속과 연장으로 영원의 시작이 되는 것이다. 우리는 종종 순간을 영원과 함께 짝짓곤 하는데, 그런 생각들이 모두 불교의 이론에 뿌리를 내리는 것이 아닐까 싶다.

찰나에 상대되는 개념이 있다. 바로 겁(劫, 劫波, kalpa)이다. 이는 곧 인간의 능력으로는 계산할 수 없는 무한한 시간의 영역이다. 영원인 것이다. 사방과 상하로 약 15km의 성 안에 겨자씨를 가득 채우고 100년마다 한 알씩 꺼내어도 겁은 끝나지 않는다고 한다. 재밌는 것은 현세의 인연을 위해 과거에 지내온 시간을 계산한 이론이 있다는 것이다. 예컨대 옷깃이 한번 스치기 위해서는 500겁이 필요하고, 한 나라에서 태어나기 위해서는 1천겁이 필요하다 한다. 부부가 되기 위해서는 7천겁, 부모 자식으로 태어나기 위해서는 8천겁, 형제자매가 되기 위해서는 9천겁.

스승과 제자로 태어나기 위해서는 자그마치 1만겁이 필요하다 한다. 이 역시 과학적으로서는 말도 되지 않는 수치일 것이다. 하지만 중요한 것은 그게 아니니까. 옆에 있는 이를 당연하게 느끼고 고마워하지 않은 것을 생각하면 저절로 고개가 숙여진다. 우리, 지금 이 순간의 인연을 가지기 위해 얼마나 많은 시간을 함께 해왔던가?

순간을 탐닉하지 말라 하면서도, 한편으론 순간을 진중히 여기는 불가의 뜻이 내게 얼마나 유효한지는 두말할 필요도 없다. 불가에서 말하는 바는, 곁의 사람을 당연시 하지 않고 또 순간을 소홀히 하지 말라는 것이다. 이 순간을 위해 몇 번의 삶을 돌아 몇 겁의 시간을 지내왔는가. 우리가 찰나에 목말라하고 집착하는 까닭은, 어쩌면 기억하진 못해도 이 순간을 애타게 바랐을 지난 생애의 간절함이 지금의 내 맘에 통째로 흘러내려서가 아닐까.

사소한 것에도 소스라치게 놀라고, 또 그 감정에 행복하여 감사하고. 단 한시도 쉽게 흘려보낼 수 없게 된 것이다. 게다가 기억도 나지 않는 지난 생애로부터 간절함이 내게로 들리는 것만 같아 오늘 이 순간에 사명감마저 솟구치곤 한다. 무엇을 하던 간에 후회하지 않을 것을 하기. 이 찰나를 만들기 위해 얼마나 오랜 시간을 보내왔는지 항상 헤아리면서.

이제 더 이상 순간은 순간으로만 존재하지 않는다. 그리고 여기서 한 문장이 떠오른다.

순간은 영원이다. 영원이 순간이듯이.

이 문장을 처음 발견한 것도 벌써 몇 년이 흘렀다. 지금껏 내 모든 사유를 있게 한 단 한 문장. 한참이고 이 글귀를 뚫어져라 쳐다봤다. 읽었다기보다는 쳐다봤다는 말이 어울릴 정도로, 설레도록 멋진 글이었다.

그날, 그날, 그날……

모든 것이 한 순간의 일이었다.
그 순간의 연속 속에 모든 것이 있다.

그렇지만
모든 것이 있다고 깨닫기도 전에
한 순간은 사라지고 말았다.

순간은 영원이다.
영원이 순간이듯이!
—
츠지 히토나리 〈사랑 후에 오는 것들〉 중에서

연인과 헤어지는 일은 한 순간이었다. 사랑했던 것도, 헤어지는 것도, 그리고 그 순간순간들 속에 스며든 그 인연 속의 모든 것. 그리고 영원과 순간 간의 경계는 무색해진다.

애초부터 우리의 삶을 순간과 영원으로 나누려 했던 발상 자체가 어쩌면 무의미했을지도 모른다. 평범하기 짝이 없는 일상들을 시시각각으로 살아내며, 우리는 그 순간들에 큰 의미를 부여하지 않는다. 하지만 이렇게 스쳐가는 순간들에 마음을 기울이지 않는다면, 대체 무엇이 우리에게 그렇게나 뜻 깊은 일이 될 수 있을까. 조촐한 일상의 순간들만큼 하찮고 미미한 것도 따로 없겠지만, 되짚어보면 돌아오지 않는 지나간 영원마저 무심히 여기고 있던 것이다.

누구에게나 순간이라 착각했던 수많은 일들이 일어난다. 수없이 많이, 그리고 끝없이 계속. 내가 겪은 수많은 순간들이 그것만으로 끝이 아니었다는 것이다. 그 경험들로부터 내가 얻은 느낌들, 그리고 그때마다의 다짐들. 지금의 나를 있게 하고, 또 내일의 나를 키울 것이다. 나의 순간은 순간으로 끝이 아니라 나의 영원으로의 시작이 된 것이다. 또 그 순간들은 시작과 끝점을 나누기가 불분명해진다. 순간들이 저마다 구역을 나눠 영원의 부분 부분을 차지해 나가는 것이 아니라, 서로 간에 쌓이고 또 동화되어 영원으로 채워지고 그 자체로서 영원이 되어가는 길이었던 것이다.

영원을 흘려보내며 역사를 만들어내는 영겁의 시간 앞에 당당히 선 인간은 그렇게 순간을 맞이한다. 순간은 영원의 시작점이지만 결코 영원이 순간의 끝이자, 도달점이라 할 수는 없다. 그렇다고 영원이 순간들의 단순한 도합이라 말할 수도 없다. 본질적으로 그 두 개념은 인과관계나 시간의 흐름으로는 구별 지을 수 없는, 같은 의미이니까.

3

그리고 결론은, 나는 이 숭고한 순간을 어떻게 살아야 할까? 이렇게 심오한 고민을 마주하게 되는 것이다. 무엇을 해야 할까? 정말로 내가 모든 것을 바쳐도 아깝지 않을 소망은 무엇일까. 다시 말해, 내 인생의 소명은 무엇일까.

"이 세계에 모자란 부분은 채워주고, 어두운 부분은 밝혀주는 그런 사람이 되겠습니다."

나는 나의 꿈에 대해 얘기할 기회가 있으면 꼭 이 말을 빼놓지 않는다.

물론 이 말을 하던 순간들도 절대 잊을 수 없다. 처음엔 부모님 앞에서였다. 항상 듣는 커서 뭐 할 거니, 뭐 하고 싶니 하는 부모님 물음에 처음으로 제법 진지하게 대답하던 날이었다. 굳이 내 장래희망을 물은 것은 아니셨을 것이다. 그 대답은 수백 번이고 더 들으셨을 테니까. 다만 항상 목표로 하는 바를 잊지 말고 정진하라는 뜻이었을 그 물음에 여태 가져왔던 마음을 훌훌 털어놓았었다. 막상 말하기엔 부끄러워 숨기고 싶은 진심들이었지만, 그 진심이 통했는지 진지한 눈빛으로 바라봐주시고 응원해 주셨던 걸 잊을 수가 없다.

이러한 결심에 대한 내 나름대로의 신념을 굳혀가는 일엔 적지 않은 시간이 걸렸다. 가끔은 의도한 바도 있었을 테고, 그렇지 않고 무심히 겪은 일도 많겠지만 여러 순간들은 모여 신념을 이루고, 또 새 순간을 살아가게 하는 원동력이 되었다. 그리고 물론, 그 과정은 아직도 현재진행형이다. 아마도 죽을 때까진 끝나지 않을 긴 여정이 될 것 같다.

열두 살 때였다, 운명같이 내 꿈이 정해지던 그 날은. 그 나이라면 누구나 그러하듯, 하고 싶은 일들은 과할 정도로 많았다. 그리고 이건 아닌가 싶을 때쯤 텔레비전 뉴스에 웬 할아버지가 나오시는데, 자막엔 정치외교학과 교수. 정말 눈이 번쩍하고 뜨였다. 지금 생각하면 이르다 싶을 정도로 어린 나이에 대학 전공을 두고 고민을 하곤 했었다. 그런데 마침 눈에 들어온 정치외교학과라는 타이틀. 난생 처음 들어보는 그 학과가 너무나도 극본처럼 내게 다가온 것이다.
"엄마, 정치외교학과가 뭐야?"
"말 그대로지 뭐, 정치하고 외교 공부하는 데."
"그럼 나 거기 갈래!"
바로 그 순간이었다.

거기다 사람은 자고로 큰물에서 놀아야 한다는 엉뚱하지만 제법 진지했던 신념은 외교를 하고 싶단 결심을 세웠다. 정치와 외교 사이에 분명한 선을 그을 수가 없겠지만 말이다. 대한민국. 듣기만 해도 벅찬 우리나라를 향한 뜨거운 사랑을 안고, 또 아직도 문명의 그늘에 가려 어둡기만한 전 세계 곳곳에, 그리고 그곳의 사람들에 대한 이타심을 품고.
그렇게 가지게 된 꿈이 국제공무원. 국제연합! 이름만 들어도 정말 가슴이 쿵쾅쿵쾅 뛸 정도로 설레는 직장이 아닐 수 없었다. 처음엔 그렇게 직업이 가지는 화려한 이름값에 푹 반했었다. 그 직업의 이름을 등에 업고 호화로운 생활만을 꿈꿨다. 그러다 보니 애초에 기특한 이상을 꿈꾸며 장래희망 칸을 채워가던 초심은 간데없고, 오로지 그 직업과 직장의 허울에만 묶여 수단을 목표로 갈아치우기까지

했던 것이다. 이러한 오만함 속에 살다 부딪힌 고입 실패의 벽. 그리고 그 때부터 또다시 끝없는 고민에 빠졌다. 이제 무엇을 할까? 그제야 깨달았다. 내가 정말로 하고 싶었던 것에 대해 소홀해져 있었던 것.

동생이나 가까운 친구들에겐 야박하게 굴면서, 거리를 떠도는 꼬마나 할머니를 보면 절대 지나칠 수 없다. 앞에 놓인 바구니에 담긴 100원짜리 동전 대신에 굳이 지폐를 꺼낸다. 웬만하면 좀 더 많이. 그리고 "할머니, 건강하게 오래오래 사세요." 할머니가 내 손을 덥석 잡으신다. 잊을 수가 없는 그 눈빛…… 마음이 울적해진다. 그렇게 고마워하실 일이 아닌데. 우리 할머니가 생각나서 지나칠 수가 없었을 뿐이었다. 딱히 다른 이유가 있어서는 아니었다. 그냥 그게, 내가 어릴 적부터 손잡고 다니던 엄마의 모습이었으니까.

텔레비전을 보면 종종 일말의 문명의 혜택도 누리지 못한 채, 아니 오히려 최소한의 주린 배도 채우지 못하고, 어이없는 병에 걸려 죽어나가는 제 3세계 사람들의 생활상이 나오곤 한다. 그리고 그 순간마다 난 항상 운다. 그리고 자책한다. 이렇게 편한 세상에서 살아가면서 도대체 뭘 하고 있냐고. 앞으로 뭘 해야 할까, 알 수가 없다고 엉엉 운다. 그러다가 한 대 쥐어 박힌다. 울지 말고 가서 공부나 하라면서 말이다. 이런 일상들이 반복될 때마다 무력해진다. 미국의 쌀은 그렇게 싸고 많다는데, 왜 저들의 배는 채울 수 없을까? 굶주리는 사람들이 너무 많아서가 아니라, 그것마저도 선진국들의 잇속을 적당히 채우기 위해 치밀히 계산된 손익분기점을 지난 결과라는 것을 상기하게 될 때마다 슬퍼진다.

내 마음속에 언제나 이렇게 조금 희한한 애타심이 숨 쉬고 있다. 주위 사람들에게나 잘하라는 면박을 듣지만, "그거랑은 좀 다른 일이잖아." 하고 웃어버린다.

분명 세상엔 내가 해야 할 일이 있긴 있는 것이다. 그리고 신기하게도 그들은 내가 꿈꿔왔던 일들과 맞아떨어진다. 하지만 구체적으로 무엇을 할지 도저히 감이 잡히지 않아 끙끙댈 때도 있었다. 여기서 다시 부모님이 등장한다. 여전히 국제기구에 취직하고 싶다고 말하던 때였다. "민아, 무작정 하나의 직업에 한정짓지는 마. 대학에 들어가고 나면, 네가 몰랐던 세상들이 열릴 거니까. 세상을 보는 안목이 넓어질 테니까. 그 때 가서 네가 뭘 할지 정해도 늦진 않아." 엄마의 그 말이 해답이었다.

국제공무원이라는 꿈은 항상 변화가 없다. 하지만 그에 닿는 과정이 항상 변하고 있을 뿐이다. 지금은 누가 꿈에 대해서 물으면 수줍게 "정치외교학과 가는 거요"하고 대답한다. "일단 더 성숙해진 다음에 더 넓은 세상을 보고 싶어요."라고 덧붙이면서. 수많은 경험을 하게 될 것이다. 솔직히 얼마나 오랜 시간이 걸리게 될지도 모르겠다. 하지만 날 슬프게 만드는 세상의 구석구석을 치료해 주기 위한 내 꿋꿋한 사명감도 변할 일이 없을 것이다.

이렇게 탄생한 "이 세계에 모자란 부분은 채워주고, 어두운 부분은 밝혀주는 사람이 되겠습니다." 두 번째는 친한 친구들 앞에서였다. 고등학교 1학년 여름방학 야간 자율 학습 시간이었을 것이다. 너무 덥고 모기들이 짜증나서, 그리고 시간이 너무 늦어서. 학교에 남은 몇 안 되는 친구들과 몰래 자습실을 빠져나와 계단에 아무렇게 앉아 이런 저런 얘기들을 하던 중에서였다. 공부하는 것보다 이런 얘기하는 게 더 큰 소득이야, 하는 핑계를 대며 종종 친구들과 미래에 대해 부푼 꿈들로 수다를 떨곤 했었다.
이 외에도 나의 이 그럴싸한 사명감은 여러 사람들 앞에서 발표됐다. 해마다 반 친구들 앞에서, 웬 낯선 캠프에 참가해 그 사람들 앞에서, 그리고 바로 지금 이 지면에서. 솔직히 말하기엔 아직도 부끄럽다. 세상을 위해 이 한 몸 적극 봉사하겠습니다, 하고 단단히 약속하고는 있지만 막상 지금 그를 위해 하는 것은 아무것도 없는 것 같아서 말이다.

꾸준히 봉사활동을 하는 것도 아니며, 꿈을 이루기 위해 열심히 공부하는 것도 아니다. 항상 놀기 좋아 인생은 즐기는 것이란 이상한 신조 아래 지금 하고 싶은 것을 하고 마는 대단히 충동적인 성격이기도 하다. 때문에 내 사전에 후회란 것은 없다. 물론 남는 것도 없어 보인다. 하지만 이런 성격 때문에 유달리 순간에 대해 민감해지는 것이 아닐까 싶다.

긴 숙고를 통해 내린 결론, 지금 이렇게 숭고한 순간을 함부로 흘려보낼 순 없지 않은가? 하고 되짚어본 그럼 정말 내가 해야 하는 것은 무엇일까에 대한 대답. 순간을 소홀히 하지 말자. 결국 계속 이렇게 돌고 돌게 되는 것이다. 순간을 사랑해 온 것도 좋고, 그것에도 나름대로 의미가 있다. 때문에 그를 좀 더 건설적으로 발전시킬 필요가 있다.

당당한 내 꿈이 더 이상 부끄럽지 않게.
내 순간을, 내 영원을 바칠 내 소명을 위해.
순간을 후회 없이, 멋지게 즐기고 살아내기.

4

넓은 역사의 흐름에서, 우리 일생도 일순간의 찰나로 잊혀 가는데, 하물며 우리 일생의 순간은 어찌 타인의 기억에 각인될 수 있을까. 수십 년의 투쟁도 단 한 줄의 역사로 남기 힘든 것을…… 내 슬픔과 아픔이 너무 부질없어진다.

나를 송두리째 흔들어놓은 이 생각. 순간에 대한 덧없음. 나를 웃게 하고, 울게 한 모든 순간들이 무력해졌다. 하지만 더 웃긴 건, 지금껏 태어난 거의 모든 사람들이 이 생각을 하지 않았을까? 하는 동질감과 위안. 나도 그저 보통 사람이라는 것에 대한 안도감과 이유 모를 뿌듯함 같은 거였다.

더러는 긴긴 일생이 순간으로 기억될 수도 있다. 이순신 장군이 살아내신 "나의 죽음을 적에게 알리지 말라"의 단 한순간은, 우리가 기억하는 그의 모든 일생과 우리 역사를 상기시키니까. 또 한 번 순간이 곧 영원이라는 말이 사무치도록 동감된다.

지금 우리의 이 순간도, 또 우리의 일생만큼이나 긴 세월도, 까마득한 영원도.

동일시하기엔 너무 다른 성격이지만, 오히려 시간은 흐른다는 전제하에선 그 차이가 무색하다. 내게는 순간순간들이 몹시 소중하고 중요한데, 어찌 보면 그 가치가 너무 미미하고 하릴없어 괴로웠다. 하지만 이젠 그럴 필요가 없다. 이 순간을 위해 상상도 못할 가없는 영원을 돌아왔고, 그 영원과 이 순간은 크게 다르지 않다. 이 거대한 진리 앞에서 나는 한없이 작아지지만, 또 한없이 뿌듯해진다.

내 찰나는 쌓이고 쌓여 겁이 될 것이고, 이 겁들이 다시 모이면 아주 오랜 시간 후, 또 다른 누군가가 된 나의 찰나가 되어줄 것이다. 윤회란 분명 끊어내야 할 굴레이고, 그 속의 인연들은 풀어내야 할 사슬이다. 내 찰나와 겁들이 쌓이는 것은 이번 생에서 끝마쳐야 할 업인가 보다. 하지만 가끔, 그리 되지만은 않길 바라는 내 모습을 보며 나는 아직도 여전한 내 어리석음을 느낀다. 내 인연이, 내 순간들이 내 곁을 떠나지 않았으면 좋겠다.

내게는 다시없을 순간이 나를 관통해 지나간다.
놓치기 싫지만 또 놓칠 수밖에 없다. 하지만 놓치는 것이 아닌 맘속에 아로새기는 순간임을 깨닫는 건 종이 한 장 차이. 여전히 지금처럼 순간을 사랑하고 기억하면 된다. 그것이 영원을 사랑하고 기억하는 일만큼이나 큰 뜻일 테니까.

어제와는 완전히 달라진 내 순간을 놓치지 않으니,
소중한 만큼, 헛되이 흘려보내지 않아야 하겠다.

심장이 원하는 꿈을 찾다

임민정

심장이 원하는 꿈을 찾다

*

담이 낮은 집들이 줄지어 있는 골목을 벗어나 계속 걸어가면 푸른 들판이 드러
난다. 오직 하늘만을 바라볼 수 있기에 풀잎마다 싱그러운 푸름이 반짝인다.

하늘이 전부인 그곳에 누군가 있다. 누굴까……. 한 여자아이다. 나무 그늘 아래 누워서 좋은 꿈이라도 꾸는 듯 두 눈을 꼭 감은 채로 입가에 미소를 띠고 있다.

잠깐만……. 나잖아?! 나는 자고 있고, 자는 나를 내가 보고 있다!!?! 이게 뭐야. 이거 꿈이야?

그 때 자고 있던 여자아이가, 아니 '나'가 눈을 떴다. 그런데 '나'는 내가 보이지 않는 듯하다. 놀라는 기색 하나 없이 일어나 나무에 기대앉더니 끝이 보이지 않는 하늘을 바라볼 뿐이다. 정말 내가 보이지 않는 것인지 '나'의 얼굴 앞에다 대고 손을 흔들면서 확인하고 있는데 '나'가 벌떡 일어나 걸어가기 시작한다. 나는 멀어져가는 뒷모습을 쳐다보다가 쫓아간다. 한참을 걸어가던 '나'의 앞에 울창한 숲이 나타난다. 하늘을 찌를 듯이 높이 솟아 있는 나무들 사이로 난 길을 '나'는 들어선다.

갑자기 찾아온 고요함이 몸을 감쌌고 '조용하다'의 의미를 넘어선 침묵에 귀가 먹먹한 기분이다. 나는 일부러 길가를 따라 포시락 포시락 풀 밟는 소리를 내며 걷는다.

'내가 여기 왜 이러고 있는 거야. 지금 책상 위엔 할 일들이 쌓여 넘치는데 잠깐 머리 식히러 나왔다가 이게 무슨 일이야. 왜 뭐에 홀린 것처럼 저 애를 따라 나선 거지? 이 기분 나쁜 먹먹한 느낌하고는. 이게 뭐야 정말. 완전 시간낭비잖아.'

'이봐, 시키지도 않았는데 따라 나섰으면 불평은 그만 좀 하지.'

'아이고, 깜짝이야.'

뭐야, 분명히 속으로 생각만 했는데 내 말이 들리나 봐.

'여긴 어디지? 어디로 가고 있는 거야? 그보다 넌 누구야?'

'따라와 보면 알아. 그리고 내가 누군지는 말 안 해도 알게 될 거니까 걱정하지 마. 다 너를 위한 거고 또 나를 위한 일이니까 쓸데없는 걱정으로 마음 쓰지 말고 따라오기나 해.'

그리고 다시 휘적휘적 걷기 시작한다.

그렇게 '나'는 한참을 걸어간다.

＊＊

숲길을 따라 한참을 걸었다. 내가 여기 왜 있는지에 대한 불만은 어느새 잊어버리고 싱싱한 나무에게서 오는 푸름을 받으며 상쾌한 기분에 젖어 들었다. 그 동안 지겹게 반복되는 일상에서 벗어나는 상상은 수백 번, 수천 번 셀 수 없을 만큼 많이 해왔지만 이루어질 수 있을 것이라고는 단 한 번도 생각하지 않았다. 언제까지고 끝나지 않을 것처럼 반복되는 일상이 내 사정은 봐주지도 않고 끊임없이 들이닥쳤기 때문이다. 해야 할 일이 너무나 많은 날들, 그래서 지겹지만 지루할 수 없는 날들이기에 벗어나고 싶다는 욕망이 꿈틀대다가도 조금이라도 틀에서 삐져나올 틈이 보이면 뒤처질지 모른다는 불안이 더 커졌다. 이제껏 내 인생에서 소위 일탈은 머리털 한 올조차도 밖으로 내보일 수 없는 말 그대로 꿈이었다. 내가 어른이 되기 전까지는 그저 그렇게 꿈으로만 남아 있을 것이라고 생각했던 날이 갑자기 찾아 온 것이다.

그래, 내가 원했던 건 바로 이런 거야. 거창하지도 않잖아. 잠시만이라도 아무 목적 없이 어디로든 걸어보는 거, 그거뿐이었어.

날씨 너무 좋다―.

상쾌한 바람에 한껏 들떠서 콧노래까지 흥얼거리며 걷고 있는데 저 멀리 책상 같이 생긴 게 보였다.

이런 숲 속에 무슨 책상?

가까이 다가가 보니 한 사람이 어지럽게 널려져 있는 책들 위에 머리를 박고 자고 있었다. 그 사람의 손에 바람이 살짝만 불면 곧 떨어질듯 위태롭게 걸려 있는 펜. 그리고 깔끔한 필기 사이로 여기저기 끊긴 것 같지만 묘하게 이어져 있는, 조그만 과자 부스러기를 지고 줄맞춰 가는 개미의 행렬처럼 생긴 얇은 선들. 아마도 아예 엎드려서 자기 몇 분 전까지 꾸벅꾸벅 졸다가 화들짝 놀라 깼다가 1초도 안되서 다시 눈꺼풀이 무겁다, 무겁다…… 감긴다, 감긴다……. 그러다 또 번쩍! 하기를 반복했을 것이다.

나는 너무 선명하게 상상되는 장면들 때문에 왠지 모를 흐뭇한 미소를 띠며 그 자리를 떠나지 못하고 계속 지켜보고 있었다.

툭―.

마침내 그 사람의 손에서 볼펜이 떨어졌다. 번쩍! 하고 일어난 그 사람은 허둥대면서 주위를 둘러보다가 옆에 멀뚱히 서 있는 나를 발견하더니 톡 쏘아붙이며 말했다.

"나 안 잤어."

누가 뭐랬나.

"전 아무 말도 안했는데요."

"내가 잤다고 생각하고 있는 거 다 알아. 하지만 난 안 잤어."

딱 봐도 앞뒤 상황 다 보이는데 우길 걸 우겨야지.

당당한 그의 태도에 오히려 내가 기죽는 것 같은 느낌이 들어서 오기가 생겼다.

"제가 지나가다가 봤는데요. 분명히 자던데요, 뭘."

"아니, 아니라니까! 내가 잔 기억이 없는데 무슨 소리 하는 거야. 이거 봐. 이렇게 많은 책이 펴져 있는 거 안 보여? 난 열심히 공부하고 있었다고."

'그래요. 거기까지밖에 기억이 안 나겠죠. 주무셨으니까요.'

이렇게 차분하면서도 똑 부러지게 비꼬아 주고 싶었는데 생각과 다르게 뭐 때문에 화가 났는지 나는 소리 지르고 있었다.

"당신이 자는 동안에 책에 이리저리 그은 선들, 이거 안 보여요? 여기 잤다는 증거가 이렇게 확실하게 있는데 왜 자꾸 안 잤다고 해요. 잤잖아요. 봤다니까요. 내가 여기 지나가다가 이 두 눈으로 똑똑히 보기도 했고, 증거까지 있는데 왜 말도 안 되는 소리 해요. 분명히 잤잖아!"

"……그래. 잤어, 잤다고."

그 사람은 마치 중대한 발표라도 하는 듯이 한참 뜸을 들이더니 느릿느릿 말했다.

그래, 자는 모습 들킨 게 부끄럽긴 하겠지.

"어휴~ 그게 뭐라고 그렇게 힘들게 말해요. 지금이 수업시간도 아니고 제가 선생님도 아닌데요. 잤다고 당신을 혼낼 것도 아니고요."

"……나니까. 난 그러면 안 되니까."

"그게 무슨 뜻이에요?"

"난 이렇게 자면 안 된다고! 누가 보든 안 보든 상관없어. 절대로 공부하다가 자는 그런 한심한 모습을 하고 있어선 안 된다는 뜻이야. 무슨 말인지 알겠어? 나니까, 나라서 그럴 수 없다고!! 다른 사람들이 가지고 있는 이미지가 흔들리지 않게 주위에 보는 눈이 없어도 항상 이미지를 지켜야 한단 말이야. 무슨 뜻인지 이해돼? 한 번에 좀 알아들을 수는 없니? 이렇게 열을 내가면서 설명해야 하냐고!"

그 사람은 흥분한 것 같았다. 엄청 분한 일을 당한 것처럼 말을 쏟아내고도 화가 덜 풀렸는지 씩씩대면서 나를 노려보았다.

"그러니까, 지금 자는 모습을 나한테 들킨 것 때문에 화가 난 건가요? 공들여온 모범생 이미지에 티가 생겨서?"

"그래! 몇 번을 말해야 알아듣겠어? 다 너 때문에 망가졌다고, 너 때문에!"

이 사람이 지금 뭐라는 거야.

"잤던 건 당신인데 왜 나 때문이라는 거예요?"

"그야 당연한 일 아니야? 또 하나하나 설명을 해야 한다니, 나 참. 일단 내가 자던 바로 그 때 네가 이 길을 지나간 것부터가 잘못이야. 지나가다가 내 자는 모습을 발견한 게 두 번째 네 잘못이고. 그리고 가장 큰 잘못은 자는 걸 봤으면 그냥 조용히 지나갈 수도 있는 걸 내가 깰 때까지 가지 않았다는 거야. 그래서 네가 내 자

132

는 모습을 봤고 내 이미지가 망가졌다는 것을 내가 알게 해줬지. 마지막으로 이 모든 너의 잘못을 없던 일로 덮을 수 있고, 내 이미지가 손상된 걸 내가 알지 못해서, 내 완벽한 이미지에 조금도 금이 가지 않게 할 수 있기 때문에 한 말이 거짓말이라는 걸 증거까지 내밀면서 확인시켜줬어. 그 덕에 나는 공부하다가 자놓고서는 거짓말까지 한 애가 돼버렸으니까! 난 언제 어디서나 완벽했어야 했는데, 또 이제껏 그래 왔는데 너 때문에 그 동안의 노력이 다 물거품이 됐어! 근데 너 때문이 아니라는 거야?!"

이 사람 정말 뭐야. 내가, 네가 또 뭐? 뭐라고 하는지 헷갈려서 하나도 못 알아듣겠잖아.

"아, 미안해요."

내가 왜 사과해야 하는지 모르지만(분명히 말하지만 난 잘못한 일이 없다) 이 사람 표정을 보고 있자니 사과 하지 않을 수 없었다.

"……."

그 사람은 고개를 숙인 채로 대답이 없었다. 나는 다시 한 번 크게 말했다.

"저기요, 미안하다고요."

"……."

"저, 그럼 제가 못 본 걸로 할게요. 그럼 되죠?"

"……뭐?"

나는 이거구나 싶어서 계속 말했다.

"당신 자는 모습 못 본 걸로 하겠다고요. 다 잊어버리고, 나는 저쪽 길에서 다시 올 테니까 당신은 평소 하던 대로 공부하고 있는 거예요. 첫 만남을 새로 해요. 어때요, 마음에 들어요? 이거면 되겠죠?"

잠시 생각하더니 그 사람은 고개를 끄덕였다. 나는 열 발자국 정도 뒤로 갔다가 다시 책상 쪽으로 걸어왔다. 그는 널어놓은 책들을 뒤적이면서 이 책을 보다가 또 금방 다른 책을 집어보고 있었다. 나는 처음 만난 것처럼 그 사람에게 말을 걸었다.

"어머, 이런 데서도 이렇게 열심히 공부하는 사람이 있다니 놀랍네요. 안녕하세요!"

그 사람 역시 능청스럽게 대꾸를 해왔다.

"아, 이런. 너무 집중하고 있다 보니 누가 오는지도 모르고 있었군. 그래, 안녕하신가."

이 사람 정말 이해 못하겠다. 단순한 거야, 바보인 거야. 이런 우스운 연극으로 위안이 된다는 건가. 내가 모른 척한다고 해도 졌다는 건 여전히 사실이고 그 시간이 다시 돌아오는 것도 아닌데 말이야.

그런데─, 인정하긴 싫지만 이 사람 나랑 비슷한 데가 있는 것 같아. 밖으로 보이는 것에 신경 쓰는 거. 그리고 저렇게 책을 쌓아두는 것도. 저 마음 난 이해할 수 있거든. 불안한 거야, 주변에 책이 없으면. 설사 오늘은 공부하지 않겠다고 다짐했더라도 펼쳐보지도 않을 거면서 책이 쉽게 손닿는 곳에 없으면 불안하지. 책을 여러 권 펼쳐놓는 것도 '나 지금 공부하고 있어. 그것도 엄청 열심히.' 이런 걸 느끼면서 불안을 없앨 수 있다고 믿기 때문인 거야.

나는 이 사람에 대해 더 알고 싶어졌다.

"엄청 열심히 공부하시네요. 꿈이 확실한가 봐요. 부럽네요."

"꿈? 왜 마음대로 내가 꿈이 있을 거라고 확신하는 거지? 난 꿈이 없어."

"네? 정말요? 어떻게 그럴 수 있어요? 목표가 없으면 그렇게 열심히 할 수 없을 텐데."

"아니, 그렇지 않아. 그런 거 없어도 충분히 가능해. 오히려 쓸모없는 이상만 쫓다가 미쳐버린 경우를 많이 봐왔어. 꿈? 꿈을 찾겠다고? 쳇, 다 쓸모없는 일이지. 고민한답시고 주변에는 우울한 분위기나 흘리고 말이야, 별 도움 안 되는 거 알면서 인터넷으로 적성, 흥미 검사 해본다고 시간 낭비하고. 그렇게 며칠 동안 밤낮으로 생각해 봤자 남는 건 답답함이고, 목표가 없다는 불안함이고, 빨리 꿈을 찾아야 한다는 조급함이고, 내가 잘 할 수 있고 하고 싶은 것도 알지 못한다는 자책감이지. 그럼 답은? 없어. 없지. 너도 알고 있을 거라고 생각하는데. 그러니까,"

"잠시만요! 그건 아니죠. 답이 왜 없어요. 충분히 혼자 생각해 보는 시간을 갖다

보면 답은 찾을 수 있어요."

　내가 말하면서도 이건 단지 내 희망일 뿐이라는 생각이 들었다. 사실은 나도…….

　"아, 그래? 그렇게 생각하니?"

　그렇게 생각했다. 그가 말한 것들이 모두 내가 했던 행동들이었다. 고등학생이 되었을 때, 문과·이과를 선택해야 했을 때, 가고 싶은 대학을 선생님께서 물어보셨을 때, 나에게 큰 파도가 밀려 왔다. 이제 사회로 나갈 시간은 가까워지는데 꿈이 없는 현실은 불안하고 갑갑하게 느껴졌고 나중에는 짜증이 났다.

　'이렇게 갑자기 뭔가 결정을 하라고 하면 어떡해. 어쩌라고. 나에 대해서 알아갈 수 있는 시간이 없었잖아. 준 적 없잖아. 눈앞에 중간고사, 등 뒤에 수행평가, 한숨 쉬려면 기말고사, 그 반복. 그렇게 몰아놓고 이제 와서 목표가 없다고 나보고 뭐라 할 수 있어? 정말 어쩌자는 거냐고!'

　그렇게 한번 파도가 칠 때면 내 일상은 엉망이 되었다. 나는 늘 해오던 일들에 싫증을 느꼈고, 짜여진 시간표가 피곤하기만 했고, 소금기를 머금고 있는 바닷바람을 맞아 축 처진 머리카락처럼 늘어졌다. 하지만 그 순간뿐이었다. 고민의 끝에서 무엇인가 발견하기도 전에 일상으로, 반복되는 시계 속으로 돌아오지 않을 수 없었다.

　'중간고사 끝나면 다시 생각해 보지 뭐. 기말 끝나면, 방학 되면…….'

그렇게 내가 등 떠밀려 가는 동안 시간은 흐르고 '나'는 점점 멀어져갔다.

"그래? 그럼 너의 꿈은 뭐지?"
그는 내가 그의 기대에 부응하는 대답을 내 놓기를 기다리는 표정이었다.
"내 꿈이요? 그건……."

'왜 말 못하는 거야. 말해! 오랫동안 지켜온 꿈이 있잖아. 어서 꺼내! 그럴 줄 알았다는 저 표정 눌러버리라고. 아, 정말!'

"역시, 말 못하는군. 너도 마찬가지면서 왜 잘난 척이지?"
기가 막혀서 정말.
나는 화가 났다. 그렇게 힘들게 결정한 꿈이면서 아직 확신을 갖고 말하지 못하는 내 모습에 화가 났다. 그는 신이 나서 거만한 표정으로 계속 말했다.
"꿈을 찾겠다는 둥 하는 건 시간 낭비야. 그 시간에 영어 단어 하나 더 외우는 게 낫지. 그 편이 답 없는 문제로 골치 아파가면서 감정 소비하는 것보다 훨씬 효율적이란 말이야. 어차피 사람은 시간이 지나면 알아서 능력대로 직업을 얻고 살아갈 테니까."
"악! 제발 그만 좀 해요. 내가 당신한테 내 꿈을 당당히 밝힐 수 없는 건 꿈이 없기 때문이 아니라 아직 고민 중이기 때문이에요. 그건 꿈을 볼펜 똥보다도 못하게 보는 당신이랑은 차원이 다른 거죠. 그리고 난 적어도 꿈을 확실하게 말할 수 없다는 걸 부끄럽게 여길 줄은 알아요. 그런데 당신은 뭐죠? 꿈을 찾는 건 시간 낭비라고요? 그건 당신이 꿈이 없기 때문에 자기 합리화해버린 생각 아닌가요? 비겁해요! 당신 생각대로 모든 사람들이 아무 준비 없이, 그런 식으로 직업을 갖게 된 거라면 그렇게 열심히 살 수 없어요. 꿈이 있었지만 어쩌다보니 현실에 만족하면서 사는 사람들은 있을 수 있어요. 펼쳐 낼 수 없는 상황이라서 잠시 잊고 사는 사람들도요. 하지만 가슴에 꿈이 없는 사람은 없다고요! 가슴마다 크게든 작게든 하나씩은 품고 있어요. 꿈이 있기 때문에 사람들은 살아 갈 수 있는 거예요."

두 눈 가득 뭔가 뜨거운 게 올라오는 느낌이 들었다.

"당신도 그걸 알고 있어요. 눈을 반짝이면서 자기 꿈을 말하는 친구들을 많이 보아왔을 테죠. 그 눈을 보면서 당신은 많이 부러웠을 거고, 당신 자신과 비교하게 됐겠죠. 그러다 더 이상 꿈이 없는 나를 탓하는 게 견디기 힘들어서, 그래서, 그래서……."

나는 가슴이 먹먹해져서 말을 끝내지 못했다. 내가 지금 쏟아내고 있는 이 말들이 사실 그 동안 누가 나에게 해주길 바랐던 것이었기 때문이다.

모든 아이들이 줄 맞춰 앉아 있는, 책장 넘기는 소리, 연필 쓰는 소리만이 들려오는 조용한 교실에서 그 많은 아이들 틈에 끼여 앉아 있지만 너무나 외로웠던 때가 있었다. 고등학생. 내가 왜 공부를 해야 하는지에 대한 회의가 들었을 때 꿈이 없다는 사실이 더욱 나를 힘들게 만들었다. 지금 힘든 걸 이겨낼 수 있게 해줄, 화창한 봄날에 학교에 앉아 있다는 사실에 우울해지지 않게 해 줄, 그만한 노력을 해도 아깝지 않을, 다른 건 신경 쓰지 않고 오직 그것 하나만 바라볼 수 있게 해주는 꿈.

그런 꿈이 없는 나의 모습이 너무 싫었다.

'저 아이들은 뭐 때문에 달리는 걸까. 나는 왜 저렇게 못하는 거지? 내가 잘 할 수 있는 게 뭘까? 좋아하는 건? 하늘에서 떨어진 내가 해야만 하는 일, 그런 건 없을까? 왜 좀 더 일찍 이런 고민을 안 했을까. 이제 와 이러는 건 뒤처지는 걸까?'

그렇게 뒤늦게 찾아온 홍역을 앓았던 때, 누군가 이런 말을 내게 해주길 바랐었다. 절대로 뒤처지는 게 아니라고. 이제라도 꿈을 찾으면 된다고.

"……그래서 당신은 차라리 꿈을 가진 사람들을 바보처럼 여기게 된 거예요. 그 편이 자기를 탓하는 것보다 덜 아프니까."

그는 알 수 없는 표정을 짓고 있었다. 슬픈 것도 같고, 화가 난 것 같기도 했다.

"그래. 네 말이 모두 맞아. 나도 꿈을 찾고 싶었어. 하지만 이젠 다 틀렸어. 너무 늦었단 말이야."

"그렇지 않아요. 지금이라도 꿈을 찾는다면 당신이 원하는 삶을 살 수 있어요. 꿈이 없었기 때문에 헤매온 당신 길을 바로 잡아야죠. 지금 포기해 버리면 평생 당신이 진짜 걸어야 할 길, 그 근처에도 못 가볼지 몰라요."

"어떻게, 뭘 해야 할지 모르니까 그러는 거 아냐."

"아니요, 알고 있을 걸요. 시작하기가 두려워서 모르는 척하고 있는 거잖아요. 좀 더 쉬운 다른 방법을 찾고 있는 거죠? 그런데요, 제 생각엔 나에 대해 진지하게 고민해보는 거, '나'와 대화하는 시간을 갖는 거 그게 가장 좋은 방법이에요. 그런 시간이 힘들고 어쩌면 짜증날 수도 있어요. 하지만 그 정도 고통은 견뎌야 평생 살아갈 날 동안 끊임없이 용기를 얻을 꿈을 찾을 수 있어요.

내가 원하는 꿈에 대한 답은 내 안에 있어서 '나' 말고는 아무도 그 답을 주지 못해요. 노력을 해야 얻을 수 있다는 거 기억하고 힘내세요."

나는 말을 마치고 나서 진심이 담긴 미소를 지을 수 있었다. 그의 상기된 표정을 뒤로한 채 나는 다시 숲길을 따라 한참을 걸었다.

＊＊＊

다시 찾아온 고요함 속에서 내 꿈과 내가 했던 말에 대해 생각했다. 그 사람에게 다 아는 것처럼 말했지만 사실은 말하면서도 그런 말을 하고 있는 내 모습에 내가 놀라고 있었다. 내가 그런 생각을 하고 있었다는 것을 말을 하면서 알게 된 것이다.

역시 말로 내뱉는 게 중요한 거구나. 내 꿈에 확신을 갖지 못하는 것도 내가 자꾸 숨기기만 해서 그런 게 아닐까? 누가 물어보면 아직 없다고 얼버무리고 말이야. 뭐가 무서워서 밖으로 꺼내놓질 못한 거지?

그건 혹시나 나중에 꿈이 바뀌면 어떡하나 하는 생각 때문이었다. 지금 생각해 보니까 정말 바보 같은 생각이다.

'그래, 맞아. 네 나이가 얼마나 됐다고! 꿈이 바뀔 수도 있는 거지. 이제 알겠지? 꿈도 자꾸 생각해 주고 많은 이들 앞에서 불러줘야 너에게 확실한 힘을 주는 거야. 그러니까 더 이상 네 꿈을 숨기려고 하지 마. 확신이 서지 않을 땐 오히려 더 많은 사람들 앞에 드러내는 거야.'

"으아아악! 짜증나, 정말!"

그 때 어디서 비명소리가 들렸다.

뭐야. 어디서 나는 소리지? 소리가 나는 쪽으로 가까이 가보자 어떤 사람이 무릎을 당겨 주저앉아서 다리 사이로 묻은 머리를 잡아 뜯고 있었다.

"저기요, 뭐 하는 거예요? 무슨 일 있으세요?"

"넌 뭐야!"

깜짝이야. 그 사람이 고개를 홱 들면서 소리를 빽 질렀다.

"아, 저는 그냥 지나가던 사람인데요. 소리가 들려서 무슨 일 있나 하고요. 무슨 일이에요?"

"신경 끄시지."

헉. 처음 보는 사람한테 이게 무슨 짓이야. 그냥 지나치려다가 무슨 일인지 궁금해져서 일단 그를 달래기 시작했다.

"제가 시간이 많아서 그래요. 무슨 일 때문에 그러는지 말해 봐요. 들어 줄게요. 큰 도움은 안 되더라도 마음은 편해질 수 있잖아요."

"오지랖이 넓군."

쳇.

"그래요, 저 오지랖 엄~청 넓어요. 그래서 그냥 못 지나가겠으니까 말해 보라고요. 뭐 때문에 짜증난다는 거예요?"

"……그야 당연히 모든 게 짜증나지. 오늘 아침부터 지금까지 나한테 무슨 일이 일어났었는지 넌 상상도 못 할 거다. 아침에 일찍 일어났는데 내가 제일 먼저 알게 된 사실이 뭔 줄 알아? 오늘이 일요일이라는 사실이야. 참, 어이가 없어서. 그래도 짜증을 참고 씻으러 화장실에 갔는데 머리를 감아야 하는 게 아니겠어. 그땐 정말 짜증을 참기가 어려웠지.

넌 이해 못하겠다는 표정이군. 네가 일요일 아침에 머리감는 기분을 알아? 오늘 머리를 감지 않으면 간지러워서 참을 수가 없어. 그런데 내일 아침엔 학교를 가야하니까 또 머리를 감아야 해. 그게 얼마나 귀찮다고.

일요일 아침에 일찍 일어나 머리도 감았는데 숙제가 생각났지. 그래서 숙제를 하려는데 샤프심까지 골라야 하는 상황이었어. 고민하다가 진한 심을 골랐는데 결국 걱정했던 대로 온 공책에 샤프 가루가 번져버렸어! 그 짜증도 감수하고 계속 필기를 하는데 공책 마지막 한 줄이 남는 그런 최악의 상황이 벌어졌단 말이야!

휴~ 일요일 아침 일찍 일어나서 머리도 감고 한참 고르다 결정한 진한 심으로 한 필기가 번진 상황에서 한 줄 남은 공책을 연달아서 쓸지 다음 장으로 넘길지까지 고민해야 하는데, 그럼 너 같으면 짜증이 안 나겠니?"

그는 거의 소리치듯 말하고 있었다. 나는 아무 대꾸도 못하고 그를 쳐다보기만 했다.

"나를 이해 못하겠다는 표정으로 보는 너를 이해시켜야 하는 지금 상황도 짜증을 더해 주고 있어. 고맙군, 그래."

별것도 아닌 거 가지고 왜 저래.

"아니, 도저히 이해할 수 없는 것들인데요. 전혀 짜증낼 일이 아니잖아요. 일요일 아침에 일찍 일어나는 게 뭐가 대수라고. 주말에 일찍 일어나면 오히려 좋죠. 오후 늦게 일어나면 하루가 얼마나 허무하게 지나가는데요. 안 그래요? 머리 감는 것도 그렇죠, 연달아 감을 수도 있는 거고. 샤프심도 다음부터는 진한심 안 쓰면 되잖아요. 그리고 또 뭐요, 공책? 공책 필기하는 것도 뭘 그렇게 심각하게 생각해요. 마음 내키는 대로 해도 되잖아요. 내가 필기하는 방식인데 누가 뭐라 한다고 그래요."

"그게 그렇게 간단한 일이 아니잖아! 모르면 가만히 있어. 다 안다는 식으로 말하지 말라고! 나를 이해 할 수 있는 사람은 나뿐이야. 처음부터 너한테 내 이야기를 하는 게 아니었어.

이런! 좀 더 생각해 보고 털어놓는 건데. 네가 나를 이해하지 못할 거라는 것쯤 예상했던 일인데 말이야."

오늘 만난 사람들 정말 이상하다. 다들 내가 봐도 짜증나는 모습인데 왜 나랑 비슷한 것 같은 거야. 이렇게 모든 일에 짜증부터 내는 거, 고등학생이 되고 나서 한창 짜증이 늘었을 때의 내 모습이잖아.

중 3 겨울 방학 동안 세상 다 산 사람처럼 늘어져 지내다가 갑작스러운 생활 패턴의 변화에 적응하는 일이 너무 힘들었다. 매일 9교시 수업에 야자까지. 거기에 1학기 초에는 거의 매일이다시피 들었던 '이제 중학생이 아니다, 고등학생답게 행동해라', '너희도 수험생이다', '3학년 되서 공부하면 되겠지 하는 꿈은 접어라' 이런 말까지 보태져 몸도 마음도 모두 지치게 만들었고 한여름에 감기는 필수였다. 그러다가 매달 치르는 모의고사를 예전처럼 긴장하지 않고 일찍 마치는 날 정도로 인식하게 되었을 때는 더 이상 '나'는 없었다. 교복을 단정하게 갖춰 입고 내 이름이 박힌 명찰을 반듯하게 단 그 학생은 그냥 '고등학생'이었다. 고등학생이라는 이름으로, 사소한 일에 예민하게 반응하고 뭐든지 짜증이고 행동 하나 하는 것에도 해보기 전에 미리 걱정해서 주변 사람 힘들게 만드는 걸 당연하게 넘기는 그런 피곤한 아이가 있을 뿐이었다.

"할 말 없으면 그만 가보지 그래. 난 바빠서 말이야."

"뭐가 그렇게 바쁜데요?"

"앞으로 뭘 할지 결정해야 해. 목표가 없으니까 성적이 오르지 않는 것 같아."

"아, 그렇군요. 잘 생각 하셨네요! 그럼 생각하고 있는 당신 꿈에 대해서 말해 줄 수 있어요? 듣고 싶어요."

또 나왔다. 만나는 사람마다 꿈을 물어 보는 버릇. 내가 원하는 걸 찾지 못해서 힘들 때 나도 모르게 생긴 건데 다른 사람들은 어떻게 하고 싶은 것을 찾았고 꿈을 정했는지 알고 싶었다. 그 방법을 따라하면 나도 꿈을 찾을 수 있을까 해서.

"오늘 처음 본 사람에게 그런 걸 말해 줄 수 없어. 네가 먼저 밝힌다면 생각해 보지."

그런데 그 버릇에는 꼭 같이 따라 나오는 게 하나 더 있다. 상대가 나의 꿈을 반문했을 때 확실한 답을 주지 않는 것.

그런데……

……

‘두. 근’

“나는 선생님이 되고 싶어요.”

말
했
다.
……

‘그렇지! 그래, 그거잖아, 네 꿈. 잘했어. 이제 됐어. 아, 속이 뻥 뚫리는 것 같네.’

“선생님? 왜 선생님이 되려고 하지? 이해를 못하겠군. 되기 위해서 들여야 하는 노력에 비해 보수도 적고 힘든 직업인데 말이야. 그리고 최근에 뉴스도 못 보셨나? 옛날에야 선생님 하면 인정받았지만 요즘은 교권이라는 게 있기는 한가? 학생이 교사를 폭행하는 것부터 성희롱 하는 동영상도 버젓이 인터넷에 떠도는 세상인데. 선생들부터도 그렇지. 예전처럼 스승이라고 불릴 만한 사람이 어디 있던가. 정 가르치는 게 하고 싶다면 차라리 학원 강사를 하는 게 어때? 그 편이 돈도 많이 벌고 좋을 텐데.”

나의 꿈을 말했다는 사실에 놀라서 그가 내 꿈을 무시하는 말을 쏟아내고 있다는 걸 뒤늦게 깨닫고 나는 발끈하지 않을 수 없었다.

“이봐요! 남의 꿈을 그렇게 함부로 말하는 건 예의가 아니죠. 아무한테나 말 안 하고 나 혼자 간직해온 소중한 꿈이에요. 당신 꿈을 들으려면 내 꿈을 말하는 게 먼저라고 생각해서 말해줬더니 이게 무슨 짓이에요! 내가 돈 많이 벌고 싶어서 선택한 직업인 줄 알아요? 그 잘난 명예를 얻겠다고 하는 건 줄 아냐고요! 당신은 당신 꿈을 그런 기준으로 그렇게 생각하고 있는지 모르겠지만 난 전혀 아니에요. 내가 말한 건 단순한 직업이 아니라 내 심장이 원하는 꿈이란 말이에요.”

나는 내가 무슨 말을 하고 있는지 생각해 보지도 않고 그 사람에게 쉴 새 없이 말을 쏟아 부었다.

　이런 말을 들을 게 두려웠던 거다. 내가 견디기에 불편하기만 했던 선생님에 대한 세상 사람들의 인식과 많이 힘들 거라는 회유가 섞인 격려, 그저 안정된 직업이기 때문에 원하는 것이라는, 내 의지를 무시해 버린, 사람들이 마음대로 정해버린 선생님을 꿈으로 담은 마음에 대한 시선. 이것들 때문에, 이것들이 두려워서 내 꿈을 드러내기 위해서는 많은 용기가 필요했다.

　게다가 나부터도 꿈에 대한 확신이 없고 내가 정말 하고 싶어 하는 꿈인지 알 수가 없었다. 언제부터, 어떤 계기로 선생님이 되기를 꿈꿔왔는지조차 기억이 나질 않았다.

　그래서 어느 날 엄마에게 물어보았다.

　— 엄마, 내가 커서 뭐가 되고 싶다고 엄마한테 처음으로 말한 게 언제였어?

　— ……글쎄. 기억이 안 나는데.

　— 그럼, 내가 언제부터 선생님이 되고 싶다고 말했는지 기억나?

　— 음…….

　— 그러면 내가 먼저 엄마한테 선생님 되는 게 꿈이라고 말한 거야 아니면 엄마가 물어봐서 내가 말 한 거야?

　— 너무 오래 전이라서 기억이 잘 안 나네. 잠시 생각 해 보자. 그래, 아마 초등학교 때부터 민정이 꿈은 선생님이었지. 기억 안 나니? 초등학교 3학년 때 말이야. 수업 시간에 문제 못 푼다고 학원도 안 다니냐고 담임선생님한테 친구들 앞에서 혼나고 오더니 울면서 자기는 그런 선생님은 안 될 거라고 했잖니. 그 때 엄마가 얼마나 속상했었는데. 그래서 당장 학원에 보내……

　— '초등학교 때부터란 말이지…….'

　그랬다. 아주 오래 전부터 변함없이 내 꿈은 선생님이었다. 하지만 생각해 보면 내가 엄마에게 '내 꿈은 이거에요' 라고 말한 기억이 없다. 그런데도 엄마는 언제부턴가 내가 학교에서 있었던 일을 말하면서 선생님께 버릇없이 행동하던 같은

반 친구를 종알종알 이야기하면,

　－ 어이구, 세상에나. 날이 갈수록 애들은 더 버릇없어질 텐데 민정이 힘들어서 해내겠나. 엄마는 선생님 말고 다른 거 했으면 좋겠구만.

　그러면 나는 발끈하면서,

　－ 아, 엄마는 왜 그래! 그런 말 할 거면 이제 엄마한테 학교 얘기 안할래.

　그랬던 것이다.

　언제부터였는지 기억도 나지 않지만 어느 새 내 꿈은 정해져 있었고 나는 거부하지 않았다. 왜 그랬을까.

　"그래요, 요즘 교권이고 뭐고 없어진 거 인정해요. 어디서부터 잘못된 건지 모르지만 학생들이 선생님에게 반항적으로만 변하는 게 요즘 학생만이 아니라 선생님들도 잘못한 일이 있다고 생각하니까요. 그런데요, 그래서 내가 선생님이 되고 싶어요. 난, 나는요, 바뀔 수 있다고 믿어요."

　내가 태어났을 때부터 할아버지는 내가 선생님이 되길 바라셨다고 했다. 그래서 나에게 '너는 선생님 되면 딱 이다' 라는 말을 자주 하셨다. 꼭 '나' 여서 그런 말을 어린 나에게 해주신 게 아닐 수도 있다. 내가 아닌 다른 손녀가 태어났어도 할아버지는 '여자 직업으로 선생이 안성맞춤' 이라는 생각으로 그렇게 말씀하셨을지 모르는 일이니까. 아마 그 때부터 이미 엄마도 나도 내 꿈은 선생님이라고 생각하고 있었던 것 같다.

　그 후 매년 자기소개서의 장래희망 칸을 '선생님' 으로 채우면서도 내가 원하는 꿈이 맞는가에 대한 아무런 인식 없이 초등학교, 중학교를 지나왔다. 그랬기 때문에 꿈에 대한 확신이 없고 꿈에 대한 열망을 느낄 수 없는 것이 당연해 보인다.

　그러다 고등학교 1학년이 된 어느 여름 날. 초등학교 때 전학을 갔던 단짝친구를 만나게 되었다. 전공서적을 구경하다가 그 친구가 말했다.

　－ 민정이, 나는 간호사가 되고 싶다.

　－ 간호사? 우와~ 근데 왜?

- '간호사'를 떠올리는 것만으로 가슴이 두근거리거든.

- 아…….

- 너는 꿈 그대로야?

- 어?

- 너 초등학교 때 꿈이 선생님이었잖아.

- 어……. 그랬지.

- 그랬지라니! 선생님 되고 싶어 했잖아.

- 그냥. 좀 확신이 없어져서.

- 왜 그래~ 당당하던 내 친구 어디 갔어.

- 하하하…….

꿈을 말하던 그 때 친구의 얼굴에서는 빛이 뿜어져 나오는 듯했다. 자신의 심장을 뛰게 하는 꿈을 가진 사람만 가질 수 있는 그런 반짝거림이었다. 반면 나는 한없이 작아지는 것 같았다. 오랜만에 만난 친구에게 당당하게 꿈을 말해 줄 수 없다는 게 부끄러웠다. 기차역 앞에서 헤어질 때 다짐했다. 다시 만날 때는 나도 빛나는 사람이 되어있 겠다고.

그 때부터 '선생님'을 꿈으로 생각하고 살아 온 그 동안의 시간에 회의가 들기 시작했다. 나도 모르게 강요된 꿈 때문에 사고가 굳어진 것 같았고 마치 '선생님' 같은 고지식한 성격도 바꾸고 싶었다. 그래서 다른 꿈을 찾으려 했다. 아니, 직업을 찾으려 했다. 하지만 심장을 뛰게 해줄 꿈을 찾는 일이 그리 쉽지는 않았다.

'시간이 지나면 알아서 다 되겠지'

이런 생각으로 내 꿈을, 심장의 소리를 무심하게 지나쳐온 시간들이 후회됐다. 너무 오랜 시간 들여다보지 않아서 내 심장은 이제 더 이상 뛰지 않는 것 같았기 때문이다.

어느덧 때는 고등학교 2학년. 여름방학도 지나간 10월이었다. 학교 선생님의 추천으로 다른 지역의 여러 학생들과 함께하는 일본으로의 연수를 일주일간 가게 되었다. 모두 다른 지역에서 온 낯선 아이들이었지만 같은 시대를 살고 있는 고등학생이라는 점에서 공감대는 쉽게 만들어졌다. 새벽 1시가 넘도록 학교 이야기, 공부 이야기를 하다가 18살 소녀들이 모인 자리에서 나오지 않을 수 없는 이야기, 꿈 이야기가 나왔다.

– 너는 꿈이 뭐야?

– ……선생님.

그 순간 내 심장이 두근거렸다.

– 우와. 진짜 잘 어울린다.

그 순간에는 온 몸에 전율이 퍼지는 듯했다.

물론 잘 어울린다는 말은 빈말이었을 수도 있다. 하지만 그런 건 중요하지 않았다. 내가 선생님이 되고 싶다고 말하던 순간의 떨림을 느꼈기 때문이다. 만난 지 이틀 된 친구에게 꿈이 선생님이라고 말한 것부터, 그 말이 그냥 둘러댄 말이 아니었다는 것 그리고 '선생님'을 말하던 순간에 전율을 느낀 것까지 모두 놀라웠다. 그리고 기뻤다. 아직 팔팔하게 살아서 뛰는 심장의 움직임에 행복했다.

그렇게, 시간을 되돌릴 수 있다면 좋겠다는 부질없는 생각으로 시간을 낭비하고 있는 줄 알았는데, 고민을 하며 보냈던 그런 시간들 속에서 알게 된 것이다. '선생님'은 할아버지의 꿈도, 엄마의 꿈도, 자기소개서용 꿈도 아니라 내가 원하는 꿈이라는 사실을. 사회적으로 좋은 인식을 가진 다른 꿈들을 부질없이 부러워하면서 내 꿈을 내가 믿지 못하고 모른 척하고 있었다는 것을. 오래 전부터 나의 가슴 속에는 심장을 뛰게 만들었던 오직 하나뿐인 소중한 녀석이 숨어서 자신을 찾아주기만을 기다리고 있었다는 것을.

'두. 근'

그래. 생각났어.

'그래, 뭘 망설이는 거야. 저기 네 꿈이 보이잖아! 어서 잡아. 당당하게 보여줘!'

"너 혼자서 뭘 바꿀 수 있다는 거지?"

"혼자라서 오히려 시작하기 쉬울 거라고 생각하는데요. 나 하나부터 조금씩 움직이기 시작한다면 그걸로 이미 모든 게 바뀌기 시작했다는 뜻이니까요."

"어떻게 움직이겠다는 거지?"

"아주 중요한 일이지만 많은 선생님들이 잘 잃어버리는 거요, 그걸 놓치지 않게 꼭 붙들고 있을 거예요."

"그게…… 뭔데?"

"처음 분필을 들던 순간의 떨림이라고 할까요? 초심 말이에요."

"하, 참. 난 또 뭐라고. 너라고 잃지 않을 수 있을 것 같아?"

"그럼요! 새로운 봄이 시작될 때마다 방학이 지날 때마다, 한 달이 지날 때마다, 일주일이 지날 때마다, 아침이 밝아 올 때마다, 반짝이는 눈들을 마주 할 때마다 나 자신에게 물어 볼 거예요.

너 지금 두근거리니……?"

그래. 나는 사소한 일에도 잘 긴장하고, 떨려했다.

'아, 떨려~'

이 말을 달고 살아서 친구들에게 호들갑떤다는 말도 자주 들었다. 맞은편에서 걸어오시는 선생님께 인사하려고 마음먹고 조금만 더 가까워지기를 기다리며 한 발, 두 발 걸을 때. 그 1, 2초의 순간조차 두근거리니 '호들갑'이라는 말이 심한 말은 아닌 것 같다. 정말 별거 아닌 일에 왜 그렇게 떨리는 걸까. 예전에는 이런 내 모습이 마음에 들지 않았다. 하루하루 일어나는 모든 일들이 매일 새롭고 떨리니 피곤할 수밖에 없었기 때문이다. 하지만 지금은 오히려 예민한 심장에 고마울 따름이다. 지나치게 자주 두근거려주는 녀석 덕분에 귀찮을 때도 있지만 한동안 뛰지 않던 녀석 때문에 답답하던 때를 생각하면 심장의 움직임을 잘 느낄 수 있다는 것이 얼마나 소중한 일인지 이제는 알기 때문이다.

"잃어버리지 않도록 항상 잘 간직할 거예요. 심장이 조금이라도 무뎌지는 것 같을 때마다 반성하면서. 그렇게 초심을 잃지 않고 교단에 서 있는 동안 변함없는 가르침을 학생들에게 준다면 조금씩 아이들의 인식이 변해가지 않겠어요? 내 신뢰로 자란 아이들 중에 또 어떤 아이가 선생님이 된다면? 어쩌면 나도 모르는 사이에 내가 닮고 싶지 않다면서 욕했던 선생님들과 똑같아졌을 수도 있어요. 그렇다 하더라도 그런 내 모습에서 '나는 안 그래야지. 나라면 이렇게 할 텐데' 이런 마음을 가진 아이가 있을 수 있죠. 분명한 건 계속해서 더 나은 세상이 만들어질 거라는 것과 나는 변하지 않을 거라는 것. 그거예요.

순정만화를 너무 많이 본 거 아니냐고 말하고 싶겠죠. 상관없어요. 누가 나를 믿어주든 말든 그런 건 이제 신경 쓰지 않아요. 내가 나를 믿으니까, 아직 분필을 들어보지 못했지만 상상만으로도 두근대는 심장을 믿으니까요."

이제는 안다.

어디서 그런 용기가 나왔는지 모르겠지만 그런 건 중요하지 않다. 중요한 건 오늘. 별 노력을 들이지 않고도 꿈을 내 입으로 말한 지금, 내 꿈을 변호할 수 있는 바로 지금. 나는 더 이상 자기 꿈을 부끄럽게 생각하는 그런 겁쟁이가 아니라는 사실이다.

"…… 어떻게 그럴 수 있지? 어떻게 그렇게 믿을 수 있어!"

"나도 이렇게 내 꿈을 믿는 게 처음부터 쉬웠던 건 아니에요. 사람들의 시선 앞에 당당해질 수가 없어서, 내 꿈이 너무 초라해 보여서 꿈이 없다고 말해 버리고 다른 꿈을 찾으려고도 했어요. 근데 그렇게 다른 걸 찾으려고 할수록 가르치는 것 아닌 일을 하고 있는 내가 상상이 안 될 뿐더러 용납이 안 됐어요. 그래서 알게 됐죠. 그 동안 내가 심장의 소리를 무시하고 있었다는 걸요."

"심장의 소리……?"

"내가 그렇게 이미 마음을 굳혀 가고 있었다는 것도 몰랐어요. 오늘 내 꿈을 생각 밖으로 꺼낸 순간 그리고 당신이 내 꿈을 무시하는 바람에 화가 나던 그 순간, 심장이 두근거리는 소리가 들리던 순간, 바로 그 때에 마음 안에 갇혀 있던 소리가 머리에 닿는 느낌이 왔어요."

"……."

"왜 아무런 대꾸를 안 해요? 또 한 번 나를 바보라고 비웃을 거라고 생각했는데."

"뭐? 아, 응. 그래. 아니, 아니야. 내가 좀 걱정이 많아서 부정적인 사람으로 보이는 거지 사사건건 시비 거는 그런 사람은 아니야. 이제 내 꿈에 대해 말할 차례지만 말이야, 정말 미안한데 말 못해 주겠어. 난 내 꿈을 너무 쉽게 생각했나 봐. 더 생각을 해봐야 할 거 같아."

"그래요. 곧 당당하게 말 할 수 있는 부끄럽지 않은 꿈을 찾을 수 있을 거예요. 그럼 전 이만 가볼게요."

"저기! 내가 이런 말할 입장인지는 모르겠지만, 너 말이야. 선생님 그거 잘 할 수 있을 거란 생각이 들어. 너한테 어울리는 꿈이야. 아무튼 그냥 그렇다고."

"아…… 고마워요."

진심으로 고마웠다. 내가 꿈을 말할 수 있게 해줘서. 내 이야기를 들어줘서. 결정적으로 내 꿈이 나와 어울린다는 말을 해줘서 정말 기뻤다. 나는 그 사람이 보이지 않을 때까지 계속 뒤를 돌아보며 손을 흔들어 주고 나서야 가벼운 발걸음으로 그렇게 또 다시 숲길을 따라 걸었다.

＊＊＊＊

어, 여기는 숲 속이 아니잖아.

담이 낮은 집들이 줄지어 있는 골목이 보이는 푸른 들판이 다시 드러난다. 숲길을 벗어나자 드러난 푸른 하늘과 넓은 들판이 어느 새 붉게 물들어 가고 있다. 나는 눈을 감고 두 팔을 벌려 몸을 감싸며 부는 조금은 쌀쌀해진 바람을 느낀다. 오늘 하루 종일 내가 한 일이라고는 숲을 따라 걸으면서 사람들을 만나고 이야기를 한 것뿐인데 큰 숙제를 끝낸 것처럼 가뿐한 기분이다.

언젠가 한번은 꼭 따라 해봐야겠다고 다짐했던 영화 속의 한 장면처럼 바람에 머리카락을 휘날리면서 분위기를 잡고 있는데 하늘이 전부인 저 언덕 위에 누군

가 있다. 나무 그늘 아래 서서 나에게 손짓을 하고 있다. 누굴까……. 가까이 다가가 본다. 잠깐만……. 나잖아?! 나는 여기 있고, 저기 있는 나를 내가 보고 있다!!?! 이게 뭐야. 이거 꿈이야? 어디서 본거 같은데?

‘누구야?’

‘나야.’

‘너는……!’

‘그래, 나.’

나를 숲으로 데리고 갔던 ‘나’ 다.

‘이제 내가 널 왜 거기로 데리고 갔는지 알겠지? 내가 누군지도.’

‘아니, 미안하지만, 아직 잘 모르겠는데. 그래도 고마워. 네 덕분에 내 꿈에 믿음이 생겼거든.’

‘바로 그거야. 그걸 깨달았으면서 내가 누군지 모르겠다는 거니? 네가 숲에서 여러 사람들은 만나는 동안에도 계속 네 곁에 있었어.’

‘그럼, 설마.’

‘그래, 난 너의 심장에 사는 너야.’

‘믿을 수가 없어.’

‘혼란스러워 할 거 없어. 그냥 받아들이면 돼. 다만, 우리가 만났다는 걸 기억해. 그게 중요한 거니까.’

‘내가 나의 심장을 만난 거라고?’

‘이제 난 가봐야 할 것 같아. 만나서 반가웠어. 오늘 내 목소리를 무시하지 않고 따라와 줘서 고마워.’

‘잠깐만! 우리 다시 만날 수 있니?’

……

‘네가 내 목소리에 귀를 기울인다면 언제든지.’

‘나’ 는 여전히 푸른 들판 위에 서 있다. 먼 하늘을 바라보는 ‘나’ 의 얼굴엔 기분 좋은 미소가 핀다. 이제 원하는 만큼 하늘을 봤는지 행복한 표정으로 ‘나’ 는 발걸음을 옮긴다. ‘나’ 의 발이 향하는 곳엔 할 일이 산더미처럼 쌓여 기다리고 있을 것이다. 하지만 ‘나’ 는 그런 건 걱정은 하지 않는 듯하다. 심장이 원하는 것을 찾았기 때문이리라.

“심장이 원하는 꿈. 그래, 너 맞지? 반갑다.”

별꽃아이로부터

김유진

별꽃아이로부터

나무? 나무!

part1) 햇살의 부름을 받아

"조금만 더 ! 조금만 더!"

모든 시작들은 위대하다.

푸른 새싹들이 빼꼼히 고개를 내밀 때에도,
노란 솜털로 덮여 꽃잎인지 동물인지 모를 병
아리들도 사생결단 모드로 시작을 준비한다.

part2) 오직 순수함으로

이 세상에 있는 아기들은 다 예쁘다는 것이 내 이론이다.

아가들은 하루 종일 먹고 자고 먹고 자고를
반복한다. 그러나 아무도 그네들에게 게으르
다고 하지 않는다. 아가들도 그들 나름대로의
삶의 준비를 하고 있기 때문이다.

'이 세상의 모든 아가들의 몸속에는 왠지
'푸르름' 만 있을 것 같아.'

part3) 기도하는 마음으로

이 세상 모든 부모들이 그렇듯
모든 과일 나무들 또한 그들의 열매를 사랑한다.

사랑하고 너무나 많이 사랑해서
낮에는 그들의 꿈을 달고
밤에는 그들의 별을 달고
소망한다.
사랑한다.
꿈과 별들이 점점 자람에 따라
자신의 어깨를 잡아 당겨도
그들은 묵묵히 그 무게에 당겨질 뿐이다. 행복해 할 뿐이다.

part4) 이 세상을 모두 붉은빛으로 물들인다면

-분명히 햇살과 바람, 그리고 바람으로 움직여지는 시계의 태엽 안에 감겨서
 천천히 욕심내지 않고 한 걸음씩 또 한 걸음씩 걸었을 뿐인데.

-모든 공기들이 내 체온과 같아서 둥글게 둥글게 너무나 기분 좋은 따스함으
 로 나를 안아주는 날.
 나무의 꿈과 별들은 자신의 순수함인 '푸르름'을 멀리서 항상 지켜봐 주셨던
 태양님께 드리고 자신은 햇살의 '빠알간' 빛을 받아서 자신의 마음을 표현한
 다.

 '이 커다란 세상에서요. 작지만 이름에 걸 맞는 향기와 빛깔을 가진 나도 당
 당히 있다고요!'

 "그게 바로 나야."

들꽃 교사 체험기

─My name is…….

내가 가장 좋아하는 색.

보라색. 어머니께서 나를 임신
하셨을 때부터 보라색을 좋아하셨
던 까닭에, 원색보다는 은은한 보
라색을 좋아했던 아이.

특이했던 아이, 특별한 아이.

혹시 너는 왜 내가 교단에 서 있
는지 아니?

나는 말이야. 가장 어리고 티 묻
지 않은 학생인 초등학생들에게
세상의 모든 아름다움을 가르치고

싶었기 때문이야.

바로 '하루는 24시간이다'가 아니라, '하루는 한 줌의 햇살과 바람 한 줄기, 수다스러운 별빛들의 합창, 그리고 너희들의 순수함으로 이루어진다.'는 것을 아이들에게 말해 주고 싶었어. 하지만 나는 요즘 도리어 나의 소중한 제자들을 통해 더 많은 것들을 배우고 있단다. 한번 들어 볼래?

이 지구라는 별에는 '참비비추'라는 이름을 가지고 부드러운 흙에 다리를 쭉 뻗고 있는 아이가 있어. 이산화탄소와 물과 햇빛을 먹고 산소와 에너지를 만들어 내지.

그런데 그 아이는 다른 꽃들과는 좀 달라.

다른 꽃들이 어여쁜 나비와 벌에게 잘 보이기 위해서 세상이 좋아하는 화려한 분홍색, 빨간색, 노란색, 주황색으로 제각기 몸을 치장하고 있을 때 그 아이는 자기가 꿈꿔왔던 빛깔로 세상을 만들어 나가지.

그래, 바로 그거야.

내가 아는 그 아이가 다른 꽃들과 '다르다'라는 것은 그 녀석이 틀렸다는 것이 아니야.

그래, 그렇지.

참 단순한 생각의 차이일 뿐이야.

흔히 지구상의 인간들은 그걸 '종이 한 장' 차이라고 하던데?

너도 잘 알고 있겠지?

그 아이는 내가 정말 잘 아는 아이인데 꽤 어린 데도 참 많은 것을 알더라구.

다른 꽃들이 자신을 세상에 맞추어 나갔을 때
그 아이는 자신의 빛깔과 향기에 알맞는 세상을 만들었을 뿐이야.
그래서
결국 내가 아주 잘 아는 그 아이는
세상에서 '특이한' 존재가 아니라
'특별한' 참비비추가 되었더라구.

그러니까 내 제자인 '참비비추'는 세상이라는 커다란 퍼즐 판에 자신을 사각형
으로 만들어서 끼워 맞춰 넣은 것이 아니라, 자신의 향기와 빛깔에 알맞은 새로운
퍼즐 판을 만든 거지.
난 그 아이가 내 제자라는 것이 너무나 자랑스럽단다.

난 요즘 내가 가르치고 있는 아이들을 한 명씩 점점 더 알아간다는 즐거움에 조
금씩 조금씩 색다른 '세상 보기'를 하고 있지.

Chapter 3
태양의 마음으로 너에게 다가간다

part1) 바라보기

나는, 항상

밤이든 낮이든 여기에서

노란 빛으로, 중심에 있는 고동빛의

이 순수한 마음으로

나와 너를 바라볼게

병아리가 단단한 알을 깨고 이 세상에 나오게 된 것도,

꿀벌들이 꽃 사이를 휘저으며 달콤한 꿀을 모으는 것도,

깜깜한 밤하늘에 별들이 보이는 것도,

가을의 푸른 하늘에 감이 점을 찍는 것도,

에디슨이 발명한 전구가 어둠을 밝히는 것도,

그들에게는 모두 다 노란빛 에너지가 있었기 때문이다.

그들이 공통적으로 가지고 있는 노란빛 에너지는 바로 그들의

열정이다.

part2) 바라기

어느 샌가 더 이상 햇볕이 따스하다고 여겨지지 않을 때였다.

이제는 조금씩 눈부시고 있다는 것을 느낄 때쯤 난 '그녀' 를 찾아가고 있었다.

오늘 내가 찾아가는 '그녀' 는 온통 노란빛이다.

자신의 몸을 어떻게 저토록이나 강렬한 햇빛으로 투영시킬 수 있는지.

난 혼자 아무리 골똘히 생각해 보아도 답이 나오지 않을 것만 같아 그녀를 찾아

갔다.

찾아갈 수밖에 없었다.

그녀의 집에는 초인종이 없다.

찾아올 사람이 없다는 것일까? 아니면 초인종을 누르고 들어오지 않아도 될 만큼 그토록이나 오매불망 기다리는 것이 있다는 걸까? 라는 생각을 하며 뎅그렁 문을 열었다.

'뎅그렁'

그녀는 내가 알고 있던 모습 그대로였다. 아니, 사실은 알고 있었다기보다는 내가 그녀는 이렇게 있지 않을까? 하며 내가 생각해 왔었다는 게 더 맞는 표현일 듯하다. 왜냐하면 나는 매일 아침 바람 한 스푼에게, 혹은 햇살 한 자락으로부터 그녀의 소식을 듣곤 했기 때문이다. 아 참. 이제 와서 생각해 보니 난 언젠가부터 그녀의 소식을 챙겨 듣기 시작했던 것 같다. 하루하루가 싫증이 나고 혹은 내가 도대체 무엇을 열심히 할 수 있을까? 라는 생각을 가지고 있던 나에게 얼굴도 모르는 낯선 그녀의 소식은 매일매일 심장을 조금씩 끓게 해주었기에.

내가 언제인가부터 '덥다' 는 이유만으로 혹은 '눈부시다' 는 이유만으로 피해 왔었던 그것을 향해 그녀는 손을 뻗고, 발돋움을 하고 있었다. '왠지 불편해 보일 것만 같은데, 그리고 내가 이 시점에서 그녀에게 숨소리조차 들리게 하는 건 실례가 되지는 않을까?' 하며 난 다음을 기약하며 나오려고 했다.

그 때였다. 어쩌면 내가 노란빛 에너지의 가치를 모르고 살았을 수도 있었을 텐데. 만약 그녀가 그 순간 나를 불러주지 않았었더라면. 정말이지 그 순간부터 나에게로 떠나는 여행이 시작된 건지도 모르겠다.

"오랜만이구나?"

"네? 저를 아시나요?"

나는 그녀를 본 적도 없었고, 그녀도 날 본적이 없었을 텐데?

난 다만 이 세상이 온통 그녀에게 쏘아대는 황금빛에 이끌려 찾아온 것임에 틀림없었다.

"그럼, 난 항상 너를 지켜보고 있었던 걸. 왜? 혹시 너는 나를 모르니?"

그녀는 황금빛의 푸근한 인상으로 인자하게 나를 보며 나직하게 말했다.

"아니오. 저는 알고 있었어요. 당신을……."

아마 그때 내 모습을 지나가는 토끼가 봤더라면 아마 홍당무인 줄 알고 얼른 아삭아삭 먹어 버렸을지도 모르겠다.

"하지만 제가 왜 이곳을 찾아오게 되었는지는 잘 모르겠어요. 그러나 저는 당신에 대해서 알고 싶어요. 아마 그것 때문에 내가 이리로 온 것 같아요. 혹시 실례가 안 된다면 이야기를 나눌 수 있을까요?"

"물론이지. 우선 여기에 앉으렴."

그녀는 나에게 진 초록빛 쿠션이 올려져 있는 황금빛 아니 어쩌면 갈색 빛과도 같은 너무나도 폭신한 의자를 권했다.

"감사합니다. 참 편안한 의자군요."

"어이구, 참 내 정신 좀 봐. 아직 아무것도 너에게 아무것도 대접하지 않았네. 잠시만 기다리고 있지 않을래?"

하며 그녀는 총총총 잰 걸음으로 보기만 해도 따스한 주황빛 부엌으로 걸어갔다. 난 스르륵 잠이 올 것만 같은 편안한 의자에 앉아서 따스함을 즐기며 주위를 살펴보았다.

“마치 동화 속에 나오는 집 같은 걸. 이건 마치 ‘헨젤과 그레텔’에 나오는 과자 집 같아. 정말 부드럽고 향기로워. 하지만 이 예쁜 집에는 무서운 마녀 대신에 내가 꿈꾸던 사람이 있다는 게 가장 큰 차이점이겠지?” 하고 난 거실을 살펴보았다. 거실에는 아주 밝고 포근하게 안아주고 있을 것만 같은 창문이 있었다.

“굉장히 크고 투명해. 이 집의 커튼은 우리 집과는 다른 용도로 사용하고 있는 걸? 햇빛을 전혀 가로막지 않고 오히려 빛을 반사시켜 더 밝게 하는구나.”

창문으로부터 들어오는 햇빛을 따라가 보니 그 곳엔 작은 정원이 있었다.

“분명 향기롭고 예쁜 빛깔을 가지고 있는 것을 보아하니 분명 꽃인 듯한데, 이 꽃의 모양은 내가 알던 것과는 많이 다르네. 빨간색 하트 모양. 분홍색 별 모양. 하늘색 구름 모양……. 음. 이곳에 있으니까 내가 꽃이 된 기분인 걸?”

“어디에 있니? 이리 와보지 않을래?”

‘아, 그녀가 나를 찾고 있구나. 날 부르는 이 음성이 너무나 듣기 좋은 걸.’

“네, 갈게요.”

나는 내가 신비로운 꽃들을 보고 있었다는 것을 잊은 채로 그녀에게 다가갔다.

“여길 봐. 내가 오랜만에 찾아온 꼬마 아가씨를 위해 준비했지. 어서 먹어 봐.”

그녀가 나를 위해 준비해 준 것은 보기만 해도 추웠던 내 마음을 녹이기에 충분했다. 황금빛 호두 파이와 모카 케이크, 그리고 달콤한 향기를 자아내는 카라멜 마끼야또였다.

“어서 먹어봐. 내가 오늘 아침에 직접 만든 것들이야.”

“감사합니다. 잘 먹을게요.”

“내 생각에 넌 분명 나에게 궁금한 게 많아서 찾아온 것 같은데 맞니?”

"네."

그녀는 내 마음 속을 아마도 저 유리 창문으로 들여다본 것처럼 모든 것을 알고 있는 것만 같았다.

"그럼, 우선 내 소개를 할게. 나는 매일매일 이 지구라는 별에 하루도 빼먹지 않고 찾아오시는 태양의 황금빛 에너지를 바라본단다. 그런데 참 이상하지. 지구에 사는 인간들은 내가 아무 생각 없이 그냥 해를 추종한다고 생각해. 그래서 지구인들은 나를 '해 바라기' 라고 부르지. 하지만 나는 해를 '바라기' 하지 않고 있어. 난 해를 단순히 쳐다보는 '바라기' 가 아니라 내 꿈과 열정이 햇님에게 다가갈 수 있기를 '바라기' 할 뿐이야."

"그렇다면 '해바라기' 님은 태양에게 왜 그렇게 다가가려고 애쓰시나요?"

"그러게. 난 태어날 때부터 나도 모르게 태양을 바라보곤 했지. 처음엔 나도 왜 그런지 몰랐단다. 도대체 나는 왜 이 세상 사람들과는 다르게 이 뜨거운 태양 아래에서 햇빛 바라기를 하고 있는지. 하지만 요즘 난 살아가면서 하나씩 깨닫는 것들이 있단다. 내가 '해바라기' 를 하는 것은 누군가가 시켜서 혹은 내가 억지로 하는 것이 아니라는 거지."

"힘드시지는 않으신가요? 옆에서 보고 있자면 많이 힘드실 것 같던데."

"그래. 솔직히 말하면 힘든 일이란 거 나도 잘 알아. 하지만 어떻게 하니, 이게 내가 가장 좋아하는 일인데, 내 심장을 뛰게 하는 일인데."

세상의 많은 노란빛들은 우리에게 꿈과 희망을 상징한다.

하지만 항상 염두해 두어야 할 것은 분명 그들에게도 시련과 고통은 있다는 것

이다.

하지만 노란빛에게 우리가 항상 희망과 꿈을 발견할 수 있는 것은 바로 그들에게는 '열정'이 있기 때문이다.

—Passion Holic ver. Kim Yu-Jin

Chapter 4

장미 정원에서

part1) The Rose

태양이 뜨겁게 이글거려 온 대지에게 자신의 빛깔을 심기려고 하는데, 내 눈
에는 초록빛 잎들이 더욱더 싱그럽게 보이던 그런 여름날 오후.

숲 속에서 보물찾기를 하다가 돌 틈 속에 숨겨진 쪽지를 나 혼자서 발견한 것
같은 은밀한 기분이었다. 바로 장미 정원을 찾게 된 것이다. 너무나 아름다워 숨

이 막힐 것만 같은 장미 정원에서 나도 모르게 장미에게 말을 걸었다. 아니, 어쩌면 내가 속삭이듯이 한 혼잣말을 바람이 장미에게 전해 주었던 것 같다. 마치 장미와 내가 오래된 친구였었던 것처럼. 그런데 이렇게 아름다운 장미의 모든 수식어가 '예쁘다' 라는 한 주제로 묶일 수 있을까? 만약 그렇다면 이 세상은 정말 우울하고 어두울 것이다. 장미들은 생각한다.

똑같은 아름다움, 향기로움을 가지고 있다면 '나' 라는 존재는 빛나 보이지 않을 거라고.

part2) 빨간 향기와 분홍빛깔의 생각

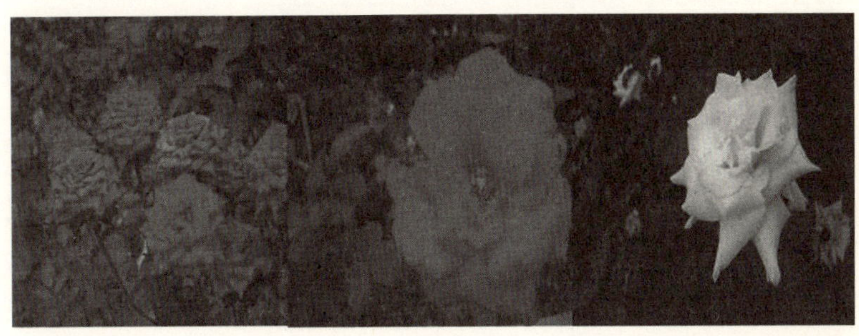

"장미야, 너희가 본 우리의 모습은 어떠니?"

"사람들은 자신의 생각이 다 옳다고 생각해, 그래서 뭐든지 기준을 정하지. 그리고 그 틀 밖으로 벗어나는 자들을 모두 그 사회의 낙오자라는 낙인을 찍어버려. 하지만 정말 그게 다일까?"

"하지만 우리는 여태껏 그렇게 잘 살아 왔는데?"

"그럼 생각해 봐. 너희가 여태껏 틀에 박혀서 살아 온 삶이 진정 너희를 행복하게 해주었니? 우리를 봐, 단 한 꽃도 같은 색깔과 향기를 지니고 있지는 않아. 전부 다른 크기와 키, 그리고 자신이 품고 있는 꿈과 함께 우리는 각자의 아름다움을 키워 왔었어……."

—장미들에게 사람이라는 존재는 어리석게 보인다. 모든 것을 자르고 늘려서
똑같게 보이게 하는 그런 동물, 인간. 그들은 왜 자기의 능력을 한없이 작게
만들려고 하는 것일까?

—세상에 있는 장미는 오로지 아름다운 색깔과 향기로움만 추구하는 꽃인 줄로
만 알았다. 하지만 장미는 그게 다가 아니었다.
내 오랜 스승과도 같은 존재였다.

chapter 5

동물원 우리 안에 있는 '나'

　나는 지금 '나에게로 떠나는 여행'을 시작하려 한다. 그런데 나는 이 여행을 시작하게 되면 왠지 이 여행을 시작하기 전의 나를 잊어버릴 것만 같아 두려웠다. 그래서 난 어린 날의 추억이 깃들여 있는 동물원을 찾게 되었다. 여전히 그곳은 내 마음을 '피카츄' 풍선 하나만으로도 다 채워지게 만들 수 있었다. 나는 동물원을 하나하나 세세하게 들여다보고 싶어서 천천히 발걸음을 옮겼다. 항상 크게만 보였던 나의 우상, 코끼리가 작아 보이는 건 왜일까? 라는 생각을 하며 이리저리

다니고 있었다. 그런데 그 순간, 내 눈으로 동물원 우리 안에 있는 사람이 보였다. 아니, 여기는 분명 동물원이란 말이다. 그런데 왜 사람이 우리 안에 있는 거지? 난 그 우리에 다가갔다. 그곳에는 정말 한 소녀가 있었다. 그 소녀는 왠지 피곤해 보이지만 밝은 얼굴을 하고 있었다. 내가 다가간 그 우리 안에 있던 사람은 '유진'이라는 소녀였다. 그녀는 조금 피곤한지 벽에 기대고 있었다. 그 여자는 자신의 꿈을 찾고 있다고 했다. 아니 결국에는 찾았다고 말했다. 그녀가 자신의 꿈을 찾아서 달려가는 모습이 많이 피곤해 보였다. 그래서 나는 더 이상 그녀에게 말을 건네지 못했다. 그녀가 자신의 꿈을 향해 달려가는 것만으로도 피곤해 보이는데 내 여행 상담까지는 할 수는 없는 일이였다.

그 순간 나는 평소 친하게 지내오던 쟈가가 떠올랐다. 어쩌면 쟈가는 '유진'이라는 소녀처럼 꿈을 찾고, 이루기 위해 노력하고 있을 것 같았다. 또 나의 '나에게로 떠나는 여행' 상담을 잘 해 줄 것 같았다. 그래서 내 발걸음은 무의식적으로 쟈가에게 성큼성큼 다가갔다.

오랜만에 만난 쟈가의 모습은 조금 더 성숙해져 있었다. 고양잇과인 그 녀석의 줄무늬는 좀 더 멋있어진 것이다. 그 녀석은 자신도 모르게 '자신'를 찾은 것은 아닐까?

내 친구 '쟈가'의 존재를 모르는 사람들은 언뜻 보면 표범이라 할지도 모르겠다.

"너는 여기에 왜 있니?"

"오. 너로구나. 오랜만이야. 만나자마자 너무 어려운 질문 아니니? 오, 저런. 표정을 보니 좀 심각하네. 그래, 말해 줄게. 나는 내 꿈을 찾기 위해 이 안으로 들어왔었지."

"꿈을 찾기 위해 이 좁은 우리 안으로 들어 왔다고? 도대체 왜? 이 좁고 답답한 곳에 있는 게 괴롭지 않니?"

"네가 보기에는 이 우리가 좁고 답답하게 보이니? 그래, 그럴 수도 있겠다. 나도 처음엔 그랬거든."

"너를 누군가가 여기에 억지로 있게 한 거니? 응? 힘들지 않아?"

"오, 진정해. 난 괜찮으니까. 그리고 난 내 꿈을 찾기 위해 들어오고 싶어서 들어온 거야."

"꿈을 찾는다는 것은 인생에서 아름답고 가치 있는 것을 찾아 떠나는 게 아니었어?"

"그래, 맞아. 분명 꿈을 찾아 나선다는 것은 분명 예쁘고 향기로운 일일 꺼야. 하지만 너는 그게 다가 아니라는 것을 알았으면 해."

"응? 꿈을 찾아가는 것에서 또 다른 게 필요하단 말이야?"

"그렇지. 세상의 많은 사람들은 살아가면서 항상 자신의 꿈을 찾는 여행을 하고 있어. 그래. 모든 사람들은 꿈을 찾고는 있지. 하지만 '꿈을 찾는 것'만으로는 자기 자신을 찾을 수 없어. 진정한 자기 자신을 네가 만나고 싶다면 막연히 꿈만 꾸어서는 안 돼. 자신을 찾아가기 위해서 다이아몬드가 필요해."

"다이아몬드?"

"그래. 이 세상 모든 사람들, 아니 모든 생명들은 다이아몬드를 가지고 있어. 그런데 좀 더 현실적으로 말하면 가지고 있을 뿐이야. 그런데 만약 네가 진정으로 '나' 찾기를 하고 있다면 그 보잘 것 없는 원석을 빛나게 만들어야만 해. 아무도 도와줄 수 없어. 왜냐하면 사람들에게는 제각기 다른 원석이 있고, 그러기에 원석으로 다이아몬드를 만드는 방법도 다 제각기야. 그러니까 네가 찾아야 할 뿐이지."

"그럼, 혹시 네가 이 우리 안에 있는 이유도 '너'를 찾기 위해 원석에서 다이아몬드를 만들어 내는 과정이니?"

"아직 확신할 수는 없는데, 그런 것 같아. 내가 꿈을 찾기 위해 이곳에 있다는 사실을 모르는 다른 친구들은 왜 이런 곳에 있느냐고 물어. 그리고 안쓰럽게 보기도 하고 비웃기도 하지. 그런데 나는 그들이 생각하는 것처럼 '아무 생각 없이' 이

곳에 있는 게 아니야. 많은 생각을 하고 있고, 많은 공부와 경험을 하고 있어. 하루하루가 지날 수록 진정한 '나'에게 한 걸음씩 다가가는 느낌인 걸."

"진정한 '나'를 찾고 내 목표에 다가갈 수 있다면 그것이 나를 가두거나 피곤하게 한다 할지라도 필요하다면 충분히 감수할 거야. 왜인지 아니? 난 이제 다른 시선으로 세상을 바라 볼 수 있게 되었기 때문이야. 그게 뭔지 알아? 내가 깨달은 그 정답은 바로 그 힘든 시련들은 절대로 나를 괴롭히기 위해 있는 게 아니라는 거지. 그러니까 나에게로 떠나는 여행은 힘든 곳일수록 나를 더 단단하고 빛나게 만들 수 있다고 생각해. 그래서 내가 선택한 거야."

세상에는 두 부류의 사람들이 살고 있다. 바로 '우리'에 대한 다른 시각을 가지는 것이다. '우리'를 단순히 날개를 접어야 하는 장소라고 생각하는 사람들은 울

타리를 넘지 못한다. 왜냐하면 그들은 단지 울타리가 자신의 이상향을 제어하는 수단으로만 보기 때문이다. 마치 널부러져 있는 감자튀김들이 "나 좀 살려줘!" 하고 구원의 눈빛을 보내는 것처럼 단순히 타인의 도움만 바랄 뿐이다.

"조금만 아주 조금만 다른 쪽으로 시각을 살펴봐도 될 텐데……."
"그래 바로 그거야. 좀 더 날아올라 보라구."

chapter 6

가을향기를 느끼다

난 왜 이렇게 가을을 좋아할까?

음……. 가만히 생각해 보면 내가 가을에 태어나서 그런 걸까? 맞아.

그래서 마치 생일이라도 돌아오는 것처럼 기뻐해서 그러는 걸 꺼야.

지금 가을은 마치 다시 봄이라도 찾아온 듯, 초록빛 지구별을 다시 노랗게 물들여가고 있다.

한참 가을을 즐기며 은행잎들이 무수하게 떨어져 있는 거리를 걷고 있는데, 갑자기 휴대폰의 진동음이 느껴졌다.

'안녕, 유진아. 나는 가을의 시작을 알리는 '국화' 야. 지금 너를 아름다운 가을로 초대하려 해. 나와 함께하고 싶다면 나를 찾아줘.'

응? 국화와 함께 가을 소풍이라고? 그래, 뭐 가을의 최고봉이라고 꼽을 수 있는 국화를 찾아가 보는 것도 가을을 제대로 즐길 수 있을 것 같은데. 좋아, 가보지 뭐.

난 '국화' 가 손짓하기에 그래, 그냥 가을을 즐길 겸하며 국화를 찾으러 가보았다.

어, 그런데 이게 웬걸. 여긴 분명 아까 국화가 포토메일로 보낸 지도로 잘 따라서 온 곳이 분명한데, 여기에 국화가 있다고?

여긴 동물원이잖아, 그래, 맞아. 분명 내 눈에 보이는 저 생명체들은 분명 저번 '나에게로 떠나는 여행' 에서 만났던 동물원 속의 친구들이잖아. 맞아, 이 친구는 코끼리야.

도대체 이 '국화'라는 꽃은 사람을 불러놓고는 도대체 어디로 데리고 온 거야! 하며 주위를 살피기 시작하였다.

"어! Hey yo! 넌 화가 '이중섭'님의 작품 '소'의 영감이 팍팍 드는데! Hey brother! 너 지금 무슨 생각하니!"

"응! 'brother'라니! 어머, 이것 봐 학생. 난 엄연히 여성이라고! 암소! 알겠니?"

"아, 그렇군요. 아, 그러고 보니 또 그러네요. 처음 뵙겠습니다. 초면에 실례가 많네요."

"아, 괜찮아, 괜찮아. 뭐 그럴 수도 있지 뭐, 그런데 너는 여기에 어쩐 일이니?"

"아, 저는 초록별이 다시 노랗게 빨갛게 물들어 가는 '가을'의 향기를 맡고 있었어요. 그런데 갑자기 웬 '국화'라는 녀석이 저를 초대했지 뭐예요. 그래서 여길 찾아왔는데, 무슨 여기가 동물원도 아니고 참. 아직 그 녀석을 못 찾았어요. 만나면 처음부터 나를 여기에 왜 데리고 왔는지 물어 볼 거예요."

"아, 정말? 여기가 어디인지 모른다고? 흠, 그렇구나. 내가 지금 여기가 어디인지 가르쳐 줄 수도 있지만 그건 별로 재미가 없을 것 같은데…… 그렇지? 그래, 지금부터 여기가 어디인지 누가 있는지 둘러보렴. 재미있는 일이 많이 있을 테니까."

"네! 감사합니다. 초면에 Hey! 어쩌고 해서 죄송합니다. 전 지금부터 즐거운 소풍을 떠나겠네요! 암소 아주머니도 즐거운 시간 보내세요!"

"그래, 잘 가렴."

　그러고 나는 내 발길이 이끄는 곳으로 이리저리 헤매고 있었는데……. 어! 이건 뭐지? 다리 네 개, 그리고 긴 뿔도 4개.

　아하. 그 초롱초롱한 눈망울을 가지고 있는 사람을 뜻하는…… 그래, 너 사슴이었구나! 반갑다! 어! 근데 너 색깔이 내가 알고 있는 것과는 좀 다른데…… 그래, 뭐 요즘은 뭐 개성시대이니까, 애들도 염색하고 그러는 것처럼 너희들도 유행 타는구나! 그래, 괜찮아, 괜찮아. 다 그럴 때가 있는 거지 뭐, 짜식. 그래, 만나서 반가웠다. 안녕.

"어! 넌 도대체 뭐니?"

"응? 너 초면에 나보고 누구냐고? 너 참 엉뚱하구나. 흥, 삐쳤어. 네가 나를 맞춰

봐!”

　“음. 너 누구냐고! 아, 정말 모르겠다. 어! 그런데 너도 분홍색과 흰색으로 염색했구나? 염색? 아, 그래 가만 있자 염색이라……. 염색……. 그래 염색. 분홍색과 흰색이라고? 동물들 중에서 희고 따스한 느낌을 가진 동물은……. 아! 그래 토끼지, 토끼구나!”

　“그래, 토끼지! 어떻게 나를 한 번에 못 알아보니! 그래도 네가 알고 있던 나의 이미지는 부드럽고 따스하다고 하니까 특별히 봐 줄게.”

　“아, 한 번에 알아보지 못해 미안해. 그래, 만나서 반가웠어. 안녕!”

　“꼬끼오! 꼬꼬꼬꼬, 꼬끼오! 꼬꼬꼬꼬!”

　“응? 이 소리는 혹시 내가 알고 있는 우리의 정겨운 소리? 어, 근데 지금 이 시간에는 이 소리가 들리면 안 되잖아. 도대체 어느 개념 없는 ‘닭’이 지금 외치고 있는 거야! 아, 정말 안 되겠네. 내가 가봐야겠어. 아, 근데 이 닭은 도대체 어디에 있는 거야!”

　“꼬끼오! 꼬꼬꼬꼬, 꼬끼오! 꼬꼬꼬꼬!”

　어! 저기에 있다.

　“어이 닭! 지금은 외칠 때가 아니라고! 닭아! 닭아! 닭아! 어휴, 애는 한국어를 모르는가? 그렇다면 혹시 수입종? 흠 그렇다면 Good afternoon! Chicken! STOP! STOP! STOP! please!!!! chicken!!! 어, 가만 있자 치킨이라. 치킨? 하하하 농담이지 농담. 아, 근데 애는 영어도 모르네. 아 그러면 일본어로?

そこの にわとり まって!”

아참. 일본어도 안 된다고? 아, 그러면 뭐 바디 랭귀지라도 해야지. 먼저, 개념 없는 닭을 손으로 가리켜요. 내 눈을 마주치지 않으려고 필사적으로 뛰어다니는 닭에게 나의 카리스마 있는 안드로메다 광선을 쏘아줘요. 그래도, 이 닭이 나를 쳐다보지 않는다면 이건 닭이 사람을 무시한 거예요. 이젠 잡아야 해요. 잡고 시작해야 해요.

“아, 잡았다. 아 이제 무슨 말을 해야 하지? 음……．”

“야! 너 나한테 왜 이래?”

“어! 너 한국어 할 수 있었네?”

“당연하지, 난 당당한 대한의 닭이니까.”

“아, 그렇구나. 아, 이게 아니지. 너 왜 이 시간에 목청을 돋우어서 외치고 있는 거야? 이 시간에는 다 일어났다구.”

“뭐! 내가 외쳐야 하는 시간이 따로 정해져 있다고? 난 그냥 내 열정을 보여주려고 수행하고 있는 건데.”

“아, 아니야. 지구별의 모든 생명체들은 자신이 다른 이들을 위해 그들이 필요할 때 자신의 힘이 닿는 껏 도와주어야 할 의무가 있어. 그러니까 너의 그 열정을 아무 때나 소비하는 것 보다 많은 이들이 깨어야 할 이른 아침에 너의 그 열정이 가득 담긴 소리를 선사하는 건 어떨까?”

“아, 그렇구나. 새롭게 알게 되었어. 음 그랬군, 그랬어. 그럼 내가 내일 아침부터 일찍 일어나야 하는 이들을 위해 나의 열정을 보여주겠어! 너도 기대하라구.”

“웅! 그럼 내일부터는 너는 ‘너’ 자신만을 위한 열정이 아니라, ‘모든 이’를 위한 열정을 보여주는 거구나. 대단해. 아주 멋져. 내일이 벌써부터 기다려지는데? 그럼 너 일찍 자둬야겠다. 지금부터 자도록 해. 그럼 난 이만 가볼게. 만나서 반가웠어. 안녕.”

쿠울 쿠우우우울.

“뭐야 이 녀석 벌써 자고 있다니……． 그래도 뭐 내일을 위해 준비하는 자세가 아름다워서 봐줬다. 그래. 안녕.”

어! 주황색 나비네. 주황색 나비는 한 번도 본적이 없는 걸. 가까이 가봐야겠다.

되게 많이 크구나. 아, 그리고 노란 점박이가 있어. 이렇게 크고 예쁜 나비도 있는데 도대체 가을꽃의 여왕 '국화' 는 도대체 어디에 있는 거야.

'끼릭끼릭 포오옹 끼릭끼릭 푸쉬이잉'
"어! 이게 무슨 소리지? 안녕!"

"응, 안녕. 넌 유진이지?"
"어? 응. 맞아. 내 이름은 김유진이야. 만나서 반가워. 넌 어떻게 내 이름을 아니?"
"응, 그거야 당연히 난 컴퓨터 기계 로봇이니까. 이 세상의 모든 정보를 다 알고 있지. 아, 그리고 내 이름은 컴미야."

"아, 그렇구나. 컴미야, 그럼 넌 시험도 칠 필요 없겠구나? 좋겠다."

"후훗, 좋겠다고? 아니. 난 유진이 네가 부러워. 아주 많이."

"내가 부럽다고? 왜?"

"내가 알고 있는 지구인 정보에 의하면 꿈꾸는 여고생은 마음속에 분홍색의 따뜻한 하트가 들어있다고 들었어."

"하트? 하트라고?"

"응. 하트. 그 하트는 사람의 감성이야. 누군가가 기쁠 때 함께 웃어주고, 누군가가 슬프거나 힘들 때는 가만히 그 옆에 가서 그 사람의 어깨를 다독여 줄 수 있는 그런 힘을 가지고 있다고 들었어."

"아, 정말? 처음 들어본 이야기인데. 음. 갑자기 내가 막 자랑스러워지는 걸."

"유진아. 세상의 많은 컴퓨터 기계 로봇들은 마음속에 분홍색 하트가 가득 차 있는 사람들이 만드는 거야. 우린 그들의 지식과 정보들은 모두 기억하고 인식할 수 있어. 그런데 완벽할 것만 같은 우리에게도 한계는 있지. 그건 바로 그 따뜻한 마음이야. 내가 유진이 너를 부르게 된 것도 아마도 자석 같은 따뜻한 하트에 끌려서 그랬던 것 같아."

"그랬구나, 나도 컴미 같은 좋은 친구를 알게 되어서 너무 기뻐. 정말 고마워."

"아, 근데 유진아. 너 아까 이리저리 돌아다니던데 어디 가봐야 하는 것 아니니?"

"아, 맞다. 응. 그랬지."

"그럼 어서 가보렴. 우리가 인연이 있다면 언젠가 다시 만나게 될 테니까."

"응. 그래 가볼게. 만나서 반가웠어. 안녕!"

'컴미야 너 그거 아니? 음. 컴미야! 솔직히 말하면 난 컴퓨터 기계 로봇 친구는 네가 처음이야. 그런데 난 한 가지는 확실하게 말할 수 있어. 컴미 너에겐 따스한 미소와 생각들이 느껴져. 그래서 난 너의 마음속에도 따뜻한 분홍색 하트가 들어 있다고 생각해. 왜냐하면 넌 나의 소중한 친구니까.'

아, 이 생각을 아까 컴미에게 직접 해주는 거였는데, 그래. 아까 컴미가 말했던 것처럼 다시 만날 날이 오겠지. 그럼 난 또 국화를 찾으러 가볼까?

어! 저 앞에 아주 커다란 노란색별이 있네! 응? 별이라고? 지금 이 시간에 그것도 땅 위에 별? 어! 정말 별이다, 별! 정말 별일이네. 그럼 내가 알고 있는 별을 생각해 볼까? 깜깜한 밤하늘에 떠 있는 별은 검정색 색종이 위에 다이아몬드 알갱이가 있는 것처럼 아주 작은 동그라미들이 반짝반짝 하는데 말이지. 우리가 다섯 살 때부터 스케치북에 그려오던 별들은 노란색으로 삐죽삐죽하고, 그리고 세모를 겹쳐서 그린 것과 같은 그런 '별 모양'이었지. 여기 있는 별도 마치 그런 것과 똑

같네. 아, 정말 예쁘구나. 하늘에 있는 별만 봤는데, 이렇게 낮에 지구별에 떨어져 있는 별도 있다니. 얘는 학교 안 갔나 보네. 말 걸어봐야겠다.

“안녕! 노란별아.”

“아, 안녕. 노란별이라고? 음, 내 이름은 따로 있는데, 뭐 그렇다고 해두자. 우리가 서로를 알아 갔을 땐 이름을 말하지 않았는데도 넌 나를 알 수 있을 테니까.”

“응? 그래, 뭐. 너는 왜 지금 하늘에 있지 않고 지상에 있니? 혹시 오늘 학교 땡땡이?”

“아니, 아니야. 난 오늘 ‘국화’ 님의 초대를 받고 이곳에 소풍 온 거야.”

“국화? 정말? 너도 그랬구나, 나도 그 녀석의 초대를 받고 왔거든. 그런데 아직 그 녀석을 못 찾았어.”

“못 찾았다고? 이렇게나 많은데?”

“많다고? 도대체 어디에?”

“음. 국화님이 왜 너를 초대했는지 알겠다. 아마도 내 생각엔 네가 직접 그분을 찾아야 할 것 같아.”

“아, 그래? 이렇게 밝고 착한 네가 하는 말을 들으니 그 말도 일리가 있는 것 같아. 아참, 아직 돌아볼 곳들이 많던데. 또 가봐야겠다. 고마워. 내가 너를 만나지 않았더라면, 난 ‘그 녀석’을 만나지도 않고 짜증만 내고 가버렸을 것 같아. 정말 고마워.”

“아니야, 나도 오늘 너를 만나서 즐거웠어.”

“왠지 내가 너를 만남으로써 지금부터 값진 일들이 막 생겨날 것만 같아. 혹시, 우리 예전에 만난 것 같지 않니? 나는 네가 낯설지가 않아.”

“호호호, 그래? 음. 나도 그런 것 같아. 아, 근데 너 가봐야 하지 않니? 새로운 너의 길을 찾아서.”

“아, 맞다. 그럼 난 가볼게. 안녕!”

“유진아. 난, 내 이름은 말이야. 별꽃아이야.”

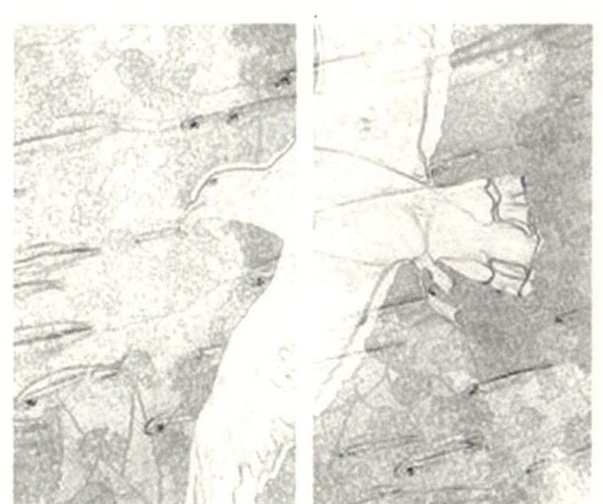
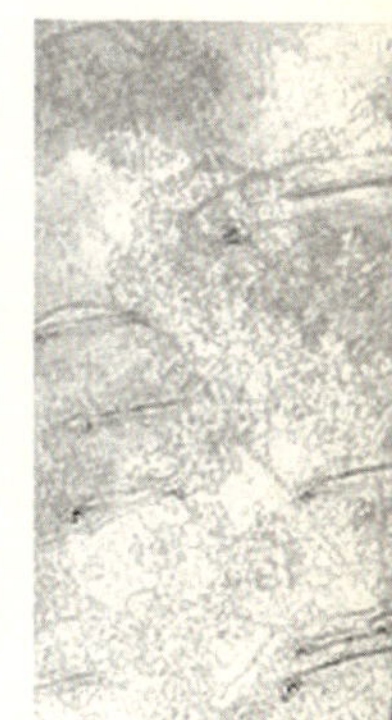

해 피 엔 딩

홍가은

해피 엔딩

하루 종일 지쳐 있던 육신을 이끌고 겨우 잠든 밤이 막 달콤해질 무렵, 눈을 떠야 하는 아침을 누가 아름답다고 했던가. 그래, 햇살은 눈 뜨기 싫을 만큼 밝고 등줄기에 땀이 맺힐 만큼 후덥지근했다. 청춘 드라마에나 나오는 아침 햇살을 받아 눈부시게 빛나고 한 손으로 입을 가린 채 하품을 하며 기지개를 켜는 여고생은 어디에도 없다. 악, 제발 5분만 더. 창문을 반쯤 덮은 보라색 커튼이 우중충하다. 보라색은 죽음을 의미하는 색이라고 하던데, 어디서 봤더라. 소나기—였나. 그건 그렇고 사실 난 잠에서 깬 지는 꽤 됐다. 물론 엄마가 한참을 깨워댔기 때문이다. 잠에서 깨긴 깼었지만 단지 눈을 안 뜨고 일어나지 않은 것뿐이다. 그렇지만 지금 일어나야겠다고 생각한 건, 분명 달그락거리는 그릇 소리가 왠지 엄마의 잔소리로 들려서. 그게 아니라면, 곧 들릴 것이기 때문에? 아무튼 엄마가 방으로 들어와서 몸을 흔들기 전에 일어나야겠다. 몸은 무겁고 아침은 늘 괴롭다.

화장실 조명이 주황색이라 그런지 거울 속의 내 모습은 평소와는 조금 다르다. 안경을 벗고 온전한 내 눈으로 보는 내 모습. 눈곱은 몸의 일부가 되어버린 것처럼 붙어 있고, 머리카락은 여기저기 뻗쳐 그 위상을 자랑하지만 그렇게 괴상하지도 않다. 눈곱을 떼고 거울 가까이 얼굴을 들여다보면, 음, 좀 괜찮은 것 같기도 하다. 꾸미지 않은 있는 그대로의 모습이 내 자연스러운 매력이라고 생각할래. 어때, 아주 조금. 진—짜 조.금 정도는 내추럴(natural) 하잖아.

"거울 보지 말고 씻어라."

예, 씻습니다요. 샤워기로 미지근한 물을 틀어 바쁘게 머리를 감는다. 샴푸는 전지현이 쓰는 걸로 한 번 꾹 누르는 양 정도가 적당하고 두피 구석구석 골고루 마사지하듯 감아야 한다. 물로 여러 번 헹구고 나서는 세수를 해야 한다. 검은콩이 함유된 클렌징 폼은 엄마가 많이 썼는지 다 없어져가고, 그럼에도 불구하고 난 능숙하게 있는 힘껏 짜내서 양손바닥에 거품을 낸다. 손가락이 닿지 않는 곳, 예를 들면 턱 밑이라던가 하는 곳까지 잘 씻어주면 세수도 끝. 수건으로 머리를 싸매고 나란히 늘어져 있는 네 개의 칫솔 가운데에서 나의 주황색 칫솔을 꺼내 소금 맛이 나는 치약을 짜려는데…….

"꾸물대지 말고 나와서 밥 먹어라."

양치질하러 다시 화장실에 들어오기도 귀찮으니까 그냥 양치질 먼저 해야겠다. 어차피 밥 먹고 양치질을 한다고 해도 학교 가서 네 시간만 더 있으면 점심을 먹을 거고 그 때 가선 난 또 양치질을 할 거다. 그리고 또 다섯 시간쯤 더 있다가 저녁을 먹을 거고 또 양치질을 할 거고 야자 끝나고 집에 와서 또 먹……는 건가, 오늘은 안 먹어야지. 몸무게가 또 얼마나 늘었는지 몰라.

—……서울 시장 선거는 여야 거물급 정치인 10여 명이 후보로 거론되면서 최대 격전지로 부각되고 있습니다. 이진기 기자가 보도합…….

밥을 먹기 전에는 역시 낯간지러운 아침드라마가 방영되고 있는 채널을 아침 뉴스가 나오는 채널로 바꾼다. 밥은 역시 뉴스를 보며 먹어야 해. 간밤에는 무슨 일이 있었을까? 오늘은 국회에서, 법원에서, 또 어떤 일들이 벌어질까. 아침마다 창문보다 작은 텔레비전과 신문이 오늘의 첫 궁금증들을 해결해 준다. 밥을 꼭꼭 씹어 먹으며 기다렸던 뉴스를 새겨듣는다.

"전에는 수학 문제 푼다고 밤도 새고 그러더니 요새는 그런 것도 없더라?"

별로 일찍 일어난 것 같지도 않고, 그렇다고 빨리 씻은 것 같지도 않은데 오늘은 시간이 꽤나 여유롭게 남았다. 오랜만에 제대로 자리에 앉아서 밥을 먹는 것 같은데 엄만 그런 나의 평화를 가만히 두지 않는다. 밥 먹을 때는 개도 건드리지 않았는데 괜히 시비를 걸어온다. 게다가 난 뉴스를 듣는 중이라고. 이런 이해심 없는 행동, 게다가 그 못마땅한 표정까지. 남이 뭐 먹는 거 쳐다보는 사람이 세상에서 제일 할 일 없는 사람인데.

"잘 하는 거 맞냐?"

엄마는 상당히 아니꼽다는 표정으로 말을 걸어온다. 아침부터 짜증나게. 밥 먹는 사람 앞에서 꼭 그런 말을 해야겠어? 젓가락을 소리 나게 놓아버리고 싶다는 강렬한 충동이 나를 자극했지만 난 예의 바른 아이니까 그러진 않았다. 대신 밥을 좀 더 격하게 씹었을 뿐이다. 입 안에서 멸치 볶음이 씹히는 느낌이, 마치 손가락을 우두둑─ 꺾는 느낌이었다.

"2학기 때는 좀 잘 해야지. 국화반도 못 들어갔는데."

인정하긴 싫지만 날카로운 한 마디였다. 짜증이 솟구치게 하는, 좀처럼 '우우욱' 하지 않는 나조차도 욱하게 만드는 말이었다. 엄마는 분명 지난밤 뭔가 뒤틀린 게 있는 것 같다. 왜 아침부터 나에게 이런 고통을 주는 거지? 국화반에 못 들어가게 된 일을 생각하니 달달하고 짭조름한 멸치가 국화 맛처럼 느껴졌다. 또 다시 억울해지기 시작했다. 그러니까, 국화반이라는 것은 모의고사와 중간고사, 기말고사의 성적순으로 등수를 매겨 20등 안에 드는 아이들을 지칭하는 일종의 엘리트 집단이다. 선생님들의 특별 성적 관리는 물론이고 국영수 심화 수업과 차별화된 자습 시스템을 제공한다. 예를 들면 장판이 깔려 있고 냉장고가 구비되어 있는 교실과 바퀴가 달려 있고 360도 회전이 가능한 의자, 벽 있는 책상이나 스탠드 같은 것들. 20등까지만 했으면 국화반인데, 난 21등이었다. 그까짓 1등 차이! 게다가 성적은 떨어진 축에 속했다. 한동안 짜증이 났지만 마음에 담아 두지는 않았다. 놀라운 의자와 스탠드를 사용할 수 없는 것이 잠깐 아쉬웠을 뿐, 그건 어차피 전적으로 그 성적에 도달하지 못한 내 탓이었고 노력하는 자에게 기회란 언제든

찾아오는 것이니까. 더 열심히 노력한다면 기회야 얼마든 주어질 테니까. 그렇게 엄마의 말을 무시하고 뉴스를 들으며 밥 먹는 일에 집중하려고 했지만,

"허구한 날 글인가 뭔가 그거나 써대고 있고, 집에 오면 신문 못 읽었다고 난리고, 노력하는 것 같지도 않고…….."

"아~ 진짜 티비 소리 안 들린다. 밥 먹는데 쫌 그러지 마라, 아침부터."

결국 더 이상 참지 못하고 신경질을 내버렸다. 아니, 내가 아주 우수하고 타인의 모범의 되는 그런 학생은 아니지만 그래도 나름대로 꾸준히 노력하고 있잖아? 뉴스를 보며 평화로운 아침 식사를 할 권리조차 빼앗겨야 하는 못난 학생은 아니잖아. 마음만 먹으면 하루 종일 좋아하는 글만 쓸 수도 있고, 하루 종일 신문만 붙들고 읽을 수도 있는데, 감상문까지 쓸 수 있는데— 공부하면서 조금씩 쓰는 것도 못마땅한가? 공부하는 시간에 비하면 글 쓰는 시간은 새끼손가락 한 마디밖에 안 되는데도 그렇게 못마땅한가. 내 시간을 공부 아닌 일, 공부 말고 하고 싶은 일에 투자하는 것이 그렇게 용납할 수 없는 일인가. 그렇다고 공부를 설렁설렁 하는 것도 아니고, 글 쓰는 건 내 유일한 쉼터잖아……. 내가 공부하는 걸 보지도 않고 항상 엄마 마음대로 생각하지. 열심히 하라고 북돋아주는 것도 아니면서. 공부하고 있을 때 과일을 깎아서 가져다준다거나 한 적은 한 번도 없고 꼭 잠깐 쉴 때만 들어와서 째려보고 가잖아. 사실 난 할 말도 엄청나게 많다고. 내 이야기를 들으면 나에게 엄청 미안해질 걸?

그렇지만 엄마는 오히려 뻔뻔했다.

"뭘 그래, 맞잖아. 너 국화반 들어갈 수 있다며."

"아, 몰라. 진짜.."

"왜 짜증을 내는데?"

"엄마가 먼저 뭐라 그랬잖아!"

"지금 너 하는 게 웃기니까 그렇지. 뉴스 본다고 유세 떠는 것도 아니고. 고작 국화반에도 못 들어가면서, 국회의원은 아무나 되냐?"

"……."

"사실 정치인 하는 게 돈이 좀 드는 것도 아니잖아. 엄만 너 나이 또래들이 생각

할 만한 직업을 생각해 봤으면 좋겠다. 왜 굳이 그렇게 번거롭고 힘든 일을 하려고 하는데? 정치인 되면 아무리 잘해도 욕만 먹을 거고, 니가 정치인이 된다는 가능성도 사실 거의 없어. 다시 한 번 생각해 봐.”

할 말이 없어졌다. 엄마는 아무것도 모른다. 국화반 못 들어간 거 결국엔 엄마한테 얘기해야 했을 때, 내가 얼마나 미안하고 속상했는데……. 아무것도 모르는 엄마를 붙잡고 속을 털어놓는 것도 창피하고, 내 마음은 이해하지도 못하는 엄마에게 더 이상 어떤 말도 하고 싶지 않아졌다. 국화반에 들어가지 못한 것이 내 인생의 실패를 뜻하는 건 아닌데. 나에겐 더 열심히 노력해 볼 기회도 있는데! 난 내가 될 수 있는 내가 아니라, 되고 싶은 나를 쫓아가고 싶어. 엄마 생각대로 욕만 먹는 정치인이 아닌, 잘 해서 칭찬 받는 진정한 정치인이 되고 싶어서 도전해 보는 거잖아. 왜 못 하게 해?

오랜만에 밥을 다 먹을 수 있나 싶었는데 결국 쥐꼬리만큼 남기고 말았다. 유리컵에 물을 콸콸 따라 마시고는 자리에서 일어났다. 수저통을 챙기고 일부러 발소리를 크게 내며, 신발장 위의 실내화주머니와 신문을 재빠르게 낚아채고 현관문을 나선다. 다녀오겠습니다, 인사는 하려다 말았다. 엄마도, 나도 아무 말 없다.

소심하게 콩— 문을 닫자마자 후회가 밀려오기 시작했다. 계단을 내려가는 발이 무겁고, 날 통과해 주세요, 요란한 기계음을 내며 열리는 자동문을 지나 버스 정류장으로 가는 오르막길을 한참 올라도 아릿하게 스며드는 씁쓸함은 도무지 가시지가 않는다. 늘 그 자리에 세워져 있는 카키색 봉고차의 불투명한 창문에 얼굴을 슬쩍 비춰보았는데, 낯빛이 영 아니다. 버스가 오는 시간에 맞춰 도착하려면 걸음을 재촉해야 할 것 같다. 수저통 소리가 나는 가방이 너무 창피하다. 날씨도, 기분도 찝찝한 게 마음에 들지 않는다. 아침부터 이렇다.

＊

버스가 제 시간보다 조금 더 빨리 와준 덕에 겨우 지각을 면했다. 8시가 얼마 남지 않아서 아슬아슬했다. 헐레벌떡 교실로 들어서면, 익숙한 담임선생님의 뒤태가 보인다. 하, 정말 저 뒷모습만은 예술이란 말이지. 50분을 넘겨서 엉덩이를 두 대 맞았다. 털이 곤두설 만큼 따끔거린다. 늘 봐서 익숙한 얼굴들은 청소를 하고 있다. 아이들도 청소하는 일에 너무나 익숙한데, 얼마나 익숙하냐면 마치 처음부터 익숙한 교실에서 태어나 익숙하게 잠을 자고 익숙하게 일어나서 살갗처럼 익숙한 체육복을 입고 익숙한 빗자루와 익숙한 쓰레받기로 처음부터 익숙하게 청소를 해왔던 것처럼 익숙하다. 그리고 어느새 나 또한 이 애들의 일부가 되어갔다. 그렇지만 오늘은 기분이 좋지 않아 청소를 가뿐하게 할 수 있을 것 같지는 않아. 누구에게도 말 걸고 싶지 않다. 다들 기분 좋아 보이는데, 왜 나만 이렇지. 아, 그러고 보니 내일은 토요일이다. 금요일은 일주일 중 제일 피곤한 날이지만 우린 내일이 토요일이라는 이유 하나로 방방 뛰는 17살들이었다. 하루에 15시간 살을 맞부딪히고 정사각형 모양 교실에서 함께 숨을 쉬는, 1학년 9반. 이들은 가족이다. 친구이자 가족. 그냥 아침에 엄마랑 좀 다투고 나왔어, 그 정도면 친구들도 내 표정을 보고 그러려니 알아들었다. 그게 친구였고 이 전쟁터 아닌 전쟁터에서의 가족 아닌 가족이었다.

"홍가, 니 표정 봐라. 진짜 구리다."

다른 애들은 정색하고 있으면 말도 못 걸던데, 그래도 서영빈은 말을 걸어주곤 했다. 기분 나쁠 법한 말도 전혀 기분 나쁘지 않게 말하는 아이. 아침에 엄마가 뭐라 그래서. 내가 위로 같은 걸 바랄리가 없다는 것을 아는 서영빈은 슬며시 한 마디 던지거나 어깨를 툭툭 두드려준다거나 하는 행동으로 위로를 대신했다. 낄낄 낄. 그러면서도 서영빈의 얼굴엔 자칫하면 비웃음으로 오해할 우려가 있는 웃음이 새어나온다. 난 서영빈의 그런 이상한 웃음이 좋았다. 가식 없는 웃음은 그 아이가 내 말을 들어주고 또 진심으로 공감해 주고 있다는 것을 의미했다.

"가은. 아까 부장쌤이 니 찾던데."

2분단 책상을 미는데 등 뒤에서 누군가가 말했다. 실장의 목소리다.

부장쌤이? 하― 또 불려가서 꿀 먹은 벙어리 노릇을 하고 있어야 하는 건가. 부장쌤이 날 부를 이유는 하나뿐이다. 당연히 그 이야기를 하려는 거겠지. 그러니까 무슨 이야기냐면,

―홍가은 너는 2학기 때부터 국화반이다.

―와 엄마 나 국화반 들어갔어.

―역시 우리 딸이야. 2학기부터는 더 열심히 해라.

―홍가은 내가 성적을 잘못 봤다. 니 국화반 아니니까 다시 나가.

―엄마 나 국화반 나가래.

―…….

나를 국화반 명단에 올렸다가 빼버린 이야기를 하려는 것이다. 지저스 크라이스트! 아침부터 이놈의 국화반이 머리 터지게 만드네. 나는 그 수치스러운 날을 아직도 잊지 못한다. 아마 영원히 잊지 못할 거다. 그걸 어떻게 잊어?! 국화반이라는 이름 아래 한창 설레었던 며칠 전 그 날, 선생님은 나를 불러 놓고 단호하게 말했었다.

'니가 빠져줘야겠다.'

겉으로는 아니에요, 괜찮아요― 했지만 괜찮긴 개뿔. 내가 괜찮을 리가 없잖아. 공부든 뭐든 자존심 상해서 다 때려치우고 싶은 심정이었다고! 차라리 처음부터 못 들어가는 걸 알았으면 나았을 텐데. 짜증나. 그래도 이틀 정도 기분 나빠하다가 잊어버리고 그러려니 했는데 선생님은 자꾸 나를 따로 불렀다. 그리고는 똑같은 이야기였다. '기분 많이 상했제? 그래도 섭섭해 하지 말고 더 열심히 해라. 하면 된다.' 질리도록 들었던 뻔한 위로들. 이미 두 번이나 불려갔다 왔음에도 불구하고 선생님은 날 볼 때마다 붙잡고서는 그 이야기를 했다. 이 마당에 날 또 부른다면 무슨 이야기를 할지는 굳이 가서 듣지 않아도 뻔하다. 더 밀려올 짜증에 벌써부터 짜증이 나는 것 같다. 그렇지만 아무도 나를 신경 쓰지 않는다. 아, 이런 타이밍이라면 누군가 말을 걸어주어도 좋을 텐데. 일단은 청소가 급하니까. 나는 엄청나게 기분이 나빴고, 교실은 지저분했고, 책상은 더럽게도 무거웠다. 바닥에 책이 널부러져 있다. 제발 책 좀 바닥에 깔아놓지 마. 사물함에 넣으란 말이야. 사물함은 폼으로 있니? 책상은 왜 또 이렇게 무거워. 교실 끝에서 앞까지가 왜 이렇게 멀게 느껴지는지.

"어, 그래. 왔나."

갈까 말까 아주 잠깐 고민했지만, 결국엔 갈 수밖에 없다는 걸 깨닫는 데는 몇 초가 걸리지 않았다. 그렇지만 바로 가기도 귀찮아서 한참 뜸을 들이다가 결국은 밥을 먹고 점심시간에 교무실로 내려갔다. 그 사이 쉬는 시간에 잠깐 화장실에 갔을 때 부장쌤이 날 찾으러 왔었다는 말도 전해 들었다.

"많이 기분 나빴제? 너무 속상해 하지 말고…… 앉아 봐라. 가은이 니 진로는 좀 생각해 봤나?"

내가 선생님 등 뒤에 서자마자 내가 왔다는 걸 눈치 챈 부장쌤은 귀신. 역시나 식상한 사과의 말을 늘어놓으신다. 그리고 옆에 있는 의자를 끌어다가 앉으라 하고서는 다짜고짜 진로에 대해 물으시는 엉뚱함까지. 난 늘 머릿속에 준비해놓은 답안을 성실히 입밖으로 꺼낸다.

"아, 저는 아무래도 지금 사교육이 활개치고 공교육이 제 구실을 못하는 지금 우리나라 교육 현실에 변화가 필요하다고 생각하기 때문에, 정책적으로 올바른 교육 현장을 만들고 싶거든요. 말만 교육이 백년지대계라 할 것이 아니라, 학생들이 진정한 교육을 제공 받을 수 있는 환경을 조성해 줘야 한다고 생각해요. 또 우리나라 정치인들에 대한 국민들 인식도 많이 안 좋고, 실제로 정치인들이 많이 부패한 게 사실이잖아요. 또 우리나라 사람들은 정치에 대한 주체 의식도 많이 부족한 편이니까 진정한 정치인이 돼서 그런 사회도 한 번 바꿔보고 싶어요. 대학에서는 정치학과나 사회학과 전공할거고, 행정 고시도 준비해야하고, 무엇보다도 웬만하면 졸업하고 바로 정계 진출 할 수 있도록 준비해야겠지요."

정치를 해보고 싶다는 생각은 아주 어렸을 때부터 해온 것이었지만, 막상 '정치인이 될 거야' 라는 확고한 결정은 내린 지는 얼마 되지 않았다. 늘 남 앞에 나서고 대표하기를 좋아해서 줄곧 반장에 뽑히거나 리더 역할을 할 기회가 많았지만, '반장 하면 안 돼' 라는 엄마의 단호한 으름장에 결국은 자리를 물려(?) 상처 받았던 기억이 난다. 엄마는 '반장 엄마' 라는 타이틀이 부담스러웠던 것이다. 그래도 어른들의 신뢰를 한 몸에 받았고, 친구들을 내 옆으로 끌어올 수 있었던 맹랑한 꼬마였다.

물리학자, 검사, 대학교수, 외교관……. 부모라면 누구나 원하는 직업을 꿈꿔왔지만, 그것은 온전한 내 의지였기에 부모가 원하는 직업을 장래희망으로 삼던 다른 아이들과는 달랐다. 그래도 흔들림은 순간이더라. '내가 꿈꾸는 일인가' 하는 고뇌는 어느 정도 나이를 먹어 중학교 생활을 마무리할 즈음에는 마구 커져서, 결국엔 '당분간 꿈꾸기 보류'라는 판단에까지 이르렀다. 그 과도기가 생각보다 길어져 고등학교에 올라오고 나서도 한참동안 갈피를 잡지 못했었는데, 마음속으로만 품어오던 꿈을 확신할 수 있었던 것 역시 한 순간이었다. 그것은 신문에서 읽게 된 어느 기사.

－오바마 의보 개혁 구한 소신파 의원 … 한국엔 없나요?
공화당 스노우 상원의원 찬성표 던져 정치적 용기 찬사

우리나라에 여당과 야당으로 한나라당과 민주당 및 여러 당이 공존하듯 미국도 민주당과 공화당이 비슷한 형세로 정계를 이끌어가고 있는데, 공화당 의원 모두가 반대했던 민주당의 안건에 공화당 의원으로서 홀로 찬성표를 던져 결국 법안을 통과시키고야 만 어느 여성 의원의 이야기. 총 657회의 표결에 한 번도 빠지지 않았다는 성실함, 당론에 얽매이지 않는 소신투표. 미국의 톱10 상원의원…….

주변에서 골이 깊은 대한민국의 지역감정과 같잖은 당쟁의 실태를 쉽게 접할 수 있는 경상도 소녀에게 그것은 신선한 충격이었다. 한국에선 접할 수 없는 광경이었고, 꿈에서나 생각할 수 있는 일이었다. 정말 꿈이었다. 물리학자가 되고 싶었던 어린 날, 이휘소 박사님을 존경하던 이후로 처음 만난 내 롤 모델. 꿈 같은 일에 눈이 부셨고 그래서 꿈에 눈이 멀었다. 내가 꿈꾸는 내 모습이었고, 그것이 내 꿈이 되었다.

"음, 그래. 그런데 지금 니한테 중요한 것은 그게 아니라, 일단 서울대에 합격을 해놓고 과를 골라서 가는 거야. 일단 1등급짜리가 된 뒤에, 그 때 생각해도 늦지 않아. 성적을 따 놓고 들어가는 거야. 지금 니 성적을 보면……."

부장쌤은 가만히 내 이야기를 들으시더니 너무도 태연하게 내 말을 고이 무시해 주셨다. 처음부터 내 꿈 따위는 들을 생각도 없었고 별로 중요하지도 않다는 듯. 그러고선 뜬금없이 성적 이야기를 꺼낸다. 전교 40등까지의 아이들 명단이 적힌 종이에서 내 이름을 찾아 연필로 줄을 그으신다. 국화반이라는 것을 뜻하는 형광펜 표시가 내 이름엔 없다. 선생님은 이야기를 하기 시작한다. 언어 영역은 괜찮네 마네, 3월엔 외국어 점수가 모자라고 수학을 어중간 하게 했네, 또 어쩌네. 6월 모의고사 성적은 뭐가 어떻고 그렇고 해서 결론은 결국,

"조금만 더 독하게 해. 그러면 서울대 충분히 간다."

결국은 서울대였다.

"언어 문제집은 하루에 15장씩. 수학은 30문제씩 꾸준히 풀고, 영어 단어 하루에 100개씩 외우고 하면 충분히 돼. 공부 양에 달렸어. 중요한 건 국화반이 아니야. 우리 학교 1등이 아니라 탑, 탑이 되란 말이야. 국화반 못 들어가도 서울대 들어가면 돼. 서울대 가면 된다."

내가 무슨 빅뱅도 아니고, 탑. 탑. 탑. 난 샤이니가 좋은데. 입이 무거워졌고, 나도 모르게 어금니에 힘을 주고 있었다. 얼굴 근육은 굳어서 움직이질 않았다. 말을 듣고 있기가 상당히 거북했다. 그렇게 공부하면 서울대에 갈 수 있다는 선생님 말이 틀리지는 않았다. 그렇게 공부하면 누가 못 가. 그렇지만 대화의 시작이 틀렸다. 네 꿈과 진로는 일단 서울대에 합격하고 난 뒤에 생각하자. 그 말에서부터 틀렸다. 이미 그 때부터 부장쌤과 대화하고 싶지 않았던 것이다. 부장쌤이 한 마디 한 마디 더 내뱉을수록 머리털이 날카롭게 서는 느낌이 생생했다. 당장이라도 반박하고 저항하고 싶어서 참을 수 없을 것만 같았다. 서울대만 몇 번을 말하는 건지. 짜증에 짜증이 더해져서 얼굴이 조금씩 달아오르는 게, 빨개지고 있는 것이 분명했다. 정말로 듣고 싶지 않는 말들뿐이었다. 명치에서 울렁울렁거리는 뭔가가 목구멍을 타고 기어 올라오는 것 같았다. 정말 이거는 뭔가 아니다 싶었다. 그러나 내가 옳다고 믿는 것을 입 밖에 꺼내는 것은, 참 어려웠다.

"좀 더 비전 있게 공부하면, 충분히 서울대 갈 수……."

"선생님이 공부하시는 것도 아니잖아요."

결국 참지 못하고 자리를 박차고 일어났다. 순식간에 교무실의 모든 눈이 나에

게로 쏠렸다. 가시 같았다. 고슴도치가 된 기분이었다. 쳐다볼 테면 쳐다보라지. 왜, 숨겨온 것을 들킨 기분인가? 아님 뭔가 찔린 기분? 내가 당돌해서? 그래도, 그 래도 이건 아니잖아. 난 서울대 가려고 공부하는 거 아닌데. 대체 왜 내가 이런 강 요를 듣고 있어야 하는데? 언제부터 내 공부의 목적이 서울대가 됐지?

"선생님이 그렇게 공부하시는 것도 아니잖아요. 크게 잡은 목표가 꼭 서울대여 야 하는 것도 아니잖아요. 서울대, 서울대, 서울대! 선생님이 그런 식으로 자꾸 서 울대를 강조하고 강요하시니까 가고 싶던 서울대도 가기 싫어져요! 선생님은 선 생님이잖아요. 선생님은 학생이 진짜 목표와 진짜 비전을 가질 수 있게, 정말로 이루고 싶어 하는 꿈을 이룰 수 있게 도와주셔야 하는 거 아니에요?"

부장쌤은 물론이고, 교무실 안에 있던 모든 사람들이 내 말에 적잖게 당황했는 지 웅성웅성 거렸다. 뒤에서 그러지 마요. 혼내려면 차라리 때리라고. 그래요, 당 황들 하셨겠지요. 이런 말 하는 학생이 여태껏은 없었으니까요. 그렇지만 이렇게 나마 저항하지 않는다면, 결국 변하는 건 하나도 없다고. 난 일개 여고생에 불과 하지만, 아무 힘도 없지만 그래도…….

"아무리 세상이 그렇게 시켜도…… 선생님은 그러면 안 되는 거잖아요. 선생님 이니까. 교육자니까. 전 공부하는 기계가 아니에요……. 그래도 배우는 거 재미있 고, 제가 하고 싶어서 공부하는 건데 다들 닦달하고 보채고! 선생님도 그렇게 기 를 쓰고 서울대만 고집하시면 제 의지는 뭐가 되는데요! 선생님이 그렇게 제 꿈을 짓밟아버리시면 제 희망은 어디 있냐고요! 전 선생님이 시키는 대로 생각하고 움 직이는 말 잘 듣는 인형이 아니에요. 그렇게 서울대가 좋으시면 선생님이 서울대 가세요!"

"니, 니 지금 뭐하는 짓이야!"

어느새 눈에선 축축한 게 흐르고 있었다. 쪽팔리게 이게 뭐야. 그냥 몇 마디 말 하고 싶었던 것뿐인데 말을 하니까 벅차서 멈출 수가 없다. 부장쌤은 자리를 박차 고 일어서서 딱 봐도 당황한 목소리로 소리를 질렀다. 그건 화를 내는 것도 아니 고, 그렇다고 타이르는 것도 아니었다. 어떻게 해야 할지 모르는 기색이 역력했다. 주변의 몇몇 다른 선생님들이 슬금슬금 나에게 다가오는 게 보였다. 놀라서 나를 쳐다보는 교무실 안의 다른 학생들을 비롯해서 이미 교무실 문 앞에는 아이들이 많이 몰려 있다. 뭘 쳐다보냐 이 겁쟁이들, 나 좀 멋있지. 얼굴은 벌써 눈물로 뒤덮여 있고 두 손과 어깨가 나도 모르게 바들바들 떨린다. 이곳에 진정한 교육은 없는 걸까? 도전할 기회조차 허락하지 않는 이것이 교육일까? 사회가 정한 기준에 맞춰져 꿈을 꾸는 자유를 박탈당한 우리는 단지 어른들 욕심채우기의 희생양에 불과한 것이 아닌가? 묻겠다. 우리들의 꿈으로 명예따먹기 놀음을 하십니까? 우리들의 학교로 정치 싸움을 하십니까? 우리를 가지고, 권력을 위한 투쟁을 하십니까? 우리에게 필요한 건 격려와 희망이라는 당연한 진실을 아시는데도요.

"가은아, 진정하고 일단 이리 와봐라. 선생님이 니를 이해 못하는 게 아니라……."

옆에서 누군지 모를 선생님이 말을 걸어왔다. 언제 왔는지 저 멀리 담임선생님도 보이고 다른 선생님들이 몰려와서 나를 어딘가로 데려가려고 했다. 부장쌤은 연신 숨을 크게 내쉬더니 결국엔 넥타이를 풀어 헤쳤다. 나는 고개를 숙이고는 조용히 흐느꼈다. 창피하게. 어깨가 들썩들썩했다.

"거짓말. 선생님은 다 거짓말이에요! 이해하려고 하지도 않으시잖아요. 들으려고도 안하잖아요!"

그리고 교무실을 뛰쳐나갔다. 모세가 홍해를 가르듯 교무실 문 앞의 아이들이 양쪽으로 쏴아 갈라졌다. 바보같이 휘둘리고 말았다는 생각이 머릿속을 겉돌았다. 이성을 잃었다.

*

아이들이 뒤에서 웅성웅성 대는 소리가 내 귓가에 대고 말하는 것처럼 선명했다. 미쳤나 봐, 돌았나 봐, 쟤 왜 저래, 우와 멋있다―에서부터 박수를 치는 아이까지 아주 다양한 반응들이 등 뒤로 몰려왔다. 내가 무슨 짓을 하긴 한 것 같다. 이렇게 파장이 클 줄이야. 눈이 따끔거렸다. 난 조금만 울어도 눈이 아주 빨개지는데, 이만큼 울었으면 분명 토끼눈이 되어 있을 거야. 교실로 올라가는 길에는 어떤 미친 아이가 부장쌤한테 대들었다는 소문을 듣고 교무실로 향하는 아이들이 마구 마구 쏟아져 내려왔다. 그리고 그 중 낯이 익은 얼굴들은 나와 마주치고는 내 몰골을 보고서 깜짝 놀라더니 왜 울어, 하는 말들을 건네며 지나간다. 그 미친 아이가 나인 줄은 모르고서. 아이들 틈을 비집고 경사를 거슬러 올라가는데, 물살을 거슬러 올라가는 연어 떼가 이런 기분일까. 나 혼자 역행해 가는 느낌이 나쁘지 않았다. 내가 정말 하고 싶었던 말이 바로 이건가. 이렇게 대들려던 건 아니었지만 속에 있는 말을 어느 정도 풀어 놓고 나니 한결 가벼워진 것 같다. 안경에 물방울이 번져서 시야가 흐리다. 안경을 벗고 고개를 숙여 맨손으로 얼굴을 쓱 닦았다. 안경도 대충 옷으로 닦고서 썼는데, 뻑뻑하다. 그러고 보니 주머니에 안경닦이가 있었는데…….

아이들은 대부분 교무실로 몰려갔는지 항상 북적거리던 복도는 휑하니 비어 있다. 교실엔 빈자리만 가득하다. 다들 미친 아이를 보러 갔나보다. 애들아, 미친 아이 여기 있어, 마음속으로 읊조렸다. 내가 무슨 짓을 한 건가 싶어서 공허한 웃음이 새어나왔다. 난 아무 일도 없었다는 듯 내 자리에 앉아서 어질러져 있는 책들을 정리했다. 점심시간은 길지 않아. 곧 있으면 종이 칠 테니까. 5교시는 수학이네. 삼각함수 어려워. 무거워서 반쪽으로 자른 수학책을 꺼내 예쁘게 폈다. 샤프도, 지우개도, 볼펜들도 가지런히 준비해놓았다. 그리고 똑바로 앉았다. 너무 많이 울어서 그런지 눈 뜨기가 힘들었다. 종이 울리고, 다들 들어가! 아래층에서 선생님이 소리를 질렀다. 아이들이 한꺼번에 우르르르 올라왔다. 교실로 들어오면서 나를 한 번씩 쳐다보고 지나간다. 다들 그 미친 아이가 나라는 사실을 안 모양이었다. 사실 우는 게 창피하긴 했지만 뭔가 뿌듯한 걸. 아이들이 아직 어수선한 가운데 수학 선생님이 들어오셨다. 그리고 우리는 다시 삼각함수를 배우기 시작했다. 동경을 계산하고 사인, 코사인, 탄젠트의 그래프를 그렸다. 꾸불꾸불. 아, 그런데 수학 선생님은 원을 정말 잘 그린다. 변태가 틀림없다. 원을 잘 그리면 변태니까. 조금 특이했던 건 수학 시간 내내 나에게 장난치고 말 시키고 떠들었던 짝꿍 재은이가 말을 한 마디도 걸지 않았다는 것이다. 시끄럽던 수학 시간이 유난히 조용했다. 다들 열심히 공부하는 모양이다.

"세상이 어떤 세상인데 정신머리 없기는. 다 지 생각해서 하는 말인 것도 모르고 버릇없이 말이야."

 종이 치자, 선생님께서 못마땅한 표정으로 나를 흘겨보시더니 마치 나더러 들으라는 듯 읊조리시며 나가셨다. 그 말은 결국, 나만 나쁜 아이라는 말이다. 널 생각해서 하는 말이니 잔말 말고 우리가 시키는 대로 하기만 해, 그러는 말이다! 이상을 버려. 궁극적으로 부장쌤도, 수학선생님도 그런 이야기를 하고 싶으신 걸까. 그러고선 현실의 가치를 쫓아가라는 말을 하고 싶으신 걸까? 시대가 어느 시대인데 아직 꿈을 꾸고 있느냐. 정치는 아무나 하니. 니가 지금 그 모습으로 그 거창한 꿈을 이룰 수 있을 것 같니. 네가 원하는 이상을 따라가다가는 제대로 먹고 살지도 못할 테니 먹고 살 궁리나 해라. 그런 말들? 그럴 리가 없잖아. 어른이라면. 이해해 줘야 할 어른이라면. 선생님이라면. 그래, 아닐 거야. 내 편이 아무도 없다는 것은 단지 내 착각일 뿐이야! 아니잖아!

 "가은!!! 어떻게 된건데에!!!!!"

 가까이 다가오는 희정이의 목소리를 듣는 순간 결국 감정을 이기지 못하고 교실에서 뛰쳐나갔다. 더 이상 우는 모습 보여주는 게 두려웠다. 나만 약해빠졌다. 다른 애들은 힘들어도 잘만 버티는 것 같은데, 나만 유난스럽게 울고 있다. 웃기는 일이다. 가은아, 가은아. 부르는 소리가 복도 끝까지 울려왔지만 잠시 뒤 종이 치고 6교시가 시작되는 것 따위가 안중에 있을 리 없잖아. 청승맞게 건물 외곽의 구석진 계단에 앉아서 실컷 울고만 있다. 교실로 돌아갈 생각은 들지도 않는다. 7교시도 아직 남았고 보충 수업도 세 시간이나 남았는데 정말 교실로 돌아가기가 싫다. 지금 이 상태로 수업 들어봤자 어차피 귀에 들어오지도 않을 거고 엎드려 있기만 할 텐데. 교과서 글자 하나도 안 보일 텐데. 애들한테 초라한 모습 다시 보이기도 싫고, 내가 이렇게 울어도 결국엔 다들 죽은 듯이 공부하고 있을 모습을 생각하면 친구라도 보기 싫다. 공부하는 거 가지고 뭐라고 하는 게 아니다. 그냥, 세상이 그렇게 됐다고. 친구가 어떻게 되든 말든 살기 위해서 '나만큼은' 공부해야 하는 게 현실이고 우리 모두 그런 곳에서 살고 있으니까. 그러니까 내가 아파도, 계속 울어도 분명 더 열심히 공부할 누군가 반드시 존재할 거라는 이야기다. 나같이 착한 학생이 이런 생각을 하게끔 만든 것도 세상이다. 또 고작 그 따위 것 때문에 스승과 제자가 서로 상처를 주고 받는 것도 흔한 일이다. 아, 누군가가 우리를 조종하고 있을지도 모른다. 우리를 가지고 게임을 하고 있는 걸지도 모른다. 그것도 아니라면, 조물주의 시험인가. 어떻게 된 일이든 간에 우리에겐 아무 잘못도 없다. 잘못이 있다면 이런 시대에 이런 세상에 태어난 것이 잘못일 뿐. 그래서 내가 그걸 고쳐 보겠다는데, 왜 아무도 도와주지 않는 걸까. 왜 뜯어말리기만 하는 걸까.

아, 여길 벗어나고 싶다.

"죄송해요. 그런데 오늘은 학교에 더 못 있을 것 같아요."

쉬는 시간을 틈타 담임선생님을 찾아갔다. 교무실로 들어서자마자 선생님들의 눈길이 나를 향했다. 따가웠다. 더러는 의아한 표정이었고, 몇몇 선생님들은 괘씸하다는 표정을 짓고 있었다. 알겠어요, 다시 찾아와서 죄송해요. 그렇지만 보충 수업 좀 빼주세요. 선생님이 나를 걱정스레 올려다보셨다. 딱히 아까 일에 대한 언급은 없으셨다. 죄송했다. 우리 선생님한테는 그냥 죄송했다. 나를 전적으로 신뢰하는 거의 유일한 선생님. 그 앞에 서니, 내 철부지 같은 행동이 아주 잠깐 찰나같이 후회스러웠다.

"원래 안 빼주는데…… 오늘은 특별한 날이니까 빼준다."

특별한 날. 세상 모든 선생님을 상대로 내 진심을 알린 특별한 날? 생각해 보면 일방적이었던 통보. 선생님들 눈에는 반항이나 다름없었을 거라고 생각하니 살짝 기분이 나빴다. 방법이 틀렸다는 걸 알고 나니 우습지만 아쉽기도 했다. 그런 날 지켜보는 선생님의 표정이 미묘했다. 나를 추궁하지도 않고, 어떤 질문도 하지 않으셨지만 난 자꾸만 뭔가 말하고 싶어졌다. 울면서 다 털어놓고 싶었다. 아까처럼 소리 지르지 않을 테니까, 자신 있으니까…… 대화를 하고 싶었다. 선생님이 나를 바라보는 눈빛은 이전과 다를 것이 없었고, 또 다시 눈시울이 붉어졌다. 정말 날 믿어주시는 걸까. 난 이렇게 나쁜 아이인데.

"많이 힘들제. 선생님은 그렇게라도 니 생각 들을 수 있어서 고맙다. 월요일 날 얘기하자."

귀가증에 사인을 하며 선생님은 타이르듯 말하셨다. 난 확실히 나를 어르는 그 말에 휘말리고 있었고, 그래서인지 또 눈물이 날 것 같았다. 정말로 나를 알아주는 것 같은 기분이 들어서 괜히 흥분했던 내가 바보처럼 느껴졌다. 내가 그렇게 생각하는 순간에도 선생님은 내 마음을 읽고 '넌 바보가 아니야' 라고 말해 주는 듯 했다. 눈물이 흐르기 전에 고개를 폭 숙이고 꾸벅 인사하고선 교무실을 나선다. 명치 있는 곳에 울렁울렁 거리는 덩어리가 가슴 속에서 목구멍으로 올라올 듯 말 듯했다. 말도 나올 듯 말 듯했다. 눈물도 그랬다. 손등으로 눈을 비벼서 눈물을 지웠다.

교실로 올라가선, 대충 가방을 챙겨 들었다. 짝꿍 재은이가 섭섭하다는 듯 말을 걸어왔다.

"가은, 가는 거야?"

응, 미안해. 반짝거리는 두 눈으로 나를 응시하는 재은이를 보자 쓸쓸한 미소가 절로 나왔다. 선생님이 붙여놓기라도 하는지 네 번이나 짝꿍이 된 친구였다. 흔하지 않게 내가 의지하고 어리광부리곤 해서, 엄마 같았다. 그 애 역시 그랬으리라 믿었기에, 재은이를 두고 나 혼자 집에 가는 걸음이 무거웠다. 공부하는 거, 재은이는 많이 힘들어 했었는데……. 나만 도피하는 것처럼 느껴져서, 사실은 아이들 모두 다 나 못지않게 힘들 텐데. 이런저런 생각이 떠오르다보니 무겁지도 않은 가방도 무거웠다. 다른 아이들 모두 조용하고, 나는 재은이에게만 인사를 건네고 일어섰다.

"갈게."

"또 혼자 울지 마. 월요일 날 보자."

재은이가 어깨를 꾹 잡으면서 말했다. 그렇지만 말과 행동이 항상 일치하는 건 아니었다. 말로는 울지 말라고 하긴 해도 냉정한 척하지 마, 그냥 울어. 하는 눈빛, 괜찮냐— 하는 눈빛이 정말이지 모든 걸 들킨 기분이었다. 그 순간 심장이 바닥으로 떨어지는 것만 같았다. 힘이 빠지고, 그냥 기대고 싶고, 의지하고 싶고, 다시 눈물이 차올랐다. 이런 사람들이 아직 내 옆에 있다면 아직은 상처 받아도 괜찮은 걸까. 서러워도 이런 위안이 있으니 그나마 다행이라는 신의 뜻일지도 몰라. 고개를 작게 끄덕인 다음 정말로 교실을 나선다. 친구들의 눈길이 등 뒤로 꽂힌다.

운동장 한 가운데를 가로질러 나가는 기분이 완벽하게 쓸쓸했다. 철저히 혼자였음에도 불구하고 꼭 누군가 나를 지켜보고 있는 것 같았다. 어쩌면 정말로 저 창문 안쪽에선 누군가 나를 지켜보고 있을지도 모르지. 지금이 수업 시간만 아니라면. 그렇지만 지금은 수업 시간인 걸. 선생님이 들어오시고, 인사쯤 했겠지? 그리고, 홍가은이 왜 없냐는 걸 물어보지는 않으실 거다. 재미있는 일사 선생님, 오늘은 평소와 다르게 조금 말이 없으셨으면 좋겠네. 그리고 그런 선생님이 이상하다고 느끼며 서영빈이나, 재은이나, 또 희정이라면 잠깐 내 생각을 할 수도 있을 테다. 그러다가 이내 생각을 떨쳐버리고 필기에 열중하는 아이들. 내 말은 머릿속에서 잊혀져가고 선생님의 빠른 말에 귀를 기울이는 아이들. 그에 비해 조용한 길거리의 소리를 들으며 혼자 걷는 나.

아직 네 시도 되지 않았다. 이렇게 이른 시간에 밖에 나와 보는 게 얼마만인지 모르겠다. 야자 한다고 밤 11시까지는 학교에만 박혀 있었고, 토요일이나 일요일에도 성당 가는 거 빼면 집에서 잠만 자기 일쑤였으니까. 무작정 학교를 나오긴 나왔지만 집에 들어가는 것도 내키지는 않는다. 엄마는 아침에 티격태격한 걸 금방 잊었을지 모르겠지만 난 그렇게 빨리 잊지 못하는 탓이다. 약간 선선한 바람이 이제 정말 가을인가보다. 날씨도 좋고 최대한 시간을 끌어야 하니까, 집까지 천천히 걸어가기로 한다.

원래 걸을 때는 이것저것 생각이 많이 섞이는 편인데 그냥 머릿속이 하얗다. 너무 생각이 많아서 정리가 되지 않는 것 같다. 꿈꾸지 못하고 쓰러진 내 모습, 뭉개진 내 꿈들, 구겨진 채 버려진 종이들. 그런 악몽 같은 생각만이 머릿속에 가득 차서 어느덧 도청교를 지나왔다. 괜히 버스정류장에 앉아 있기도 하고 집에 들어가기 싫어서 온갖 진상을 다 부렸다. 그것도 길에서. 이런 내 모습은 내가 봐도 이상해. 보충수업 빼먹고 하는 짓이라는 게 겨우 이런 거라니. 오늘 하루는 8시간 가까이 남았는데, 남은 시간동안 뭘 해야 할까.

"너 왜 왔어?!"

삐비빅, 비밀번호를 누르고 현관문을 여는데- 역시나 놀라서 묻는 엄마의 목소리에 심상치 않은 기운이 담겨 있다. 한참 시간을 끌다가 결국 6시가 되기도 전에 집에 들어가고 말았다. 결국 집 밖에서 헤맬 수 있 내 능력은 여기까지였던 거다. 그래도 조금만 더 밖에 있다가 들어올 걸. 이건 뭐야? 라고 말하는 것 같은 엄마 얼굴을 보니 바로 후회가 밀려왔다.

"그냥."

퉁명스럽게 내뱉고는 방으로 들어갔다. 가방을 벗어 던지고 옷도 갈아입었다. 교복이 허물처럼 방바닥에 늘어졌다. 아직 해가 떠 있는데 집에 들어왔다는 사실이 낯설었다. 늘 밤에 옷 갈아입다가 초저녁에 옷을 갈아입는 기분도 이상했다.

"쟤 이상한 애네, 수업은 마치고 온 거야?"

옆방에서 엄마가 소리를 질러댔다.

화장실로 가서 손 씻고 발 씻고 세수도 했다. 그리고 물기를 닦을 생각도 않은 채 변기 위에 멍하게 앉아 있었다. 정신이 없다. 일단 집에 들어온 것 자체가 기분이 이상했고, 오늘 이 시간까지 나에게 벌어진 모든 일을 감당하기에 내 정신 상태는 너무 나약했다. 그러고 보니 엄마는 내 빨간 눈을 발견하지 못한 것 같다. 다행이다.

얼굴을 슥 닦고는 아무렇지 않게 내 방으로 들어가서 문을 닫았다. 그냥 죽은 듯 잠이나 자고 싶다- 고 생각하며 막상 침대에 누우면 잠은 오지 않았다. 많이 울어서 그런지 눈이 바들바들 떨리고 또 감겨 와서 잠들 수도 있을 것 같은데 그렇지도 못했다. 피곤하기만 하고 잠들 여력이 없다. 그래, 잠들 힘이 없는 거다. 잠들 수도 없을 만큼 지친 거다.

-덜컥

대 자로 뻗어서 누운 지 한 13초 쯤 됐을까. 방문을 여는 소리가 들렸다. 당연히 엄마인 줄 알았는데 뜬금없이 이모가 쏙 들어왔다. 이모가 있었구나. 어쩐지 현관에 신발이 어수선하다 했다. 이모가 있는 줄 알았다면 마음이 무거워도 인사는 했을 텐데. 문틈으로 보이는 주방에서 엄마는 저녁 준비를 하는 것 같다.

"시험은 잘 쳤어?"

이모가 언제적 시험 얘길 하는 건지는 모르겠지만,

"그냥 그래요."

내 성적이 마음에 드는 일이란 건 있을 수 없는 일이니까. 느릿느릿 몸을 일으켜 갈라져가는 목소리로 대답했다. 항상 이모의 첫 인사는 '안녕'이나 '잘 지냈니'가 아니라 '시험 잘 쳤어?'다.

"이제 문과 이과 나누지 않니?"

조카를 신경써주는 이모의 마음을 모르는 건 아니지만 괜스레 짜증이 나서 네, 라는 그 짧은 말조차도 건성으로 나온다.

"어디로 갈려구? 가고 싶은 대학이랑 과는 정해놨어?"

"문과요. 그리고 과는……"

대학 이야기를 하려니 말을 꺼내기가 막막해졌다. 이모에게 무슨 소리를 들을지 모르기 때문이다. 게다가 지금은 그런 말을 할 기분도 아니지만, 말할 기분 아니라고요!!!!!!!!!!!!!!!!!! 라고 할 수는 없는 거잖아. 그런 짓 따위가 허용될 리 없다.

"그러니까, 저는 교육을 바꾸..."

"그래~ 그래도 여자는 선생님이 제일 편하다더라."

'교육'이라는 단어를 듣는 순간, 이모는 잘 생각했다는 듯 상쾌한 표정으로 말했다. 그렇지만 한국말은 끝까지 들어봐야 한다.

"아니요. 선생님을 하겠다는 게 아니라 교육을 바꾸고 싶다고요. 대학 가기 위한 교육 말고 정말로 학생의 개성을 발견해서 키워주고, 스스로 성장할 수 있도록 도와주는 진짜 교육을 정립하고 싶어요. 세상을 살아가는 데 정말로 도움이 되는 진정한 미래 교육이 필요한 것 같아요. 어릴 때부터 자기만의 철학과 사상을 키울 줄 아는 아이들이 미래의 인재로 성장하는 법이잖아요. 그런데 그런 교육을 하려면 제도 자체가 바뀌어야하는데, 그래서 정치를 한 번 해보려고……"

"정치를 하겠다고?!"

귀찮음을 감수하고 묵묵한 표정의 이모를 상대로 능력껏 열심히 설명하고 있는데 이모는 내 마지막 말을 듣기도 전에 말을 끊어버렸다. 참을 수 없이 퉁명스러운 표정으로, 몰아붙일 기세로 말했다.

"네, 실질적으로 제도를 바꿔야 하니까 행정고시 쳐서 교육부나 그 쪽으로 갈 생각……."

"꼭 그렇게 어려운 일을 해야겠니? 너는 이상을 중요시 하나 보네."

이모가 비웃는 것 같은 말투로 말을 잘랐다. 어떤 말이던 간에 일단 상당히 기분이 나빴다. 잠깐만, 그런데 이상이 원래 중요한 거 아니었나? 엇, 아닌가. 내가 잘못하고 있는 건가. 그럼 뭘 더 중요시해야 하지? 이모는 내게 마지막 혼란을 남겨주고선 몇 마디 조언들, 예를 들면 그래도 먹고는 살아야할 거 아니냐, 장학금 타서 서울대 가라는 등의 말을 덧붙이고 방을 나가버렸다. 아니, 또 서울대? 게다가 장학금? 서울대는 나만 가고 장학금은 나만 받는가. 내가 무슨 천재야? 이모가 나감과 동시에 엄청난 짜증과 함께 엄청난 혼란이 또 다시 엄습해왔다.

그래, 이건 분명 안타깝게도 데자뷰다. 머릿속엔 부장쌤과 수학선생님이 떠올랐다. 결국 나는 이모가 내게 해준 말이 부장쌤이 내게 한 말과 다른 말이 아니었더라는 것을 깨닫고야 만 것이었다. 그와 동시에 엄청난 배신감이 뒤통수를 가격했다. 이건 아니잖아. 주님, 왜 이러십니까? 왜 저를 짜증나게 하지 못해 안달이세요? 이건 짜증이 아니에요, 잔인한 겁니다! 진정 제가 좌절하도록 하고 싶으신 거예요?

말할 수 없이 속이 상해서 가만히 앉아있을 수가 없었다. 소리라도 지르고 싶었지만 그랬다간 엄마의 잔소리가 또 들려올 게 뻔했다. 그래, 다시 나가자. 소리를 지르더라도 나가서 지르는 거야. 충동적으로 마음을 챙겨 먹고는 주섬주섬 겉옷을 들었다. 심지어 내 모습은, 너무 속이 상해서 아무렇지도 않아 보였다. 너 어디 가! 엄마의 말이 귓가를 겉돌았고 슬리퍼를 신었다. 아니, 그래도 참을 수가 없어서 슬리퍼를 벗고 다시 들어와 안방 앞에 떡하니 섰다.

"그냥 이상이 아니라, 제 꿈이에요! 누구한테도 없는 내 꿈!!!!"

그리고선 이모의 표정을 살필 틈도 없이 재빨리 다시 신발을 신고 도망쳤다. 부장쌤보다 이모가 훨씬 더 무섭기 때문에, 냉랭한 반응에 나 혼자 상처받을 것 같다면 미리 피하는 게 상책이다. 그리고 집을 나오자마자 눈물이 흘러내렸다. 평생

흘릴 눈물을 오늘 다 흘리려는지, 갑자기 눈물샘이 엄청나게 넓어지기라도 했는지 폭포수처럼 계속 눈물이 나왔다. 턱밑까지 타고 흘러내리면 또 흐르고 계속 흘렀다. 왜 이렇게 자꾸 눈물이 나지. 사실 틀린 말 하나도 없는데. 다 맞는 말인데.

　해가 기웃기웃 넘어가서 어두웠다. 계속 정처 없이 걸었다. 기운이 없었다. 아주 당연한 것처럼 땅을 보고 걸었다. 내 두 발끝이 보인다. 곧게 일자로 걷는 걸음은 내가 봐도 단정하다. 회색 보도블록이 눈에 들어왔다. 끝없이, 밟는 길마다 있었으므로 더 이상 또 어디까지 깔려 있을지 몰랐다. 똑같은 모양의 보도블록 틈틈이 빨간색이나 노란색 따위도 섞여 있어 나름 큰 화살표 모양을 만들고 있었다. 순간적으로 아주 잠깐 잘못 살고 있다는 강한 느낌이 스쳤다. 나는 저 빨간색이나 노란색쯤은 될까. 어쩌면 난 이 보도블록들처럼 똑같이, 남들과 다를 것 없이 그저 그렇게 살고 있는 건 아닐까. 꿈을 꾼다고는 하지만 사실은 누구보다도 쉽게 현실에 농락당하고 마는 그런 사람은 아닐까. 나는 세상에서 가장 작은 존재가 되어버렸다. 개미보다도 작았다. 두 손에 얼굴을 파묻고 울면서 걷다 보니 집 근처의 초등학교가 나왔다. 딱히 갈 데도 없어서 학교 안에 들어가 벤치에 앉았다.

　늘어진 미역 줄기처럼 처진 모습이 볼만 할 거다. 힘이 빠져서 더는 눈물도 나오지 못하는가보다. 그래, 이만큼 울었으면 됐어. 스스로 나를 달래면 보란 듯이 계속 눈물이 고여 왔다. 어떻게 해야 하지. 어떻게 하지. 끊임없이 질문을 던져도 대답을 찾을 수가 없어. 내가 가려는 이 길이 옳은 길일까. 그렇게 모두의 기대와 바람들을 저버리고 내가 가고자하는 길을 고집하는 게 과연 옳은 일일까. 아니, 그래도 내 삶이고 내 인생인데. 나에게도 꿈이 있고, 그걸 이루고 싶은 건 당연한 거잖아. 마치 천사와 악마가 양쪽에서 싸워대는 만화의 한 장면처럼 어지러웠다. 정말 난, 어떻게 해야 하지?

　어느새 하늘엔 별이 희끗희끗했다. 대구는 도시인데도 불구하고 별이 꽤나 많이 보이는 편이라고 생각했다. 희미한 보름달이 구름에 가려 옅은 빛을 내뿜었고, 그 주위로 이름 모를 별이 작게 반짝였다. 별 하나, 나 하나, 별 둘, 나 둘, 아니! 별 하나 나 하나 세는 건 이상해. 별도 하나, 나도 하나잖아. 결국 우리는 모두 존재하는 거야! 맞아, 난 하나뿐인데. 하나뿐인데……. 너무 많이 울어서 그런지 눈이 부어 저절로 감겼다. 눈 뜨고 있기도 바들바들 떨려서 힘이 들었다. 계속 밤하늘을 보고 있으려니 목도 당겨오고, 어깨가 빠질 것처럼 아프고, 게다가 다리도 저려온다. 설상가상으로 머리까지 아파오기 시작했다. 그렇지만 마음이 제일 아파. 답답하고 먹먹해서 어떻게 할 수도 없어. 내가 왜 이렇게 됐을까. 정말 난 어떻게 해야하지?

*

눈부시게 하얗다. 너무 밝아서 숨쉬기조차 쉽지 않은 빛으로 가득 찬 세상. 살며시 눈을 떠보면 시야엔 하늘이 그득히 들어온다. 내가 밟고 있는 것은 고운 모래다. 따스하지만 촉촉한, 까칠하지만 부드러운 감촉에 발이 조심스럽게 감겨들어간다. 한 움큼 손에 쥐면 그대로 날아가 버릴 것처럼 바람도 살랑살랑. 머리카락이 조금씩 휘날리고 나는 눈앞을 응시한다. 끝없이 펼쳐져 있는 파랑의 행진. 그 곳은 평면파에 은은한 태양빛이 조금씩 감돌아서 머리가 어지럽지도, 눈이 아프지도 않은 그저 푸른 바다. 모래에 묻혀 있던 나의 발이 그 물을 향해 들어가면, 바다는 나의 눈만큼이나 맑고 깊어서 차마 요동치지도 못하고 작게 출렁이기만 하는 것이었다. 그러고 마는 것이었다.

'내가 나를 위해 할 수 있는 가장 가치 있는 일에 전념할 수 있도록 해주세요.'

차가운 물의 감촉도 잊은 채 조용히 바다에 바래보았다. 한 번도 바다를 보고 마음이 동한 적은 없었는데— 내 마음이 수평선조차 아득한 그 모습에 감동하고 있었다. 아니었다. 여태껏 내가 보아온 세상이 아니었다. 그것은, 바다는 달랐다.

'저 바다의 끝에는 또 다른 대륙이 기다리고 있겠지.'

내가 항해갈 수 있는 수많은 길이 나에게는 있었다. 기회가 주어진 것이다. 눈앞에 기회를 두고 알지 못한 나였다. 그러나 그 어떤 것도 상상할 수 없게 만들 만큼 바다는 넓었다. 그 알 수 없음에 마음이 움직였겠지. 난생 처음 보는 넓디넓은 미지의 세계에 겁먹었더라도 분명 그 뒤에 새로운 대륙이 있음을 알았기에, 그래서 눈물이 난 것이었겠지. 나는 내가 가야 할 길을 알고 있고 그 뒤에 펼쳐질 나의 새로운 땅을 알고 있다.

가슴이 뻥―

답답했던 가슴이 뻥 뚫리는 이유. 사람들이 바다에 그토록 목을 매는 이유. 이제야 실감했어. 하늘보다 너른 나의 바다라고 칭송하던 이유를 이제는 알겠어. 정말이지 이것은 나의 바다. 꿈꾸는 사람들의 작고 큰 꿈들이 모여 파란 알갱이를 만들면, 그 알갱이들이 모이고 모여서 지구 밖으로 쏟아져나갈 것처럼 넘실거리지. 바다에 담긴 꿈들은 세상의 그 무엇보다도 맑고 투명해서 햇살을 받으면 하얗게 빛나고 노을이 비추면 붉게 물들어. 또 약하기도 해서 바람이 불거나 구름이 몰리면 불안하게 파도가 치기도 해. 그걸 견뎌낸 꿈들은 다시 바다를 찾는 사람들의 품으로 돌아간단다. 꿈이 아닌 현실이라는 이름으로.

네 꿈은 어디에 있니? 너의 색을 찾아가고 있는 거야? 혹시 포기하려고 하지는 않고? 많이 힘들 거야, 그래도 잘 들어봐. 네 주위의 모든 소리에 귀 기울여 봐…….

'많이 힘들지? 그래, 잠시라도 내 품에서 쉬어. 내게 맡겨. 넌 그냥, 꿈을 꾸기만 하면 돼.'

어때, 바다가 속삭이지를 않니. 계속 꿈 꿔. 계속 꿈 꿔. 어딘가에 있을 너의 바다가 말이야.

*

"그래서 어떻게 됐는데?"

"나도 모르는 사이에 거기서 잠들어 버린 거야. 너무 피곤했던 거지. 한 열두시쯤 엄마랑 아빠가 날 찾아서 집에 데리고 갔나봐. 그 다음 날 일어나니까 내 방 침대였어."

"다행이네. 어떻게 된 여자애가 겁도 없이 그 밤중에 초등학교 갈 생각을 다 하냐? 무서운 중학생들이 얼마나 많은데."

"갈 데가 거기 밖에 없었으니까 그렇지……."

몸이 나른했다. 내 일요일을 돌려다오. 황금 같은 주말은 뭘 하며 지냈는지 모를 정도로 부질없이 지나갔다. 일주일 동안 지친 내 육신에 편안한 안식을 선사해주지 못했다. 가엾은 내 몸, 게다가 6시간 정도 집 밖에서 떠돌다가 딱딱한 벤치에서 잠까지 자는 바람에 몸을 더 혹사시키고 말았다. 온몸이 쑤신 것은 그 다음날도 마찬가지였고 어제도 마찬가지였고, 오늘도 마찬가지다. 머리가 무거워 제대로 서 있을 수조차 없어서 1교시 시작하고서부터 점심시간까지 계속 엎드려 있었다.

"담임 쌤하고는 얘기 했나?"

"응. 점심시간에."

별 다른 말씀은 없으셨다. 사실 대화는 담임선생님보다 부장쌤과 나누어야 할 것이었다. 부장쌤과 소통하기 이전에는 내가 무슨 말을 하든 그저 미친 여고생의 발악이고 반항일 뿐이다. 실제로 내가 아무 힘도 없다는 걸 증명하기라도 하는 듯 달라진 것은 어떤 것도 없었다. 학교는 그대로였다. 단 한 명의 어른이라도 내가 설득해낼 수 있다면 난 만족할 텐데. 난 그걸 원했다. 단지 부장쌤이 그 어른이었으면 했다.

"홍가! 너희 어머니……"

어디선가 들려오는 소리에 반사적으로 눈길은 교실 앞문을 향했다. 누군가가 보았다는 우리 엄마가 앞문 쪽에 없음을 확인한 나는 누가 시키지 않았는데도 시선을 뒷문 쪽으로 돌린다. 엄마다. 저 짧은 다리. 1킬로미터 밖에서도 알아볼 수 있는 인체 비율이 분명 엄마다. 학교에 잘 찾아오지 않는 엄마를 학교에서 만났다는 사실에 대한 반가움은 아주 잠깐, 담임선생님이든 부장쌤이든 누군가의 전화를 받고 여기까지 출두했을 것을 생각하니 머리가 띵해서 그냥 책상에 엎어졌다.

"야, 빨리 나가 봐."

엄마의 표정이 심상치가 않아서 나가는 것을 망설이고 있는데 민지가 억지로 등을 떠밀었다. 아이들의 시선이 쏠렸지만 신경 쓰지 않는다. 엄만 쿨하니까.

"선생님한테 연락 받았다. 무슨 짓을 한 건데?"

"누구 선생님?"

"담임선생님한테 받긴 받았는.."

"어, 종 쳤다, 빨리 가라. 내 수업 들어가야 한다."

때마침 울려주는 종소리에 안도하며 엄마를 억지로 밀어내고선 나 몰라라 하곤 교실로 내뺐다. 낌새를 보니 선생님을 만나기 전에 날 보러 올라온 듯 하다. 담임선생님이라고는 해도 실질적으로 엄마를 호출한 사람은 부장쌤일 것이다. 그럼 이제 금요일에 있었던 일을 모조리 엄마에게 일러바치시겠지. 으아. 난 어떻게 되는 거냐. 아니, 아니다! 난 잘못한 거 없어. 잘못한 거 없어. 암, 그렇고말고. 난 부장쌤과 다소 과격한 대화를 했을 뿐이야. 대화, 그래. 대화! conversation!

"왜 그랬어?"

"짜증나서."

"뭐가."

고작 국화반에 못 들어갔다는 이유로 몇 번씩이나 부장쌤에게 불려가 똑같은 설교를 들어야 했던 그 상황이. 그 때마다 어떤 반박도 할 수 없었던 내 모습이. 그렇게 얽매여 사는 우리들이. 잘 닦여진 고생길을 시키는 대로 잘 걷는 우리를 몰라주는 어른들이. 그런 현실조차 너무 당연한 말도 안 되는 이 사회가! 한창 자유롭게 날아다녀야 할 우리들 하나하나를 제도라는 틀 안에 꽁꽁 묶어버리고는 그 어떤 자기 자신도 발견할 수 없게 만들었잖아.

단지 닦달하는 엄마와, 부장쌤과, 이모만을 향한 것이 아니었다. 그건 세상의 모든 어른들을 향한 것이었다. '우린 아직 어려서 세상의 법을 따라가기에는 많이 부족한 것 같아요. 어른들이 도와주셔야 올바른 사회인으로 자랄 수 있어요. 그런데 지금 이건 좀 아닌 것 같아요. 어른들도 힘드시겠지만 우리도 너무 힘드네요. 우린 단지 꿈을 꾸고 싶을 뿐이에요. 우릴 도와주세요.' 비록 내가 엄청나게 많이 울어버리는 바람에 무슨 말인지 하나도 못 알아들었다고 해도 그건 도움을 청하는 목소리였다. 들어주셨어야 했다.

"…… 꿈 꿀 수 없게 만들었잖아."

"……."

"우린 어른들은 몰라요를 외치면서 우리의 고통을 호소했어. 그런데도 아무도 알아주지 않았잖아. 내가 하고 싶은 것을 하게 해달라고 애원했는데도 아무도 그 자유를 허락하지 않았어. 심지어는 그게 어른들이 원하는 공부였는데도…… 내가 찾고자 하는 방향조차 틀어버렸어. 어른들이 원하는 대로. 국화반으로, 서울대로, 먹고 살 걱정 안 해도 되는 안정적인 직업으로! 꿈 꿀 수 없게 만들었고, 소중한 바다를 잃어버리게 만들었어. 도대체 나의 꿈 어디가, 뭐가 잘못된 건데? 아니, 잘못된 꿈이라는 걸 누가 판단하는 건데? 잘못된 꿈은 뭔데? 그게 짜증나서, 그게 짜증나서 말대답하고 대들었는데…… 잘 참고 있다가 그 한 번 참지를 못하고 일 저질렀는데, 그런데 그게 그렇게 잘못됐어? 꿈을 꾼다는 우리의 당연한 자유를 찾고 싶었던 것뿐인데……? 그게 그렇게……"

"미안해."

내가 잘못 들은 걸까. 엄마의 목소리가 비장했지만 슬펐다. 그 단호한 세 글자가 정확하게 내 귀에 박혀 온 마음을 흔들어 놓았다.

"미안해, 가은아."

엄마 얼굴에 내가 더없이 흐뭇하다는 미소가 살며시 녹아 있었다. 아니, 사실은 언제나 그런 미소를 짓고 있었을지도 모른다. 나는 이제야 그 미소를 발견한 것이다.

"일단 니가 혼내주고 싶은 어른들 중 한 사람으로서 미안하다고 말하고 싶다. 너희의 마음을 다 헤아려주지 못해서. 마땅히 그랬어야 했는데 바쁘고 삶이 힘들다는 이유로 그러질 못했어. 미안해."

약간은 슬픈 표정. 그리고 내 눈가에도 다시 촉촉한 물기가 차오른다. 엄마는 항상. 날. 슬프게 만든다.

"엄마가 니 꿈을 무시하고, 들어주지 않아서 정말 미안해. 변명으로 들릴지는 모르겠지만 너보다 몇 십 년 더 이 세상을 살아보며 느낀 점이 그런 것들이었어. 안정적인 직업과 남들과 다른 것 없는 인생이 제일 성공한 인생이라는 옳지 못한 생각. 엄마가 현명하지 못해서 너에게까지 그런 생각을 주입시키려고 한 것 같다. 다른 누구도 아니고 내 딸이 그런 부조리한 세상을 바꾸겠다고 나서는데, 그걸 못하게 막아버린 건 분명히 엄마의 잘못이야."

엄마의 목소리가 먹먹했다. 그런 엄마를 보고 있자니 금방이라도 울음이 왈칵 쏟아질 것 같았다. 엄마도 날 보며 그렇게 느끼고 있겠지. 엄마니까. 언젠가 한 번은 내게 널 바라만 봐도 눈물이 날 것만 같다고 한 적도 있었는데.

"네가 선생님에게 그런 말을 할 수 있을 만큼 네 꿈을 사랑한다는 걸 알았다면, 당연히 말리지 못했을 거야. 엄마도 분명 너만 할 때는 꿈이 있고 가슴보다 더 넓은 세상을 품었던 소녀였는데……. 다 이해할 수 있으면서도 너에게 상처를 줬구나."

그리고, 엄마의 눈물.

"마음 같아선 너희가 해달라는 대로 다 해주고 싶고, 이 나라를 싹 다 바꿔놓고 싶지만 안타깝게도 확신을 할 수가 없다. 나도 어른이지만 힘이 없거든."

단 한 명이라도 날 믿어주는 사람이 있다는 것은,

"그렇지만 이제는 약속할게. 니가 바라는 세상, 곧 내가 바라는 세상이고 사람들 모두가 바라는 세상이니까— 엄마가 도와줄 수 있는 데까지는 다 도와줄게. 네 꿈 반드시 이룰 수 있도록, 그래서 니가 꿈꾸는 세상을 만들 수 있도록 응원할게. 엄마한테 받은 상처 다 용서하고, 이제 맘껏 꿈 꿔. 세상이 너한테서 등 돌려도 니 뒤에는 항상 널 믿어주는 한 사람이 있다는 거 잊지 말고."

그리고 그 사람이 부모라는 것은 어쩌면 너무 당연해서 모르고 있었던 것일지도 모른다. 그가 부모건 부모가 아니건 하는 것은 상관없다. 중요한 것은 단 한 명뿐이라도 마지막 남은 내 편이 있다는 사실은 그 어떤 일도 가능하게 한다는 것이다. 믿어주는 사람이 있고, 또 꿈을 잃지 않는 이상 꿈꾸는 자는 반드시 빛난다. 좌절할 이유는 어디에도 없다. 그러니 부디 여러분들도……;

＊

춥다. 분명히 이불을 덮고 잤는데 왜 이불이 침대 밑으로 나가떨어진 건지는 잘 모르겠다. 밤엔 따뜻하게 머리끝까지 이불을 덮고 자다가 잠이 들고 슬슬 답답해지기 시작하면 내 무의식은 이불을 걷어 차버리지만, 아침이 되면 추워서 일어나지도 못한다. 겨울의 아침이 여름의 아침보다 몇 배는 더 힘든 이유다.

"일어나라. 늦는다."

밤이 길어져 창밖엔 아직 새벽 기운이 가득하다. 겨울이라 그런지는 몰라도 엄마의 목소리가 아주 자그맣게 들려온다. 이렇게 난 누워 있다가 곧 일어나서는 화장실로 가서 내 얼굴을 보며 자연스러운 아름다움을 느낄지 모른다. 오랜만에 아침이 여유로워서 그 어느 때보다도 밥을 먹는 데에 열중할지도 모른다. 그러다가 엄마랑 싸우게 될지도 모르겠다. 그리고 추운 겨울 날 아침부터 찜찜한 기분으로 학교에 가서 다른 날과 다름없이 청소를 할 수도 있다. 교무실에서 선생님과 싸우고, 수업을 빼 먹을 만큼 서럽게 울게 되면 또 어떡하나. 그렇게 재수 없는 하루를 보내고 뼛속까지 시린 겨울밤 길거리를 종횡무진하며 벤치에서 잠이 들 수도.

그러나 그것이 두려워 계속 잠을 자지는 않겠다. 어떻게든 난 일어나야겠다. 반드시 일어나야만 한다. 하루를 버티고 죽어 다시 하루살이로 태어나 또 하루를 사는 한이 있더라도, 침대에 누워서는 꿈을 딸 수 없으니까.

나는 그 어느 때보다도

반짝

반짝

빛난다.

오징이 기자를 만나다

정은송

정은송

오징이 기자를 만나다

*

　우리가 아는 기자들은 항상 혼난다. 편집장에게, 상사에게 혼난다. 동료도 경쟁 상대다. 그럴 거면 그만두라고 무서운 말을 아무렇지도 않게 하며 열심히 써온 기사를 내던진다.

　그러면 기자는 항상 이런 존재일까? 애써 써놓은 기사가 쓸모없다는 소리를 듣고 눈물을 머금으며 뒤돌아서야만 하는, 사회에서 인정 못 받고 힘들기만 한……. 아니다! 이것은 단지 기자의 일부분일 뿐이다!　'기자'에게는 좀더 멋있는 것이 많다.

　과연 기자 없이 우리는 이렇게 민주주의 국가에서 살 수 있었을까? 목숨을 걸고 현실을 똑바로 알린 기자들이 있었기에 우리는 혁명을 일으켰고, 기사 하나하나가 국민들이 민주를 부르짖게 하는 기폭제가 되었을 것이다.

　또 지금과 같은 생활을 하긴 힘들었으리라 본다. 세상의 일을 알리는 그들 없이는 아마 따뜻한 이웃의 이야기들도 들어본 적 없었을 것이고, 더 나은 내일을 위해 오늘을 반성하기도 힘들었으리라.

　우리는 그들의 노력에 다시금 감사해야 한다. 무서운 현실에서 진실을 알리고

서 지금은 없는 기자들을 우리는 고개 숙여 가슴에 새겨야 한다.

　이렇게 기자들은 우리가 잘 모르는 사이에 우리 생활 속 깊숙이 들어와서 엄청난 영향을 끼치고 있다. 세상을 알리는 기자들 말이다.

＊＊

꿈에 관하여

　내 꿈은 꽤나 단순했다. 단지 '넥타이를 휘날리며 부지런히 뛰어다니는' 직업이었다.

　한편, 부모님께서는 안정된 직장을 원하셨다. 내가 '공무원'이 되길 바라셨다. 신이 내린 직장이라며 신문기사에 날 때는 더욱 눈에 힘을 주며 읽으시곤 하셨다.

　나도 '넥타이'와 '부지런히'까지는 그럴싸하게 맞는다 싶어 장래희망 란에 막연히 공무원이라고 적었다. 하지만 선생님께서는 중학생은 더 큰 꿈을 가져야만 한다고 말씀하시며 한숨을 쉬셨다. 그래도 내 꿈은 계속 공무원이었다.

　그런데 큰 변화가 생겼다. 고등학생이 되면서 진로와 직업 교과에서 적성과 직업 흥미도를 테스트를 받으며 점점 내 꿈이 확실해졌다. 바로 '기자'다. 되돌아보니 초등학생 때부터 백일장을 하면 으레 장려라도 꼭 상을 받아왔고, 집에서 가장 먼저 일어나 신문을 꺼내 보는 것도 나였다. 여섯 살 때부터 일기를 고스란히 모으고 있고, 그렇게 나는 글과 친했다.

　기자가 되겠어. 넥타이에 부지런히 뛰어다니는 거기에 6mm사진기만 더 추가하면 되겠군. 이렇게 나의 꿈은 결정되었다.

　2학년이 되면서 나의 꿈을 책으로 쓸 수 있는 기회를 얻었다. 이제 나는 나를 기사로 만들어 이야기를 써 나가 보겠다. 별명 중에 '오징이'이란 별명을 가졌던 적이 있어서 앞으로는 '정징이(18)'라는 가명으로 시작한다. 징이 기자를 만나 기자로서의 자세와 생활을 기사를 통해 알아보도록 하자.

제 2의 腦, 사용할수록 똑똑해져…
어릴 때부터 글 쓰는 습관 중요해

손은 약 30개의 뼈를 내장하고 있고, 5개의 손가락을 따로 움직일 수 있어 사용하기에 편리하다. 손바닥에는 멜라닌이 없어서 인종에 관계없이 희다. 손톱을 기르면 전투 기능도 추가 된다.

■ 메모하는 손

그녀는 어디서든 메모를 한다. 항상 메모지와 필기구를 소지할 정도로 메모광(狂)이다. 집안 곳곳에 필기도구를 구비해 놓고, 부엌, 욕실, 심지어 화장실에서조차 메모를 한다. 무엇을 그렇게 열심히 적나 보니 처리해야 할 일의 목록과 갑자기 떠올랐다는 재미있는 생각도 적고, 간혹 스케치도 하는 모습을 보였다.

약간 독특하게도 친구에게 할 이야기도 적는다. 그녀는 예전에 말수가 적었다고 한다. 친구들이 여럿 있을 때는 괜찮은데 유독 친구와 단 둘이 있을 때는 침묵으로 일관하곤 해서 고민이었다고 한다. 그런데 놀랍게도 메모를 자주 하고나서는 말도 조리 있게 잘 할 수 있어서 좋다고 말하였다. 또 메모 기술을 향상시켜주는 책도 도움이 된다고 하였다.

나를 당황스럽게 한 것이 꿈도 메모한다는 것이었다. '꿈 노트'라는 공책을 침대 머리맡에 두고 아침에 일어나서 꿈을 잊어버리지 않게 바로 적는다는 설명이었다.

또, 메모를 하면 생각이 정리될 뿐만 아니라 떠오른 아이디어를 필요시에 언제든지 꺼내 볼 수 있어 좋다고 추천하였다.

■ 글 쓰는 손

징이 씨(18)는 말하는 것보다 쓰는 것을 더 좋아한다고 말하며 공부도 '쓰면서' 한다고 덧붙였다. 또 어릴 적부터 편지쓰기를 좋아했다며 수줍은 듯 미소를 지었다. 초등학생 시절에는 교실 앞문에서 두 걸음만 걸으면 옆 반인데도 그 반 친구와 거의 매일 편지를 주고받았으며, 기다리는 시간마저 좋아했다고 말했다. 막상 만나면 그렇게 말이 많지는 않았지만 글로는 말이 많았는가 보다. 그녀의 편지 사랑은 지금도 여전하다. 비록 한달에 한 번 정도로 횟수는 줄었지만 그 마음은 한결같다고 한다. 편지를 많이 써서 우표를 모으는 아기자기한 취미도 가졌었다고 했다.

■ 미술 하는 손

징이 씨는 자신은 진지한데도 어른들이 '호작질'이라고 해버리는 많은 것을 즐겨 했다고 한다. 만화를 그리는 것부터 무엇인가 만들어내는 것도 좋아했다. 특히 중학생 때는 만화부에서 코스프레(코스튬플레이)를 하는 등 매우 열정적이었다. 수능을 치고 나면 세 번째 코스프레를 하겠다고 크게 웃었다. 징이 씨는 스펀지 밥의 주인공을 의인화하여 노란색 가발을 쓰는 등 꽤 구체적인 계획이 있다고 밝혔다.

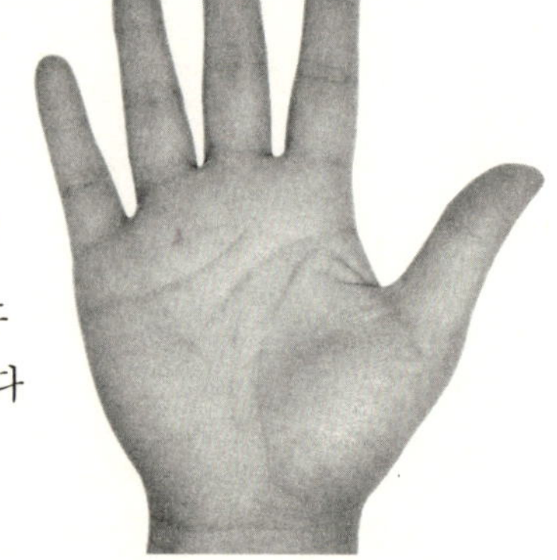

정은송 기자

몸 전체의 축소판,
따뜻하게 해 줘야 健康해져

발은 '머리에서 발끝까지' 몸의 가장 아래에 위치해 있다. 그렇다고 발에서 냄새가 난다는 등 천대해서는 절대 안 된다. 발은 제2의 심장이기 때문이다. 머리는 차게, 발은 따뜻하게 해줘야 한다. 그러면 몸 전체가 건강해지고 좋아진다.

우리말에는 발가락마다 모두 이름이 있지만 영어는 그렇지 않다. 엄지발가락이든 새끼발가락이든 할 것 없이 모두 toe이다. 그만큼 우리나라에서 발가락에 더 관심이 있다는 뜻이겠다.

발가락의 정의는 '발의 맨 앞에 따로 갈라진 부분' 이다. 따로 갈라진… 약간 흠칫 놀랄지도 모른다. 혹시 노화가 언제부터 시작되는지 아는가? 발생생물학에서는 태아로 있을 때 손과 발이 한 덩어리였는데, 그것이 5개로 '노화' 되며 갈라졌다고 한다. 그러니 노화는 자연적인 현상이니 너무 안 좋게 보지 말자는 것이다.

■ 뛰어다니는 발

징이 씨는 아는 사람이 여러 계층에 다양하게 있어야 한다며 발이 넓어야 함을 강조했다. 그녀는 "저는 사회 숙제 중에서 설문지로 시장조사를 하는 것이 가장 좋았어요."라고 했다. 또 처음 보는 사람인데도 말을 걸며 질문하는 것이 자신에게는 또 다른 도전이었고, 신선한 충격이었다며 "저는 새로운 사람을 만나는 것이 즐거워요. 외국인도 좋아하고요. 또 세계로 뻗어나가 세상의 일을 기사로 쓰고 싶어요."라고 말했다.

■ 춤

징이 씨가 처음으로 탭댄스를 처음 본 것은 영화 '사랑은 비를 타고' 에서 진 캘리 분이 "I'm singin' in the rain~"하며 경쾌하게 노래를 부르며 춤을 추는 모습이었다고 한다. 그 장면에서 그녀는 탭댄스에 매료되었다고 한다. 그 당시 탭댄스

를 너무나 배우고 싶었으나 재정적 부담과 부모님의 반대로 그만두었다고 한다.

그래서 아쉬움으로 인터넷에서 탭댄스를 검색했다고 한다. 그러자 미국 학생들은 캔을 자른 뒤에 신발에 붙여 탭댄스를 한다는 정보를 얻었다. 그런데 그렇게 만드는 것이 말처럼 쉽지 않았으며, 또 스테이플러가 고장 나서 혼났다며 허탈한 표정을 지었다. 설상가상으로 문화센터에서 무료 탭댄스 수강을 받으려 했는데 꽉 차버려서 포기해야만 했다며 그 당시에는 비타 음료의 뚜껑을 열었을 때 "다음 기회에"라는 문구를 보는 듯한 느낌이었다고 했다.

그래도 머지않아 약간 여유가 생기면 충분히 배울 수 있다며 기자도 취미를 가지는 편이 삶이 더 즐거워 더 좋다는 입장이었다.

정은송 기자

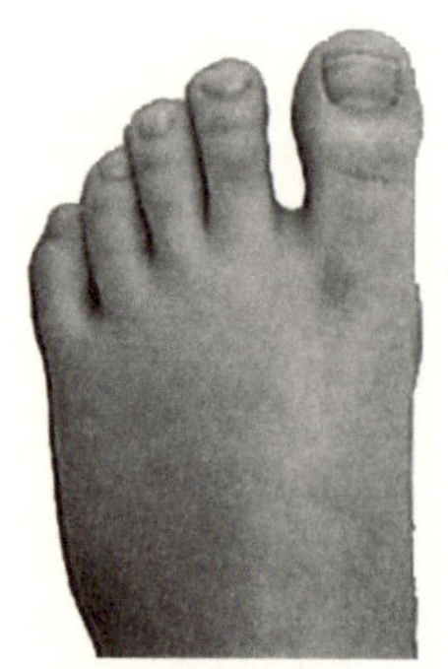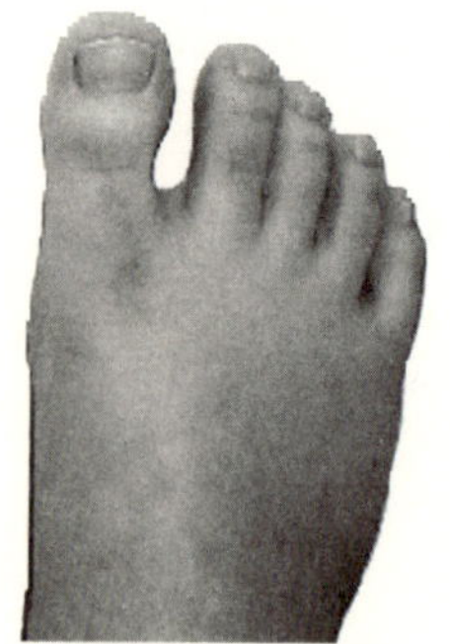

감각기관 중 90% 차지 해…
보는 것이 효율적

눈은 카메라에 비유되곤 한다. 그렇지만 카메라와는 비교가 안 될 만큼 정교하고, 중요한 역할을 한다. 우리가 받아들이는 감각 중 90%를 눈을 통해 받아들인다. 그러니 몸이 천 냥이면 눈이 팔 백냥이라는 말이 있을 것이다.

눈으로 우리가 정보를 받아들이려면 각막→눈동자→수정체→유리체→망막에 도달하여 상이 맺혀야 하고, 다음으로 대뇌에 뒷부분에 있는 시각 중추(후두엽)가 눈에 들어온 정보를 종합 분석하고 판단하여 비로소 우리가 행동을 한다.

■ 초점

무엇을 보고 있느냐고 질문했더니 징이 씨는 얼굴이 약간 발그레해져서 자신은 종종 허공을 바라보며 이야기를 하는 버릇이 있다며 생각할 때 주로 그렇다고 했다.

생각할 때 눈동자를 오른쪽으로 움직이는 사람은 뇌의 좌반구를 사용하는 사람이므로 분석적이고 논리적으로 생각하는 사람이라고 할 수 있고, 반대로 왼쪽으로 주로 움직이는 사람은 문제를 우반구로 생각하는 사람으로 정서적으로 일을 처리하는 경향이 있다고 한다.

오른손을 주로 사용하는 사람들을 대상으로 연구한 결과이다. 심리요법 치료를 받은 사람들에게 임상실험을 한 결과 통계적으로 눈동자가 왼쪽 위로 향할 때는 과거에 경험한 체험, 이전에 본 풍경을 떠올리고 있는 경우가 많았고, 오른쪽 위를 바라볼 때는 지금까지 본 적이 없는 광경을 상상하므로 '미래에 어떤 집에서 살고 싶은가?' 라는 질문 등을 받게 되면 오른쪽 위로 향했다. 눈이 왼쪽 아래로 향하면 음악, 목소리 등 청각에 관한 이미지를 떠올릴 때였다. 마지막으로 오른쪽 아래를 향하면 육체적인 고통 등 신체적인 이미지를 생각하는 경우가 많았다.

징이 씨는 질문에 답할 때 주로 눈이 주로 왼쪽 위로 향했다.

■ 감은 눈 Ⅰ

징이 씨는 갑자기 '아로새기'를 아느냐고 물었다. 나는 잘 모르겠다고 대답하자 오히려 몰라서 약간 다행(?)이라는 듯이 "우리는 밤에 있지도 않은 별을 자주 봐요."라고 수수께끼 같은 말을 했다.

징이 씨의 어린시절, 밤에 그녀의 아버지와 하늘을 바라보며 징이 씨가 지금 하늘에서 반짝거리면서 움직이는 것이 뭐냐고 묻자 그것은 '아로새기'라고 할머니로부터 들은 말이라고 했다.

사전에 없는 단어라서 더 애착이 간다며 지금도 밤에 눈을 감으면 밤하늘의 빛의 축제를 보는 것 같다며 그녀는 눈을 반짝였다.

■ 감은 눈 Ⅱ

그녀는 밤잠이 별로 없었다. 징이 씨는 "착한 어린이는 9시가 되면 잠자리에 들어서 곤히 잔다지만 저는 그런 착한 어린이는 아니었나 봐요."라며 개구쟁이 같은 표정을 지었다.

그녀는 밤이 되면 눈이 말똥말똥해지며 잠이 안 왔다고 한다. 잘 준비를 한다고 이불과 베개를 꺼내면 오히려 정신이 맑아지는 것 같았다며 머리까지 이불을 덮어 썼는데 깜깜해서 눈을 뜨나 감으나 똑같아 이렇게 세상이 깜깜하다면 신기하겠다며 계속 이불속에서 눈을 뜨고 감기를 반복하다가 그제서야 몸이 나른해지고 스르르 눈이 감겨 잠이 들곤 했다고 말했다.

정은송 기자

구강세척제,
오히려 좋은 박테리아 없애…
양치질이 더 좋아

입은 음식을 받아들이고 소리를 내는 기관이다. 입 안에는 늘 침이 마르지 않고 항상 적당하게 돌고 있다. 따뜻하고 축축하니 박테리아(=세균)가 좋아해서 많이 산다. 좋은 박테리아도 있지만 나쁜 박테리아도 있으니 양치질을 꼬박꼬박 매일 해야 한다. 그런데 구강 세척제로 헹구면 좋은 박테리아들이 마저 다같이 죽어버리니 가끔씩은 괜찮겠지만 양치질 대신으로 매일 한다면 입 속 건강에 좋지 않은 영향을 끼친다. 그러니 기본에 충실해 양치질만 해도 된다.

■ 입술

그녀는 배우고 싶은 것이 참 많았다며 독순술도 배우고 싶다고 한다. 그런데 독순술이 그다지 알려지지 않아 그녀는 실제로 친구와 이런 대화를 나눈 적이 있다고 한다.

독순술 배우고 싶어. 독순술 — 그게 뭐야? 혹시 그거 다른 사람의 마음을 읽어 내는 거 아니야? 아니 그건 독심술이고. 아니면 입 안 벌리고 말하는 건가? 그건 복화술이라고 하는 거야. 그리고 독순술은, 입술을 보고 무슨 말을 하는지 읽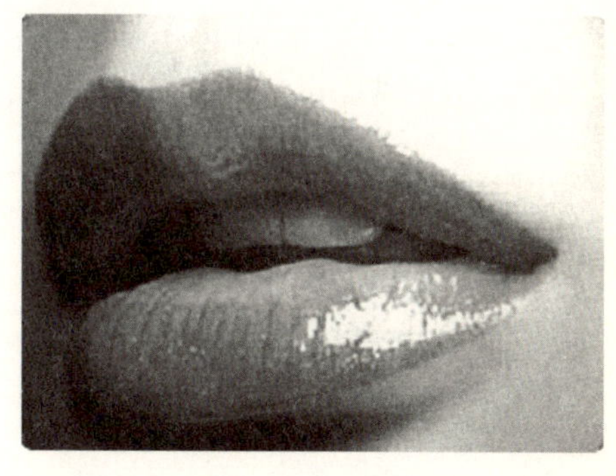

어낼 수 있는 기술이야. 라고 설명해 주고 독순술이 많이 퍼지지 않아 안타깝다며 이런 설명을 덧붙였다.

일반인도 청각에 문제가 생기면 독순술 능력이 생긴다고 한다. 그런데 충분히 노력만 한다면 배울 수도 있다. 독순술을 배우면 다른 사람의 말을 더 잘 알아들을 수 있고 집중도 더 잘된다. 약간 떨어져 있거나, 유리벽처럼 전혀 들리지 않는 상황에서도 의사소통이 가능하다고 했다.

또 징이 씨는 독순술을 영화에서 처음 접했다며, 잘 풀리지 않는 사건을 독순술을 할 줄 아는 반장이 범인의 말을 읽어서 문제를 해결하는 모습을 보고 '독순술이 매우 가치가 있고 멋있다'고 느꼈고 지금은 사람들의 입술로부터 말을 읽어내려 하고 있다고 하는 순간, 나의 입 모양을 유심히 보고 있다는 것을 느꼈다.

■ 이

징이 씨는 자기가 가장 많이 투자하는 곳이 다름 아닌 '이'라고 했다. 이는 오복(五福) 중 하나라며 하얀 이를 드러내며 방긋 웃었다. 그녀는 이 전문가인 듯 설명하기 시작했다.

우리는 20개의 젖니(유치)로 지내다가 대문니(앞니)부터 갈아서 전부 다 빠지고 나서 총 32개의 간이(영구치)로 평생을 산다. 이의 겉은 미끈한 에나멜로 싸여 있는데, 우리는 그 위에 치과에 가서 폴리우레탄 등으로 '이 코팅'을 하기도 한다고 하며

"우리나라에서는 과거에 이를 뽑은 후 지붕에 던지는 관습이 있었는데, 지금은 그렇지 않은 것 같네요."라고 하며 "저희 집에서는 이를 뽑으면 종이에 싸서 이름과 뽑은 날짜, 위치 등을 적어 보관해 두었다"며 이를 뽑는 것도 자신의 역사이니 보관해 두면 일기처럼 좋을 듯하다고 조언해 주었다.

■ 혀

징이 씨는 혀는 지방이 없고 근육으로만 이루어져 있어서 마치 심장과 같이 살아 있는 동안 끊임없이 움직이며, 실제로 혀에 뭐가 난다거나 상태가 안 좋으면 심장에 문제가 있다는 것을 의미하기도 한다며 혀의 관리를 역설했다.

갑자기 그녀는 혀 에피소드가 있다며 혹시 '가위에 눌렸을 때 벗어나는 방법'을 아느냐고 물었다. 내가 너무 잘 자는 편이라 잘 모르겠다고 하자 자신은 수험생이라 압박감으로 종종 가위에 눌리곤 했다고 말했다. 또 낮잠을 자면 곧 가위

에 눌릴 것이라는 사실을 알기 때문에 잘 수 없었다며 주말에 낮잠을 자면 5분도 안 되어 팔과 다리가 움직여지지 않는 것은 물론 손가락 하나 까딱할 수 없었으며 목소리도 안 나오고, 심지어 숨까지 쉬기 힘들어 이러다가 죽을지도 모르겠다는 생각마저 들었다고 했다.

그런데 해결책이 꽤 간단하다. 손끝 하나 움직이지 못하겠는데도 혀는 조금 움직일 수가 있다. 어서 깨물어서 여기에서 벗어나야 한다! 이건 할 수 있다. 징이 씨 역시 그 방법을 사용해 자주 풀려난 사람이다. 다행히 요즘은 낮잠을 잘 안 자고 있고, 이제는 괜찮다고 말했다.

징이 씨가 중학교 때 국어시간에 고전소설을 배우다가 담임선생님으로부터 '혀' 이야기를 들었으며, 너무 강렬(?)해서 지금까지도 생생히 기억하고 있다고 했다. 흔히 혀 깨물어 자살을 하면 과다출혈로 죽는다고 생각을 하는데, 그렇지 않다. 혀는 끊기는 순간(근육이라서) 똘똘 말려서 목구멍을 막는다. 그러면 기도가 막히기 때문에 숨을 못 쉬어서 죽게 된다. 너무 끔찍하지 않느냐며 인상을 찌푸렸다. 내가 혀를 약간 내밀어 보자 괜히 실험하려 하지 말고 지금 입 안에 있는 혀에 감사하라라며 천진난만하게 웃었다.

■ 말

"만화를 보면 성우진이 있기 마련이죠."라고 말을 시작했다. 그런데 징이 씨는 '성우'의 존재를 알기 이전에는 애니메이션에서 주인공의 목소리가 성우라는 것을 생각하지 못했을 뿐더러 애니를 만들면 저절로 소리가 나오는 것이 아니냐는 (?) 어처구니없는 생각도 했었다.

그러나 성우의 존재를 알고 난 후에는 성우 분들의 이름도 외우고 '이 광고에서는 홍시호님이 나오셨네, 김승준님이시네!' 하면서 즐거워했다.

그녀는 자신이 여자로서는 목소리가 좀 낮고 굵은 편이라면서 어릴 때 '잘 하면 남자아이 목소리 정도는 연기할 수도 있을지 모른다'는 꿈을 꾸며 집에서 대사 연습을 한 적도 있었다. 어느 날, 친구가 뜬금없이 성우 해보라는 한 마디에 아무렇지도 않은 듯이 있다가 집에 와서는 기분이 좋아 자랑도 했었다고 고백하듯이 말했다.

■ 노래

징이 씨는 '시험 끝나는 날에 노래방에 가자'는 친구의 제안에 항상 거절해 왔다고 한다. 그래서 혹시 노래를 싫어하는지 묻자 눈을 크게 뜨며 전혀 아니라고 손까지 흔들며 "저는 노래로 마음을 다스릴 수 있다는 지론을 가진 사람이에요."라며 아침에 들은 노래에 하루의 기분이 달라질 정도로 노래의 중요성을 목청 높여 이야기했다.

그런데 왜 굳이 노래방에 가지 않느냐고 묻자 징이 씨는 노래방에 가려면 일주일 전부터 준비해야 마음이 편하다고 말하며, 그래서 시험 끝나고 바로는 어렵지 않겠느냐고 했다.

징이 씨는 노래를 꽤 좋아해서 알고 보니 청소년 문화센터에서 보컬 수업을 들은 적도 있었다. 지하철을 탄 후 버스로 갈아타고 걷는 시간까지 다 하면 거의 2시간이 걸리는 데도 항상 배워오는 게 있어서 보람 있어 좋았다고 말했었다.

그런데 지금은 TV를 잘 안 봐서 '최신 곡을 잘 몰라'라고 고백해야 한다며 약간 시무룩해졌다. 그런데 곧 얼굴이 밝아지며 '그래도 제일 좋은 것은 아무래도 랩이다. 한 곡을 수 백 번도 더 연습했기 때문에 지금이라도 할 수 있다'고 자신감을 표현했다.

정은송 기자

자신의 胎兒모습을 닮았다?
자주 만져주면 건강해져…

귀는 소리를 듣는 청각 기관으로, 몸이 기울어지고 도는 것을 알 수 있는 전정 기관으로 중력에 대한 방향을 감지해 준다.

귀만큼 신기한 기관도 없다. 자신의 귀 모양을 거꾸로 보면 자신이 태아였을 때의 모습과 비슷하다는 이야기가 있다. 사람의 몸의 세포 하나하나가 자신과 닮았다는 말을 들은 적이 있다면 고개를 끄덕이고 있을 것이다.

한의학에서는 수지침과 마찬가지로 귀침도 놓고 있다. 지금 귀 구멍을 만져보자. 깊이 들어가기 전에 귓불 위에 약간 튀어나온 부분이 있을 것이다. 이 곳은 머리에 영향을 준다. 더 안으로 들어가서는 기관지이고 등등 많이 세분화되어 있다. 그러니 귀를 자주 만져주자. 그러면 혈액순환도 잘 되고 몸에도 좋다.

우리가 그러면 안 되는데도 불구하고 면봉으로 쑤셔대는 외이도, 고막 근처의 중이도, 다음으로 흡사 외계 생물체나 해저 동물들에서나 볼 법한 내이도이다. 우리는 살아 있을 동안은 내이도를 구경하지 못한다. 그래서 항상 외이도의 귓바퀴에 관심을 가진다. 어떤 이들은 귓바퀴에 여러 개의 구멍을 뚫어 미적으로 좋게 하려고 한다. 그런데 그것도 정도가 있으니 적당히 총 개수가 한 손으로 셀 수 있을 정도로 자제하도록 하자.

■ 경청

현명한 사람이 되기 위한 조건으로 「탈무드」에서는 상대방의 말을 끊지 않고 끝까지 경청하는 것을 지켜야 한다고 말한다. 또 입을 열어 말을 하면 정보를 흘리는 것이고 귀를 열어 들으면 자신이 얻는 것이라 한다.

이렇게 경청이 중요하다는 것을 알고는 있지만 실천하기가
어렵다. 자신의 할 이야기가 넘치는데, 상대방은 아직도 이야
기를 끝내지 않았다면 타인의 말을 잘 들을 수 없다며 지금까
지 잘 들어줘서 정말로 감사하다고 징이 씨는 말했다. 자신의
마음속에 그런 생각이 꽉 차 있으면 다른 사람의 말을 받아
들일 공간이 부족하다. 그러니 자신의 머릿속에 할 말을 잠시
잊어두고 말부터 듣는 것이 다른 사람을 대하는 기본이라고
했다.

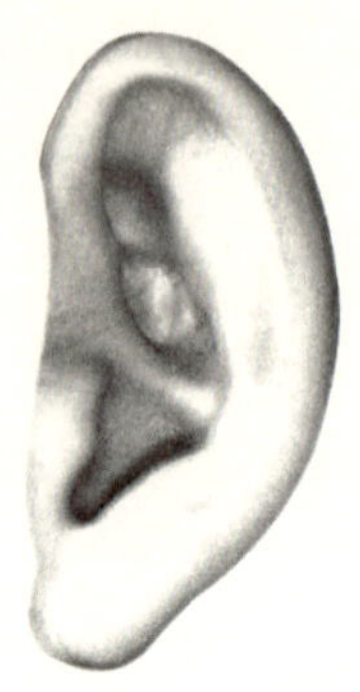

정은송 기자

＊＊＊

우물 안 개구리 구하는 방법

우물 안에 개구리가 한 마리 있다. 이 개구리를 구하려면 어떻게 하는 것이 가
장 좋을까.

먼저 '구한다'는 개념을 먼저 정리해야 하는데 구한다는 것은 일반적으로 나쁜
상태의 것을 좋은 상태로 만든다는 뜻으로 '물에 빠진 사람을 구한다'라던가 '신
용불량자를 구하다'는 등으로 쓰인다. 그러므로 일단 개구리가 우물 안 보다 더
넓고, 먹이나 친구들이 더 많은 '우물 밖'이 더 좋다고 볼 수 있다. 그러므로 그 개
구리를 구하려면 우물에서 꺼내야 한다는 말이 되겠다.

다음으로 개구리가 우물 안에 자의로 들어갔는지 실수로 들어갔는지 알아야
한다. 만약 개구리가 자기 스스로 들어간 것이라면 구하지 않아야 하는 상황 일
수 있기에, 이 점을 명확히 밝혀야 한다. 여기서 이 개구리는 '보통' 개구리로서,
쉽게 깊은 우물 안에서 빠져 나올 수 없다는 것이 사실이다. 따라서 이 개구리는

일부러 들어갔든지, 실수로 빠졌든지간에 우물 안에 들어간 이상 자기 힘으로 빠져 나갈 수 없다는 것이 밝혀졌다. 그래서 이제 개구리를 꺼내려면 우리의 도움이 필요하다.

자, 여기서 개구리를 구하려면 밧줄과 다음 세 가지 중에서 하나를 고를 수 있다면 무엇을 넣어주는 것이 가장 바람직할까? (단, 우물은 전기가 공급되고, 이 개구리는 글을 읽고 쓸 수 있으며 TV와 컴퓨터를 사용할 줄 안다.)

① TV
② 신문
③ 인터넷(컴퓨터)

문제를 논리적으로도 좋고 넌센스 문제를 풀듯이 풀어도 좋다. 어떻게든 이유가 설득력이 있으면 된다. 자, 생각해 봤는가.

정답은 ② 신문이다.

왜냐하면 먼저 TV는 정보 전달이 일방적이다. 개구리는 많은 정보가 흘러 들어올지라도 그냥 받아들이기만 한다. 수동적인 개구리가 되는 것이다. 우물 안에 있다는 사실을 그냥 받아들이게 된다. 게다가 소파까지 함께 넣어주었다면 더 완벽했을 것이다. TV 앞 개구리는 운동량이 적어져 거의 황소개구리 수준으로 옆으로 퍼졌을 수도 있다. 탈출과는 거리가 멀어진 몸이 되었다. 이제는 연속극이 끝나기 전에는 화장실도 가기 힘들다는 표정이다.

다음으로 컴퓨터는 개구리의 취미 생활이나 다름없다. 개구리는 컴퓨터를 켜자마자 거의 자동적으로 인터넷을 켜고, 메일을 확인하고, 블로그에 들어가 방문자수를 확인하며 미니 홈피의 방명록에 댓글을 달아준다. 인터넷 뉴스를 보더라도 개구리가 좋아하는 내용만 편식을 한다. 그다지 구하는 데는 도움이 되지 않는 듯 하다.

그런데 신문은 개구리에게 비판적 사고를 길러준다. 개구리는 신문을 읽고 세상을 조금 알게 된다. 또 자신이 얼마나 좁은 하늘만을 보고 살았는가 하는 현실을 직시한다. 개구리의 안목이 넓어진 것이다. 드디어 개구리는 밧줄을 타고 올라온다. 개구리의 탈출이 성공하는 순간이다.

잠깐, 넌센스로 풀어도 무방하다. 신문은 매일 1부씩(공휴일 제외)온다. 신문은 계속 쌓여 비록 개구리가 밧줄을 발견하지 못했을 지라도 우물천장까지 쌓인다. 개구리가 신문을 타고 올라오는 모습이 보일 것이다. 한 가지 더 말하자면 가장 빠른 방법으로 날마다 오는 신문 배달부에게 도움을 구하는 방법도 있다.

신문을 선택했다면 우물 안 개구리라도 구할 수 있다. 자, 이제 개구리는 넓은 세상을 탁 트인 시선으로 바라 볼 수가 있다! 우물 안 개구리 구하기는 성공했다.

Dream Comes True.
김경애

Dream Comes True

"지희야, 일어나라. 학교 처음 가는 날인데 늦었어."

"으응……. 지금 몇 신데~"

"7시다. 7시. 밥 먹고 출근해야지."

"어? 7시?? 늦었다! 엄마는 빨리 좀 깨워주지!!"

"내가 몇 번이나 깨웠는데. 조금만 더 잔다면서 안 일어난 게 누구시더라?"

엄마의 잔소리를 들으며 머리를 하고, 밥 먹는 것과 옷 입는 것을 동시에 해내는 기이한 묘기를 부리며 집을 나섰다. 오늘 늦었다간 내 인생이 그리 순탄치는 않을 것 같다.

"다녀오겠습니다."

"그래, 덜렁대지 좀 말고, 우리 딸 아자!"

부우우우. 휴 ~ 이젠 고물차마저 나를 도와주지 않는다. 세상에서 가장 예쁜 내 차야. 오늘은 제발 주인놈 좀 도와주라. 하느님 아버지, 천지신명님, 부처님, 알라신 부탁드립니다. 부르릉~ 소리를 내며 시동이 걸렸다. olleh! 신은 역시 날 버리시지 않으셨어! 춤을 추려다 으음…… 난 오늘부터 선생님이지. 아 이젠 살았구나. 럴수럴수 이럴 수, 이게 무슨 마른하늘에 날벼락인가. 교통체증으로 오도 가도 못하게 되었다. 도로 위에서 시간 버리기를 하다 지각을 하고 말았다. 교무실로 젖 먹던 힘까지 뛰어갔지만 회의를 하고 있었다. 스르륵~ 문을 열고 들어갔는데 분위기가 심상찮다. 어떤 선생님도 내가 늦게 왔다는 사실에 별 관심이 없는 듯하다. '신종플루' 그 녀석이 날 살렸다.

아침을 급하게 먹은 탓일까? 속이 좋지 않다. 화장실을 갔다가 거울을 보며 나에게 말했다. 난 할 수 있다! 내가 담임을 맡게 된 반은 2학년 2반. '2'는 내가 가장 좋아하는 숫자. '2'가 두 개씩이나! 음 ~ 느낌이 좋은데. 1교시 수업은 내 교실이다. 처음 담임을 맡는다는 것이 이런 느낌이구나. 뭔가 오래 기억에 남을 것 같단 말이야.

딩동댕동~ 🎵 딩동댕동~ 귀 옆에 심장이 있는 것 같다. 쿵쿵쿵쿵. 물을 마시며 알레그로로 날뛰는 심장을 진정 시켰다. 다행히 안단테로 되돌아 왔다. 크게 심호흡을 했다. 드르륵 ~ 아이들에게 환한 미소를 날려주고, 당당하게 교단 앞에 섰다.

"애들아 안녕~?"

"안녕하세요."

"내가 누군지 알고 있지?"

"네!"

"너희들의 보석과 같은 1년을 함께할 담임선생님이야. 이름은 '김지희'라고 해. 잘 부탁한다."

"네~"

"그럼 출석부터 확인해 보자. 어! 거기 빠진 자리가 있네. 누군지 아는 사람?"

술렁술렁~ 새 학기라 모두들 들뜬 모습이었다. 35명이니까 빈자리가 없어야 하는데 이상하네.

"그럼 이제 모두들 교과서 8쪽 펴보세요. 수업 시작할게요."

그렇게 나의 첫 출근은 시작은 삐쩍 골았으나 끝은 비대하였다. 그분이 떠오른다. ㅊㅅㄷㄹ. 아니다. 2% 부족한 무엇. 한 자리가 비었다는 것.

*

첫 출근을 제외한 다음 날부터 나는 늦잠을 자는 일, 차 막히는 일은 없었을 뿐더러 밥을 같이 먹는 동료 선생님들도 생겼다. 그 뒤로 나의 학교생활은 퍼펙트였다. 적어도 경찰서에서 전화가 오기 전까지는 말이다.

"학교 근처에 그렇게 맛있는 음식점이 있는 건 몰랐네요."

"물첨벙이 최고죠. 전 단골집이에요."

"네. 저도 그래야겠어요."

"2학년 2반 담임 선생님!"

사실 날 부르는지 몰랐다.

"김쌤~ 전화 왔어요!"

"네? 저요?"

"네. 경찰서라는데요?"

경찰서라는 단어가 날 멈칫하게 했다.

"여보세요. 전화 바꿨습니다. 무슨 일이시죠?"

"아, 네. 여기 칠성경찰선데요. 강우진이라는 학생이 오토바이를 타다가 경찰서에 와 있거든요. 경찰서로 와주시기 바랍니다."

강우진이라는 아이가 내 반이었던가. 혹시 해서 출석부를 뒤지는데 20202 강우진이라고 적혀 있다. 그 2%가 이 아이?

부리나케 경찰서로 달려 가보니 아이들이 더러 있다. 그중에서도 눈에 띄는 한 아이. 한쪽 눈은 긴 머리로 가리고, 왼쪽 귀 옆 머리통엔 스크래치가 되어 있다.

"안녕하세요. 저 전화 받고 왔는데요."

"아. 담임선생님이십니까? 여기 강우진이라는 학생이 주소가 없다고 거짓말을 해서 어쩔 수 없이 학교로 연락을 했습니다. 죄송합니다. 바쁘실 텐데."

그 아이는 내 얼굴을 보려고 하지도 않고, 손가락만 만지고 있었다. 몇 가지를 들어보니 우진이는 직접 오토바이를 타지 않아서 다치지는 않았단다. 같이 오토바이를 타던 아이들은 모두 부모님들과 집으로 갔고, 우진이만 남아 있었던 것이었다.

“네. 잘 알겠습니다. 제가 알아서 잘 하겠습니다.”

“강우진. 넌 담임선생님 잘 만난 줄 알아.” 인사를 꾸벅하고 나오는 우진이.

“우진아. 너 내가 누군지 알겠어? 내가 담임 선생님이야. 우리 처음 보는 거네. 그치?”

“네. 그러네요. 안녕히 가세요.”

“잠깐만! 선생님이 집까지 태워줄게.”

“아뇨. 걸어가는 게 더 편해요.”하고 인사를 하고 뛰어가 버렸다.

우진이의 모습을 보니 어릴 적 내 모습 같다. 그래서 가슴이 아파온다.

내 어릴 적. 중학교까지만 해도 내 성적은 남 보여주기 부끄럽지 않을 정도로 뛰어났지만 고등학교에 올라오면서부터 적응을 하지 못했다. 그 영향이 내가 원하지 않은 학교로 배정을 받은 탓도 있겠다. 매일 버스를 타야 했고, 친한 친구와도 다른 학교로 나뉘게 되었다. 그 당시 난 늘 불만을 가지고 있었던 것 같다. 공부와는 담을 쌓아두고 나쁜 짓만 골라했다. 나쁜 친구를 사귀는 탓에 담배도 펴봤고, 오토바이를 타다가 심하게 다친 적도 있었다. 가족들과는 점점 멀어져 가출을 했었고, 왕따도 당했다. 그러다가 내가 가출한 사이 아빠가 자살을 했다. 그 당시 생활형편이 그리 좋지 않았기 때문에 사람들은 아빠의 죽음을 빚 때문이라고 생각했다. 하지만 난 나 때문이라고 생각했다. 가족들에게 미안했다. 그 후로 난 죽을 만큼 공부를 열심히 했다. 나 때문에 죽은 아빠와 살아 있는 가족들을 위해……

집으로 돌아가 오랜만에 공책을 꺼냈다. 내가 고등학교 때 썼던 글들……

나는 매일을 책상 위에서 둔탁하게 진동을 하고 있는 그 물체를 끄는 것으로 시작한다.

똑같은 멜로디가 반복되는 것이 싫어 진동으로 해놓은 물체.

수학문제를 풀다가 잔 흔적이 아직도 내 책상에는 놓여 있다.

아니. 내 머리카락에 묶여져 있는 머리끈도 그 증거가 된다. 풀지 못하고 책상위에 놓여 있는 수학문제마냥 머리끈도 편안히 풀지 못하고, 헝클어진 머리카락 사이로 복잡하게 묶여져 있다.

아마도 어제도 풀리지 않는 문제를 풀다가 짜증나 쓰러져 잤을 것이다.

창문으로 들어오는 차갑고 낯선 바람에 가을이 다가옴을 알아차렸다.

난

대한민국의 여고생.

여고생이라고 하니까 고생이라는 글씨가 눈에 먼저 들어온다. 평범한 여고생

이다.

아니지. 아닐 수도 있겠다.

난 다른 사람들이 생각하는 거랑 다르게 생각하는 걸 즐기는 편이니까.

코믹하게.

학교에서 난 그냥 그렇다.

고2.

1학년 때와는 다르게 학교생활이 즐겁지 않은 것 같다.

매일 똑같이 반복되는 학교생활이 날 지치게 만든다.

무엇 때문에 공부를 하고 있고,

내 꿈은 무엇인지,

또 진정으로 내가 태어나고 살아가는 이유가 뭔지에 대해서 정말 많은 생각

을 해 봤지만 그 답을 찾고 있지 못하고 있다.

머릿속에는 끝이 보이지 않는 길을 헤매고 있는 내가 떠올라 공부에 집중할

수도 없다.

웃고 떠들고 있는 친구들을 봐도 난 전혀 즐겁지가 않다.

어중간하게 살아온 나.
나를 제외한 다른 사람들이 좋았다면 나도 좋았다.
머리 스타일, 공부, 말, 모든 행동, 생각하는 것도.
좋다.
그래서 후회가 된다.
왜.
나는.
자유롭지 못하였는가?
무엇이 그리 구속했으며
무기력하게 만든 것인가.

5교시 종이 울리니 이제야 애들이 수다를 떨며 반으로 들어온다.
몇 몇은 아예 수업이 시작하기 전에 퍼질러 잠을 자고 있다.
선생님이 오셨다는 것을 아는지 모르는지 시끄럽다.
수업을 하고 계시는 선생님의 모습이 오늘따라 달라 보였다.
초록색의 무대에서,
슬픈 독백을 하고 있는 것처럼.
객석이 떠드는 잡소리에 아랑곳하지 않은 채,
수업시간,
또깍.또깍.또깍 돌아다니는 시계 침들.

힘겨워 보인다.
어지럽겠다.

 난 요즘 너무 공부가 싫다.

사실 공부 안하는 내가 더 싫다.

친구들은 공부한다고 그 독한 커피도 마시는데.

꿈을 정해서 그런지 참 무섭게 공부한다.

나는 아직 내 꿈을 정하지 못했다. 사실 꿈을 가지고는 있다.

하지만 지금의 나로서는 실현 가능성 0%.

상상의 꿈.

이런 나를 알아차릴까 봐 두렵기 때문일까?

내 삶의 한 부분이라고도 하겠지만 진로를 직접 결정한다는 것이 무섭다.

후회는 하지 않을까?

부담스럽다.

두렵다.

괜찮은 척, 미친 척, 웃는 척.

그 많은 척척척들 속에서

우는 것만이 척이 아닐 것이다.

버스 창문으로 들어오는 바람이 눈물을 닦아준다.

더 참으라고, 울지 말라고 한다.

이제 눈물은 보이지 않는다.

하늘 위에

반짝,

무엇이 빛났다.

내 눈물이 만들어낸 예쁜 별이다.

난 또 오늘도 별 의미 없는 하루를 보냈다.

뚜렷한 목표도 꿈도 없이 남이 시키는 대로 학교에 다니고,

집에 오고 그저 그런 생활을 보내고 있는 것이다.

야자를 마치고 걸어가고 있다.

길바닥에 껌쩡쌕 껌들이 왜 이리 많은지.

껌을 뱉기 바로 전까지만 해도 입속에 있던 것들이었는데.

땅들을 숨 쉴 수 없도록 막는 것 같다.

올려본 밤하늘이 쓸쓸하다.

별 하나가 날 지켜보고 있다. '잘 하고 있냐?' 비꼬는 모습이다.

나 日.

"야.

별. 너 참 별나다.

넌 참 자~알 하고 있냐?

달처럼 해처럼 둥글지 못하고,

모난 니 모습.

참 보기 좋아.

그 모습 안 보여 줄려고 사람들한테서 멀어져 있지?

그래 놓고는 네가 에스티에이알?

죄 지은 사람처럼.

뾰족뾰족."

택시가 지나가는데 기분 나쁘게 지나간다.

빠~앙 하는 소리를 내며 왜 안 타냐는 식이다.

내가 꼭 타야 할 의무가 있나?

택시 불이 빨간색이 아니어서 그렇지 저렇게 지나가면 꼭 도깨비불 같다.

도깨비불과 같은 놈이 하나 더 있다.

오토바이.

그 녀석의 소리는 딱 방구소리다.

방구가 아니라 빵구다. 빵구.

빠라바라바라밤은 그래도 낫다.

아.

저 팬티 찢어지는 소리.

내 고막 찢어지면 니 바퀴 터지는 줄 알아라.

오토바이.

반항아들의 소리?

빠른 속도들의 쾌감,

바람이라는 세상과 싸우는 고독감,

오. 토. 바이.

오. 土. Bye.

토는 세상을 향한 그 토.

토를 하면 속이 좀 시원해지려나?

*

공책을 읽으며 내가 얼마나 방황과 고민을 많이 했는지에 대해 생각했다. 그 당시에 내게 힘을 주셨던 고2 때 담임선생님이 생각난다. 그 선생님을 닮고 싶다는 생각이 지금의 나를 있게 했다. 선생님의 이름은 기억이 나지 않지만 나에게 하셨던 말씀들과 그 따듯한 미소를 아직도 잊을 수가 없다. 공부만을 가르치는 선생님이 아니라 아이들에게 인생의 선생님이 되고 싶다. 나와 같은 아픔을 갖고 있는 아이들에게 희망을 주고 싶다. 우진이는 적어도 나와 같은 아픈 일들을 겪지 않았으면 한다. 단지 그 마음뿐이다. 학생에게 선생님이란 그런 것이 아닐까? 힘들 때 외로울 때 옆에 서서 바른 길로 이끌어 주는 것, 그 방법을 알려주는 것.

　다음 날. 나는 반 아이들이 어떤 환경에 있는 아이인지를 알아야 할 필요성을 느꼈다. 강우진. 우진이의 아버지는 안 계시고 어머니께서 유방암에 걸리셨다. 우진이의 아버지는 몇 년 전 교통사고로 돌아가셨다는 것을 알게 되었다. 형제는 남동생과 여동생. 주소가 정말 없다. 경찰서에서 했던 말들이 거짓말이 아니었다. 우진이의 1학년 때 담임 선생님을 만났다. 그 선생님은 평소 점심을 같이 먹고 지내던 동료 선생님이었다. 학교 주변 한산한 카페. 늘 학교를 지나가며 한 번 쯤 와보고 싶었는데 오늘도 향긋한 빵 냄새와 커피향이 기분 좋게 한다.
　"선생님. 죄송해요. 점심시간도 빼앗고."
　"아. 뭔데 그래? 김쌤이 점심도 사줬잖아."
　"저 여쭤 볼게 있어서⋯⋯."
　"응. 뭔데?"
　"강우진이라는 아이. 1학년 땐 어땠나요? 담임 선생님이셨죠?"
　"강우진? 응. 담임이었지. 지금 김쌤 반이지?"

“네.”

“아이고. 말도 마. 1학년 땐 지금보다 더 심했어. 싸움질도 하고 다녔어.”

“싸움요?”

“그래. 그 녀석 무슨 이유도 없이 애들 때리고 그랬었지.”

“뭐 공부시간에도 늘 엎드려 있고, 휴대폰 만지고 그러다 혼나고. 그러는 게 개가 하고 다니는 거 전부였지…… 머리도 앞머린 빨간 색으로 염색하고, 스크래치 하고 지금이랑 똑같았어. 끼리끼리 논다고 그런 애들끼리 다니고 그랬지. 그런데 언제부턴가 애가 좀 이상해지기 시작했어.”

“어떤 식으로요?”

“그러니까 뭐 그 전에 다니는 애들하고도 잘 다니지도 않고, 표정이 어두워졌다고 해야 하나?”

“우진이 어머님께서 아프신 후로 그랬나요?”

“아. 그랬었나? 이제 생각해 보니 그럴 수도 있겠어. 그 땐 미처 생각 못했는데. 하여튼 난 개 포기했었어. 도무지 내게 마음을 열어주지 않더군.”

그건 선생님 당신의 문제이다. 학생을 포기한다니.

“담임을 처음 맡아보니 어떻게 해야 할까 고민이 많았어요. 많은 도움이 될 거 같네요.”

*

딩동댕동~ ♫ 딩동댕동~

반을 들어서자 아이들이 잠시 웅성거리다 제자리로 앉는다. 3분단 매일 끝자리 엎드려 있다는 아이. 아직 자는 걸까?

“자자자. 여러분. 조용히 하세요. 그리고 이제부터는 종소리가 나오는 순간부터 수업의 시작이라고 생각하세요.”

“네~”

“거기. 누구야? 수업 시작했어. 잠 오면 세수하고 와.”

“네_”

수업을 잔소리로 시작하는 건 나도 싫은데 선생님이 되면 어쩔 수 없는 것 같다.

"오늘은 16쪽. 안도현 시인의 시군요. 다 함께 읽어볼까요?"

"너에게 묻는다. 안도현. 연탄재, 함부로 발로 차지 마라. 너는. 누구에게 한 번이라도 뜨거운 사람이었느냐?"

"이 시의 소재는 연탄재로서 지금은 거의 사용하고 있지 않죠. 혹시 집에 연탄재 쓰는 사람?"

이런 질문을 내가 왜 했을까? 초기엔 이렇게 정신이 없었다. 내 질문에 손을 든 사람은 우진이. 가려진 머리 때문에 오른쪽 눈은 잘 보이지도 않는다.

딩동.댕동.

"오늘은 수업 여기까지 할게요."

"감사합니다."

"다른 사람들은 쉬고, 우진아."

"네?"

"선생님이 물어 볼게 있어서. 교무실로 올래?"

－교무실－

"우진아."

"네?"

"머리 있잖아. 안 불편해?"

"네. 전 괜찮은데요."

"학교 방침을 어기는 줄은 알고 있지? 또 한쪽 눈을 가리면 공부에 집중이 될까?"

"그래도 제 개성인데요."

"개성? 너희들 나이에는 멋을 내지 않아도 '젊음'이라는 그 자체로 아름다워."

"……."

"외면보다 내면을 좀 더 신경 쓰는 게 어떨까?"

"네. 잘 알겠어요. 생각 좀 더 해 보고요."

*

학교에서 매일 우진이의 모습을 보는 것은 불가능했다. 하루 건너 하루로 학교를 오지 않았다. 어쩔 수 없이 내가 우진이를 찾아갈 수밖에 없었다. 우진이 어머니가 계시는 병원으로. 6인실이라 다다닥 붙어 있는 침대 사이로 그 아이의 모습이 보였다. 쉽사리 안으로 들어가지 못하고 멀리서 우진이의 모습을 지켜보았다. 어머니를 간호하는 그 아이의 손길은 능숙했다. 사람들을 까칠하게 대하던 우진이의 모습과는 많이 달랐다. 병실로 들어가지는 못하고 우진이가 나오길 기다렸다.

몇 십분 뒤 "선생님!" 이라는 소리를 듣고 잠을 깼다.

"아. 내가 깜빡 잠이 들었네."

"선생님이 여긴 무슨 일이세요?" 놀라는 눈치였다.

"너 만나려고 왔지. 미안. 갑자기 찾아와서."

"아니에요."

"이거. 어머니 드려. 잠깐 선생님이랑 얘기나 할까?"

머뭇거리는 우진이.

"사내자식이 부끄러움이 그렇게 많아서 되냐? 얼른 가자. 선생님이 음료수 쏜다!"

우진이를 데리고 간 곳은 병원의 조금 높은 곳에 있는 '하늘 위의 행복' 이라는 곳이었다.

밑을 내려다보니 밤 야경이 끝내주게 아름다웠다.

"우와~ 우진아. 야경 정말 예쁘다."

"이런 곳이 있는지도 몰랐는데. 예쁘네요. 정말."

아이같이 말하는 우진이.

"우진아. 이곳에 올라오니까 밑에 있는 사람들, 차들 모두 작아 보인다. 그치?"

"개미같이 보여요."

"개미? 하긴 여기서 보니까 누가 잘생겼는지 뚱뚱한지 키가 큰지 아무것도 모르겠다. 신도 우릴 그렇게 생각하겠지."

그렇게 밤 야경에 빠진 우진이와 나는 하늘에 별들이 우리를 보고 있는 사실도 몰랐다.

"우진아. 엄마 간호하는 거 많이 힘들지?"

"아니요. 괜찮아요."

"자식~ 진로는 생각해 봤어?"

"진로요? 아뇨. 제가 할 수 있는 일이 있을까요?"

"내가 어떤 책에서 봤는데 태어난 모든 사람은 각자가 해 낼 수 있는 일이 한 가지씩은 모두 있데."

"정말요?"

"그래. 하늘에 떠 있는 별을 봐. 무수히 많은 별들이 있지?"

"네."

"그 많은 별들이 있는 우주에서, 이 '지구' 에 '지금' 이라는 때를 골라, '강우진'

이라는 네가 태어났어. 그것은 절대로 '우연' 이 아니야. 뭔가 '의미' 가 있기에 태어난 거지. 강우진이라는 너밖에 할 수 없는 '사명' 이 있어. 무엇인가에서는 반드시 '천재' 인 거야."

“그렇지만 전 공부를 할 수 있는 환경이 안 되는 걸요.”

“우진아. 행복과 불행은 환경으로 좌우되지 않아. never! 자신이 처한 환경에 지느냐 이기느냐 그것으로 결정되는 거지.”

“성공한 사람들 모두가 좋은 환경에서 자랐을까? 그건 아닐 걸~ 선생님도 그랬었어. 믿겨지지 않지?”

“선생님도요?”

“그래. 선생님도 가난했었어. 내가 직접 돈 벌어서 가족을 먹여 살려야 할 정도로. 아참! 내 기억력도 참…… 음료수 쏜다고 했는데 음료수 뭐 마실래?”

“아무 것이나 괜찮아요.”

“내가 제일 싫어하는 말 중에 하난데~ 아무 것이랑 그냥이랑. 삶은 choice야! 어서 골라 봐.”

“음……. 그럼 전 이거요.”

음료수를 마시다 내 눈에 들어온 별들.

“우진! 우리 여기 아지트 하자. 야경도 좋고, 별 봐. 정말 많다. 우와~ 난 역시 보는 눈이 있어. 이런 곳을 발견하다니 말이야!”

난 얼굴 가죽이 참 두껍다.

“아지트요……?”

“왜? 싫냐? 싫어도 어쩔 수 없어. 이건 담임의 권력이라고 알아둬. 근데 너 학교는 왜 자꾸 빠지는 거야?”

“이모가 원래 엄마를 돌봐 주시거든요. 근데 이모가 좀 아프셔서 제가 대신 왔어요. 죄송해요.”

“죄송하긴. 근데 못 오는 날은 연락 좀 주라. 걱정 안하게.”

“네. 이제부터 꼭 연락 할게요. 내일부터는 학교 갈 수 있을 것 같아요.”

“그래. 근데 동생들은 어떻게 해?”

“아! 맞다!! 어떡하죠? 동생들을 까먹고 있었어요. 빨리 가봐야 할 것 같아요.”

“그래? 미안. 난 그것도 모르고 그럼 내가 태워줄게. 가자.”

그렇게 가게 된 우진의 집.

주소가 없는 이유를 알겠다. 어디서부터가 집이고 골목인지 복잡해서 차를 타고는 갈 수가 없는 길이었다. 겨우 숨을 헐떡이며 찾아온 우진이의 집 앞. 우진이의 동생들이 기다리고 있었다. 얼마나 배가 고팠으면…….

"형아! 나 배고파. 으앙~"

"오빠. 미워. 으앙~."

"미안, 엄마 병원 갔다 왔어. 어서 들어가자. 추워, 감기 걸리겠다."

동생들을 다독거리며 들어가는 모습을 보며 가슴이 짠했다. 동생한테 리모컨 가져와라, 물 가져와라, 하던 내가 생각난다. 집은 곧 무너질 듯 위태롭다. 방으로 들어가 보니 엉망진창. 내 방도 엄마가 없으면 이렇게 되는 걸까?

"형이 라면 끓여서 올 테니까 조금만 기다려."

"응. 근데 이 언니는 누구야?"

"인사해. 오빠 담임선생님이야."

"안녕하세요."하고 우진의 뒤에 숨어버린다.

"응. 안녕? 예쁜 아이들이네. 인사도 잘 하고."

우진이가 라면을 끓이는 사이 나는 집 청소를 시작했다. 가난했다더니 그런 말을 한 내가 부끄러워지네. 난 엄마라도 의지할 사람이 있었잖아. 우진이네 집에서 바라본 별들도 아름다웠다. 이 아이들에게 밤에도 빛을 내려 주는 별들과 달이, 고마워.

*

딩동댕동~ 🎵 딩동댕동~. 애들이 제자리에 딱 앉아 있네. 이런 날은 신난단 말이야.

"시험이 얼마 남았지?" 하는 말에 애들이 시무룩해진다.

"2주요." 시험 기간이라 조용했나 보다. 난 철이 더 들어야 해. 머리로 생각해 보지도 않고 말부터 나가니. 이렇게 부담 선생님은 싫다.

"아... 그래도 조금 남았네. 신종플루 조심하고, 마스크 꼭 끼고, 돌아다니지 말고. 집으로 바로 가도록! 알겠지?"

"네!"

"그럼 내일 보자."

"안녕히 계세요!" 썰물처럼 애들이 우르르 사라졌다.

"잠깐만! 우진아. 선생님이 너희 집에 가도 되니?"

"네? 왜요?"

"'왜요'는 왜놈이 입는 이불이야. 동생들이 인사도 잘하고 너무 귀여워서 맛있는 거 사주려고."

"안 그러셔도 되요. 선생님 피곤하시잖아요."

"피곤하긴. 사실 선생님도 맛있는 거 먹고 싶어서 그래."

"정말요? 전 괜찮아요."

먼저 맛있는 닭 한 마리를 샀다. 내가 먹고 싶었긴 했나보다 가장 좋아하는 닭을 사는 걸 보니. 분명 우진이 동생들도 좋아할 거야.

두 번째 가는 우진이 집이었지만 새롭고, 힘들다. 혼자 오긴 힘든 길이다. 휴~ 드디어 도착! 산은 아니지만 산이다.

"애들아. 선생님 왔어." 문을 열며 말했지만 대답이 없다. 애들이 자고 있었다.

"어! 애들이 다 자고 있네."

"네. 그러네요. 깨울까요?"

"아니. 뭐 너랑 대신 맛있게 먹으면 되지 뭐."

닭 한 입. 별빛 한쪽, 콜라 한 모금. 캬~ 좋다.

"경치 좋은데서 먹으니까 더 맛있는데. 너희 집을 아지트투로 임명한다. 땅땅땅."

닭다리로 판사 흉내를 내는 걸 보며 웃는 우진. 환하게 웃는 모습은 처음인 것 같다.

"우진아. 시험 2주 남았잖아. 공부는 잘 되가?"

"아, 네."

"오~ 바로 대답이 나오는 걸 보니 열심히 공부하나 보네?"

"전보다는 확실히 열심히 하고 있긴 한데 어려워요. 공부는 역시 머리가 좋은 사람이 하는 건가 봐요." 그러면서 고개를 푹 숙인다.

"우진아. 머리가 좋고 나쁨에는 어느 정도의 차이가 있을까?"

".……."

"선생님 그리는 거 잘 봐."

닭다리로 선을 그리는 시늉을 했다.

"이 선의 '위'와 '아래' 정도밖에 차이나지 않아. 또 이 선 하나의 차이도 '자, 해보자!'는 도전 정신이라고 할 수 있지."

"정말요?"

"그럼~ 선생님인데 거짓말하겠냐? 여기 한 마리 더 있어. 남겨 뒀다가 내일 동생들이랑 나눠 먹어."

"네. 선생님 정말……."

"응?"

"감사해요."

부끄러운 듯 하늘을 보고 말하는 우진.

"뭐가~아지트 제공하는 건 넌데. 내가 고마워 해야지."

"선생님이 하시는 말씀들 잊지 않고, 공부 열심히 할게요!"

"그래. 우리 닭다리로 크로스 하자. 강우진 빠샤!"

❋

다음 날. 아침 독서 시간에 깜짝 놀랄 일이 있었다. 3분단 맨 마지막 줄에 앉아 있는 아이. 우진의 머리가 바뀌었다. 빨간색의 앞머리와 귀 위에 있던 스크래치는 없애버리고, 단정한 우진이가 되어 있었다. 뿌듯하기도 하고, 대견스러웠다. 아이들의 반응도 있었다. 강우진 군대 가나?, 실연 맞았냐?, 아빠한테 혼났나? 등등

늘 우진이의 말만 하면 절레절레 고개를 흔들던 선생님들도 우진이의 달라진 모습을 보고 놀라는 표정이다.

그렇게 그 아이는 학교를 빠지지 않고 나왔다. 누구보다도 수업시간에 집중하기 위해 노력하는 것 같았다.

*

그로부터 1년 후.

"선배님~ 힘내세요~ 우리가 있잖아요. 수능 대박이야. 선배님 화이팅~"

우진이를 차로 시험장까지 태워주었다.

"강우진! 떨지 말고, 너 자신을 믿어! 선생님이 기도해 줄게."

"네. 선생님, 정말 감사해요. 파이팅!"

"그래, 강우진 빠샤!"

늠름하게 시험장으로 걸어가는 우진이의 뒷모습을 보니 가슴이 뻐근해진다.

*

오늘은 즐거운 노는 토요일. 집에서 빈둥빈둥 쉬고 있는데 전화벨이 울렸다.

링딩딩딩~ 링딩딩딩

"여보세요?"

"선생님. 저 우진이에요."

"그래. 우진아. 결과 나왔어? 합격이래?"

"그게…… 선생님. 아지트원에서 봐요."

"응? 아지트원? 이집트라는 줄 알았네, 그래."

그렇게 부리나케 아지트원으로 갔다.

"선생님~ 여기에요."

"먼저 와 있었구나."

“선생님. 오늘도 별이 참 많죠? 그 날 기억나세요? 그 날도 별이 참 많았죠?”

“그랬지. 당연히 기억하고 있지.”

“저, 선생님. 죄송해요. 화장실 좀 갔다 올게요.”

“그래. 얼른 갔다 와. 그런걸 뭐 허락 맞고 가냐?” 후다닥 뛰어가는 우진. 저렇게 급했으면 별 애기는 왜 했지? 근데, 정말 별이 많다. 내 눈 안으로 별들이 들어갈 것 같아. 우진이가 안 와서 몇 분전부터 별들을 세고 있었다.

“96, 97, 98, 99, 100.…… 이 자식. 왜 이렇게 안 오는 거야? 화장실을 만들러 갔나?”

“선생님!”

“응?”

내 눈앞에는 우진이가 케이크를 들고 서 있었다.

“선생님~ 저 합격했어요.”

“응? 정말? 대학 합격했다고!!?”

“네, 저 합격했어요. 선생님! 정말 감사해요.”

“야~ 강우진! 장하다! 세상 사람들~ 강우진이 합격했어요! 만세! 만세!”

이렇게 고래고래 소리를 지르는데 우진이가 여긴 병원이라고 조용히 하란다. 아참.

“임마! 이러는 게 어디 있어? 이건 반칙이야!”

“네?”

“합격은 니가 했는데 내가 사줘야지. 왜 선수 쳐. 임마!”

그러고는 눈에 나오는 눈물을 안 보이려 고개를 돌렸다.

“선생님 삐쳤어요?”

“그래. 너 땜에 삐쳐서 눈물이 다 난다.”

“에이 선생님~ 선생님이 저한테 해 주신 게 얼마나 많은데. 저 솔직히 고2 때 선생님 못 만났으면 저 이렇게 합격 못해요.”

“자식. 여러모로 감동시킨단 말이야.”

“선생님이 항상 저 챙겨주시고 좋은 말로 위로해 주시고 힘을 주셨잖아요. 늘 그때마다 감사함을 어떻게 전할까 고민했죠. 그리고 선생님이 꿈도 찾게 해 주셨어요. 저 선생님처럼 아이들에게 희망을 주는 상담가가 되고 싶어요." "상담가? 좋지~"

"선생님. 촛불 다 녹아요. 빨리 부세요."

"같이 불자. 너의 행복한 대학생활을 위해. 그리고 꿈의 실현을 위해. 하나, 둘, 셋. 후~" 그렇게 촛불들이 하나둘 꺼진다. 하늘 위 별들은 더욱 밝게 빛난다.

인간은 자신이 '이렇게 되자' 고 마음속으로 강하게 바라면 바라는 대로 될 수 있습니다. 마음에 그렸던 '자화상' 에 가까이 갈 수 있습니다. 사회도 여러분이 '이렇게 하고 싶다' 고 강하게 바라면 그 방향으로 가깝게 갈 수 있습니다. 꿈의 힘은 위대합니다.

'지갑 속에 무엇이 들어 있는가' 보다도 '마음속에 무엇이 들어 있는가' 가 미래를 결정합니다.

Where there is a will, there is a way.
Dream Comes True!

＊이 글의 일부분에 '희망대화' 라는 책에서 인용된 부분이 있음을 말합니다.

the voyages after D

김소연

the voyages after D

아무런 자각 없이 떠돌기를 반복한다. 자각이 없다 하였으니 이 생활이 얼마나 지속되었는지는 나조차도 자세히 알지 못한다. 하지만 그 시작이 언뜻 떠올리기에도 꽤나 오래 전이라는 것은 내가 예전부터 가져온 생각이다. 아. 한 가지 덧붙이자면 앞으로 내가 말하게 될 '생각'이라 함은 온전한 나 자신의 생각을 뜻한다. 잠시 후면 여러분이 내가 지칭하고 있는 '나'라는 조금은 현실적이지 못한 존재에 대해 의구심을 품게 될 것을 알기에 하는 말이다. 물론 아직까지는 누구도 내 존재의 비밀을 눈치채지 못했겠지만 말이다. 지금부터 나는 몇 가지 이야기들을 여러분에게 들려주고자 한다. 그들은 나의 이야기이고, 다른 누군가의 이야기이며, 때로는 우리의 이야기이다.

하지만 그에 앞서 나에 대한 몇 가지를 말하려고 한다. 내가 부유하고 있는 여기는 우주다. 굳이 한 단어로 명명하자면 그렇다는 말이다. 보통 나와 내 친구들은 이곳을 '집'이라 칭한다. 우리는 집을 벗어나는 일이 없다. 그도 그럴 만한 것이 우리가 사는 이 집은 너무나 광대해서 감히 벗어날 엄두조차 낼 수가 없는 것이다. 아주 옛날, 내가 지구에 살던 때에 들은 말이 하나 있는데 그 말에 의하면 우리의 집, 즉 여러분이 알고 있는 이 우주는 현재에도 끊임없이 팽창하고 있음이 분명하다. 물론 우리는 쉽게 느끼지 못하지만 가끔씩 평소보다 아주 멀리 여행을 다닐 때마다 그때 들은 말이 떠오르곤 한다. 예를 들어, 늘 가던 별이 전보다 멀어졌다거나 하는 경우에 말이다. 틀림없이 그 '멀어진' 거리는 여러분이 생각할 수 있는 만큼을 초월할 정도일 것이다. 수십 광년이라고 말한다면 어떤가. 나는 그 거리만큼의 긴 시간이 걸려야만 내 오랜 친구인 별들을 비로소 만날 수 있게 된다. 물론 무한한 시간을 담고 있는 총체적 공간인 이곳에서 일개 영혼인 나에게 시간은 아무런 영향을 줄 수 없는 무용지물이라지만, 나는 여전히 시간을 의식하며 산다. 그것은 지구에서 달고 온 습관과도 같은 것이다.

한때는 나 역시도 여러분과 마찬가지로 푸른 별 지구에 사는 수많은 사람 중 하나였다. 하지만 그건 정말로 까마득한 옛날의 이야기일 뿐이다. 앞에서도 말했듯이, 나는 영혼이다. 이미 오래 전에 나의 육신은 소멸되었으며 지금은 내 영혼만이 오롯이 존재한다는 말이다. 다시 말해, '죽음'이 몸과 영혼을 분리했다. 살아 있을 당시, 나에게 있어 '죽음'은 오랫동안 두려움의 대상이었다. 하지만 막상 그 순간이 닥치면 두려워할 새가 없고, 준비할 틈도 없다. 모든 것은 순간이었다. 죽음은 순식간에 나를 엄습했다. 생각했던 것만큼 고통스럽지 않았고, 그렇다고 편안하지도 않았다. 그것은 단지 '무(無)'가 되기 위한 하나의 과정으로 느껴졌다. '무(無)'에서 시작한 인생이 원래의 상태로 돌아가는 그런 과정.

내가 눈을 뜬 것은 아마도 그로부터 한참의 시간이 흐른 후였을 것이다. 오랜 시간 휴식을 취한만큼 몸의 상태는 최상이었다. 하지만 나는 얼마 지나지 않아 내가 오래 전에 이미 죽었다는 것을 기억해냈다. 혹여나 하는 마음에 손을 움직여 몸을 더듬어보았지만 아무런 느낌을 받을 수 없었다. 나는 나 자신조차도 인지할 수 없는 영혼의 몸이 된 것이다. 나는 몹시 우울한 상태에 빠졌다. 아마도 자아를 잃었다는 생각에서 오는 상실감 때문이었을 것이다. 하지만 얼마 후 나는 깨달았다. 나는 자아를 잃지 않았다. 나는 여전히 생각을 하며 내 마음대로 몸을 움직이고 있지 않은가! 고개를 돌려 주위를 바라보았다. 당시 내 영혼은 희뿌연 먼지와 함께 허공에 떠 있는 상태였다. 눈을 뜨자마자 그곳이 어디인지 바로 알아챌 수 없었던 것은 내가 알던 '우주'의 모습과는 너무나 달랐기 때문이다. 베이지색을 띤 아름다운 우주의 모습은 아마도 여러분의 머릿속에 있는 그것과도 다를 것이다. 이처럼 앞으로 이야기할 많은 것들이 여러분의 상식에서 벗어나는 것들일 수도 있다. 하지만 상식에서 벗어나는 것이 무조건 틀린 것은 아니라는 것을 항상 염두에 두어야만 한다. 그래야만 이 새롭고도 신비한 세계를 잘 이해할 수 있을 테니 말이다.

*

　나의 첫 번째 이야기는 외로운 여정에 지쳐 쉴 곳을 찾아 헤매던 그 순간에서 시작된다. 나는 우주의 흐름에 몸을 맡긴 채 이리저리 떠다니며 곳곳을 둘러보고 있었다. 아마도 오래 전에 태양계를 벗어난 후에, 또 다른 행성들의 궤도에 편승하면서 잠깐 쉬어갈 별을 찾는 중이었다.

　"너 지금 어디 앉아 있는 거야?"

　두 개의 커다란 행성 사이에 있는 수많은 별 중 가장 작은 별이었다. 푸른빛을 띠던 그 어린 별은 내가 걸터앉자마자 말을 걸어왔다. 물론 그 때까지는 별이 말을 할 수 있다는 사실을 알지 못했기 때문에 깜짝 놀라버린 나는 자리에서 엉덩이를 떼고 공중으로 붕 떠올랐다. 게다가 이곳에 오게 된 이후로 '소리'를 듣는 것은 처음이었다. 고개를 돌려 두리번거리며 소리의 근원을 찾던 중 발 아래에 보이는 별이 "여기야, 여기!" 라고 외치는 소리에 그제야 시선을 돌려 작은 별을 바라보았다.

　"지금…… 너야?"

　"뭐가 나란 말이니?"

　"나한테 말을 건 게 너냔 말이야. 넌, 별이잖아. 너도 말 할 수 있어?"

“지금 하고 있는 게 말이 아니면 뭐야.”

조그만 아기 별 주제에 퉁명스럽게 구는 모습이 조금 마음에 들지 않았다. 하지만 나는 당장 앉아서 쉴 공간이 필요했기 때문에 조금 굽히고 들어가기로 마음먹고 다시 한 번 말을 걸었다. 저기, 나 여기서 좀 쉬어 가도 되니?

“물론이지. 사실 나도 그 동안 무지 심심했거든. 내심 네가 여기서 쉬어가길 바라던 참이었어.”

나는 그제야 다행이다, 하고는 얼른 다시 발을 내디딘 후에 바닥에 엉덩이를 대고 앉았다.

“아마도 넌 인간을 처음 본 게 아닌 것 같네. 그렇지?”

“그래. 아주 오래 전에도 너와 같은 모습을 한 인간을 본적이 있어. 내가 먼저 말을 걸었었지 아마. 그 때에도 난 엄청 심심했으니까! 근데 자기소개만 하고 훌쩍 떠나가 버리던 걸. 자기가 지구에서 온 인간이라던가……”

지구에서 온 인간. 이렇게 우주를 떠도는 영혼이 나뿐 만은 아니라는 말이었다. 순간 그를 만난다면 내가 왜 이곳에 오게 되었는지 물을 수 있을 거라는 생각이 들었다. 딱히 이곳을 벗어나고 싶다거나 한 것은 아니었지만 난데없이 여기에 떨어진 이유가 무엇인지 정도는 알고 싶었기 때문이다. 또 같은 처지의 친구 하나 있는 것쯤도 나의 외로움을 더는데 한 몫 할 거라는 생각도 들었다.

“그 사람을 만난 게 언제라고?”

“말했잖아. 아주 오래 전이라고. 기억이 잘 나지 않을 만큼 오래 전 말이야.”

“……그렇구나. 그럼 내가 그 사람을 만나긴 힘들겠지?”

“아마도 그렇겠지. 근데 그건 왜?”

“그냥…… 이 넓은 곳에 혼자는 너무 외롭거든. 친구가 한 명 생기나 싶었는데.”

“친구? 그게 뭔데 그래?”

친구는 말이지…… 하고 말을 꺼내려다 잠시 머뭇거리게 됐다. 그러게. 친구가 뭐지? 어린 별에게 뭐라고 설명을 해주면 친구의 의미를 잘 이해할 수 있을까. 그게 아니면, 뭐라고 설명해야 나 스스로가 만족할만한 대답이 될까.

아주 오래 전 지구에서의 삶을 잠시 동안 떠올려 보았다. 내 인생에 있어서 친구란 어떤 의미였을까? 물론 그것은 어느 한 순간조차도 빼놓을 수 없는 아주 중요한 존재였다. 그들은 수많은 나의 조력자들 중 일부였고, 마음을 나눌 수 있는 몇 안 되는 상대였다. 그만큼 친구란 내 삶에서 꽤 많은 부분을 차지하고 있었다.

"친구가 뭐냐니까?"

"친구는…… 아주 가깝고 소중한 존재야."

"가깝고 소중해? 그건 또 무슨 말이니? 휴, 네가 하는 말들은 전부 어려운 것들밖에 없어서 내가 이해할 수가 없다구."

"음…… 우리 둘이 친구라면 말이야. 내가 조금 뒤에 너를 떠나더라도 가끔씩 찾아올게. 그리고는 오늘처럼 서로의 이야기를 들어주는 거야. 그럼 우리는 조금씩 더 가까운 사이가 되겠지. 곁에 있는 것만으로도 든든해지는 사이 말이야. 그러다가 내가 떠날 때면 너는 무척 아쉬워할 지도 몰라. 나도 어디에 있든 너를 항상 그리워하겠지. 어때? 친구가 뭔지 조금 감이 잡혀?"

"그런 것 같기도 하고, 아닌 것 같기도 해. 사실 아직은 잘 모르겠지만 말이야, 네가 말한 그게 친구라면 난 너와 진짜 친구가 되고 싶어. 나는 평생 이곳에만 있

어서 늘 심심하고 외로워. 너와 내가 친구가 된다면 우린 서로 외롭지 않게 해 줄 수 있을 거 같아."

푸른 아기 별은 그렇게 나의 첫 번째 친구가 되었다. 우리는 함께 웃었다. 신기하게도 바닥에 닿은 손바닥으로 작은 떨림이 전해져 왔다. 그것은 내 안에서 전해져 오는 떨림과도 같은 의미의 것이었다.

친구는 그런 것이다. 친구가 된 순간부터 가슴 속에 떨림을 만들 수 있고, 함께 있는 것만으로도 서로를 웃게 할 수 있다. 인간은 살아가는 동안 수많은 사람을 만나고, 또 수많은 인연을 만들지만 그 중에서도 '친구'라고 부를 수 있는 사람은 얼마 되지 않는다. 여러분이 누군가를 진심으로 친구라고 부르고 싶다면 언제나 한결같이 그를 마음으로 대하길 바란다.

*

푸른 아기별을 떠나 다시 혼자 여행을 나선 지 한참이 지났을 때, 문득 지구에서의 나의 가족들이 떠올랐다. 아마 여러분도 알 것이다. 누군가를 간절히 그리워하지만 내 눈으로 직접 볼 수 없을 때의 느낌을 말이다. 그나마 내가 지금 감사히 여기는 것은 다행히도 그들을 잊지 않고 추억할 수 있다는 것이다.

나는 찬찬히 그들을 내 마음 속에 되새기기 위해 눈을 감았다. 그리고 아주 어렸을 때의 기억부터 하나하나 꺼내어 들기 시작했을 때, 가까이에서 나를 부르는 목소리가 들렸다.

"오랜만이네. 너 설마 아직도 떠돌이 생활 중이니?"

"너, 혜성이잖아! 우리 저번에 만난 일이 얼마 전인 것 같은데…… 벌써 네 궤도를 한 바퀴 돈 거야?"

"그래. 근데 너 무슨 생각을 하고 있었기에 그렇게 가만히 눈을 감고 있었니?"

"아, 그냥…… 오랜만에 가족들 생각이 나서."

"가족? 가족은 뭔데? 처음 듣는 말이야."

가족은 말이지. 가족은 어떤 다른 조직과도 달라. 사랑을 바탕으로 만들어지는 것이 가족이거든. 언제나 서로를 위하고, 기쁨도 슬픔도 함께 나누고……. 그래서 가족은 내겐 무엇과도 바꿀 수 없는 존재였어. 가족이 곁에 있다는 이유만으로도 언제나 큰 힘을 얻을 수 있었거든. 난 가족은 마치 울타리와도 같다고 생각해. 울타리가 집을 둘러싸고 있으면서 그 집을 보호하는 것처럼 가족들도 언제나 나를 보호해주니까 말이야. 대부분의 사람들처럼 나도 인생의 첫걸음을 가족과 함께 시작했어. 부모님으로 인해 세상의 빛을 보게 되는 것부터 시작해서, 형제자매들과 자라나는 과정까지 모두.

"보고 싶어?"

"응? 뭐가?"

"그 가족이란 거 말이야. 너 지금 엄청 보고 싶다는 눈을 하고 있잖아."

"내가 그랬어?"

"응. 그랬어."

그랬나, 내가…… 그래. 그리우니까. 그것도 엄청.

"볼 수 없는 거야 이제?"

"응. 볼 수 없어. 이제는."

"왜? 이제는 너를 지켜주지 않는 거야?"

"지켜줄 수 없게 되었어. 내가 여기에 와 있잖아. 나는 죽었거든."

"죽었다고?"

"응. 죽었다는 말을 알아?"

"나도 그 정도는 알아. 우리 별들도 때가 되면 죽는다고! 그보다 그럼 넌 어쩌다 여기에 오게 된 거니?"

"그건 몰라, 나도 잘. 눈 떠 보니 여기였거든."

"너, 슬퍼?"

슬프냐고?

아니. 슬프진 않아. 단지 그리울 뿐이지. 난 가족을 잃은 게 아니잖아. 눈을 감으면 여전히 내 앞에 선명하게 그려지는 모습은 예전 그대로야. 내가 의도했던 것도 아니고, 네 말대로 떠돌이가 되어 이곳을 떠돌고 있지만 난 정말 이 곳에 오게 된 걸 후회하지 않아. 내가 생각했던 죽음보다는 훨씬 재미있고, 아름답고, 생동감이 넘치니까 말이다. 무엇보다도 행복했던 기억들을 잊지 않을 수 있잖아. 생각하기 나름이겠지만 나는 이것도 다 나에게 주어진 기쁨 중 하나라고 생각해.

"너 이제 보니까 굉장히 어른스럽다. 멋있어."

"뭐? 이것 봐. 내가 비록 열여덟 살의 모습을 하고 있긴 하지만, 나도 지구에서 꽤 오래 살다 왔다고."

"네가 오래 살아봤자 나만큼 오래 살았겠어? 아아…… 나도 이제 가봐야 할 것 같아. 너랑 있다 보면 이렇게 시간 가는 줄 모른다니까. 다음에도 재미있는 얘기 많이 해줄 거지? 또 보자, 안녕!"

*

"엄마, 빨리 오구, 오늘 잘 할 거지?"

"우리 엄마 파이팅!"

매일 아침처럼 아이들의 볼에 입을 맞추며 집을 나섰다. 그리고 대문을 지나기가 무섭게 휴대폰 진동이 울려왔다. 한 손으로 차문을 열고, 한 손으로는 주머니에서 꺼내든 휴대폰의 통화버튼을 눌렀다.

−김PD님, 빨리요

"알았어, 알았어. 늦지 않게 갈게. 스튜디오 셋팅은 다 해놨어요?"

−네. 김PD님만 오시면 촬영준비 완료거든요?

담당 AD의 기분 좋은 웃음소리를 들으며 종료 버튼을 누른 휴대폰을 옆 좌석에 던지고는 차를 출발시켰다. 차가 조금 막히긴 했지만 이른 시간이라 지각할 만큼은 아니었기에 조금이나마 긴장을 풀 수 있었다. 잠시 후에는 라디오 주파수를 맞추고 들려오는 노래를 따라 흥얼거리기도 했다. 물론, 그 어느 때보다 들뜬 마음을 가라앉히는 것이 쉬운 일은 아니었다. 그도 그럴 만한 것이 오늘은 방송국

입사 이후 처음으로 대표 PD의 이름을 건 프로그램의 첫 녹화 날이다. 프로그램 기획에서부터 출연진 섭외까지 어느 것 하나 내 손을 거치지 않은 것이 없다. 그 어느 때보다 열심히 노력한 성과물을 바로 오늘 볼 수 있게 되는 것이다.

얼마 있지 않아 방송국에 도착했고 주차장에 차를 대고 빠른 걸음으로 건물 안으로 들어섰다. 워낙 부지런해야 하는 곳이라 이른 아침부터 로비에 사람들이 꽤 있었다. 물론 아는 사람도 여럿 있었지만 발걸음을 재촉했다.

"김PD! 오늘 첫 녹화지? 기대하고 있을게!"

"김PD님, 저도요! 파이팅 입니다!"

뒤돌아보니 좀 전에 빠르게 지나쳤던 사람들이 모두 나를 향해 '파이팅!' 을 외치며 양손을 불끈 쥐고 있었다.

"미안해, 나 지금 바빠서. 고맙고, 다들 좀 있다 봐요!"

그렇게 사람들과 인사를 한 뒤 스튜디오에 도착했을 때는 스텝들과 담당 AD들이 촬영준비를 거의 마친 상태였지만 완벽을 기하기 위해 다시 한 번 촬영장 상태를 점검했다. 꼼꼼히 확인을 하고 나니 긴장이 풀리는 기분이었다.

몇 시간이 지나 섭외했던 출연진들이 하나 둘씩 도착을 하고 다들 촬영장에 들어서며 나에게 인사를 해왔다. 나는 한 명, 한 명 인사를 하며 거듭 잘 부탁한다는 말을 덧붙였다. 곧 각자 이름이 쓰여진 자리에 앉고 촬영분위기가 잡혀가고 촬영 시작을 알리는 사인을 줄 때가 되었다. 어느 때보다 떨리는 가슴을 안고 오른 손을 천천히 들어올렸다.

"자, 스탠바이! 하나, 둘, 셋, 큐!"

.

.

.

"컷!"

수고하셨습니다, 김PD님! 촬영장 가득히 박수소리가 울려 퍼졌다. 부끄럽지만 두 눈에 뜨거운 눈물이 차올랐다. 이 자리에 오기 위해 했던 끝없는 노력, 포기해야만 했던 것들, 늘 곁을 지켜주었던 가족과 친구의 얼굴. 수많은 것들이 머릿속에 떠올랐다. 하지만 우리 아이들이 엄마가 이렇게 울고 있다는 사실을 알면 놀릴지도 모른다는 생각에 눈물을 닦고 웃기 시작했다.

"여, 김PD! 최고야, 최고! 역시 내 후배라고 할 만해!"

"박CP님……다 박CP님 덕분인 거 아시죠? 정말 감사합니다."

수년 간 내가 보조 역할을 하며 많은 것을 배울 수 있게 해주신 박CP님이셨다. 가벼운 포옹을 한 뒤, 출연진들과 다른 스텝들에게 고맙다는 인사를 전했다.

기분 좋은 하루를 보내고 방송국을 나설 때쯤 때마침 전화가 울려왔다.

"여보세요?"

―여보, 오늘 어땠어?

"최고였어. 잘한 것 같아. 노력했던 것만큼 좋은 결과가 있을 것 같아."

―다행이다. 빨리 와, 오늘 외식하는 거 알지?

"응. 우리 애기들 좀 바꿔 봐."

―알았어, 잠시만. 애들아, 엄마야. 전화 받아봐.

엄마아…… 전화기를 통해 들려오는 막내의 목소리를 들으며 나는 그 어느 때보다 행복한 웃음을 지었다.

**

-푸른 아기 별 b1에게-

나는 살아 있을 때 남들보다도 참 많은 꿈을 가지고 있었다. 꿈을 이루고 말고
의 문제가 아니라 꿈을 가짐으로써 내 삶에 힘을 불어 넣은 것이다. 다시 말해, 꿈
이란 내게 있어 삶의 원동력과도 같은 것이었다. 그리고 언젠가 나는 꿈을 이루기
도 했다. 어렸을 때부터 키워 온 장래희망을 '장래의 희망'이 아닌 현실로 만들어
낸 것이다. 하지만 그 현실이 있기까지는 수많은 노력이 뒤따라야만 했다.

그렇다. 노력과 꿈. 이 두 가지가 바로 내가 생각하는 '인생에서 가장 중요한
것'이다.

나는 살아 있을 때 '지금 내가 있는 이곳에서는 어떤 꿈을 가지고, 어떤 노력을
해야 할까?' 라는 질문을 언제나 마음속에 새기고 살았다. 그 결과 나는 내게 주어
진 어느 한 순간도 헛되이 보내지 않을 수 있었다. 어차피 우리 인간들은 아무리

노력해도 시간이라는 존재로부터 해방될 수 없다. 그렇다면 차라리 즐겨 보는 게 어떨까? 내게 주어진 시간들을 내 것으로 만들자는 말이다.

그러기 위해서 꿈과 노력이 필요한 것이다. 우리는 언제라도 마음만 먹으면 꿈을 가질 수 있다. 노력은 어려운 것인가 하면 그렇지 않다. 노력 또한 우리 마음에 달려 있다. 결국 잘 생각해보면 내가 신경 써야 할 것은 나 자신밖에 없는 셈이다.

나는 이곳에 와서 홀로 여행을 하면서도 나를 잃지 않기 위해 꽤 많은 노력을 하는 중이다. 무의미하지 않은 나의 존재의 이유를 언제고 떠올려본다.

*

한참을 고대해 왔던 순간이 갑자기 닥쳐온다면 여러분은 어떻게 반응하겠는가? 아마도 한동안 할 말을 잃은 채 가만히 서 있을 수밖에 없을 것이다. 내가 그랬다. 기다리고 기다리던 여행의 동반자를 만나게 된 것이다. 물론 이 곳에서 수많은 친구를 만났지만 그들 중 대부분이 자리를 떠날 수 없는 별이나 행성이었다. 하지만 이번에는 정말이었다. 나와 같은 몸을 한 인간이었다. 게다가 그녀는 내 평생의 영웅이기도 했다! 나는 살아 있을 때 그녀와 닮은 삶을 살기 위해 무던히도 노력했다는 사실을 기억했다. 그녀가 가진 지혜와 용기, 그리고 사랑의 마음을 떠올리며 조심스레 다가갔다. 내가 막 그녀를 향해 목소리를 내려던 찰나 그녀가 먼저 몸을 돌려 나를 바라보았다. 그리고 미소지었다. 내가 그녀를 처음 본 것과 마찬가지로 그녀 역시 나를 처음 보았겠지만 그 미소는 마치 그녀가 나를 잘 알고 있다고 말하는 것 같았다. 하지만 그것이 나를 불편하게 만들지는 않았다. 오히려 나를 포함한 주변까지 평온한 상태로 만들어 주었다.

"이곳에서 인간을 보는 것이 처음이죠?"

"네. 지금도 전 믿기지 않는 걸요…… 어떻게 이곳에 오시게 된 거예요?"

"난 아주 오래전부터 여기에 있었어요. 그리고 처음은 나 역시 기억하지 못해요. 아마도 소녀가 그런 것처럼."

"소녀…… 전 소녀가 아니에요. 지구에서 이곳으로 오기 직전만 해도 저는 할머니였어요."

　내가 부끄럽다는 듯이 사실을 말하자 여인은 날 보며 다시 한 번 따스하게 미소 지었다. 마치 엄마 품에 안긴 것 같은 포근함이 느껴졌다. 내가 제자리에 서서 그녀에게 다가가지 못하고 우물쭈물 하고 있을 때 그녀는 천천히 내 쪽으로 발걸음을 옮겼다. 그리고 나를 안아왔다.

　"부끄러운 게 아니잖아요. 사람이라면 누구나 걸어오는 길이에요. 나 또한 그랬어요."

　"하지만 당신은…… 어, 당신을 뭐라고 불러야 하죠?"

　"뭐든. 원하는 대로 해요."

　"네. 그러니까 당신께선, 그 가운데서도 멋진 삶을 사셨잖아요. 남들과 다른 길 아니었나요?"

　"글쎄요. 나도 그렇게 생각한 적이 있었지요. 내 나름대로 남들과 다른 인생을 살았다고 생각했는데, 사실은 그렇지 않았어요. 이렇게 넓은 우주에 오고 나서야 깨달았어요. 인간은 누구나 다 똑같다는 걸. 난 조금도 특별날 것 없는 삶을 살았어요."

　나는 할 말을 잃었다. 방금 전 그녀가 한 말은 내가 어린 날부터 지켜왔던 영웅에게서 듣고 싶은 말은 아닐 터였다. 그녀는 마치 내 마음을 눈치채기라도 한 듯 슬픈 미소를 띠었다.

　"실망했군요."

　"아니에요…… 어, 실은 조금은."

　"때론 특별하지 않은 것들이 소중한 법이죠."

　"너무 어려워요."

　"어려울 것 없어요. 내가 하고 싶은 말은, 우리가 이 우주에서 아주 작은 존재에 불과하지만 가치가 없는 것은 아니란 거예요. 우리의 삶은 소중해요."

　아직도 이해가 잘 되지 않았지만 나는 고개를 끄덕였다.

　몰랐는데 우리는 처음 만났던 곳에서부터 꽤 먼 곳까지 이동해 있었다. 내 영웅과 여행을 함께하는 것은 좋은 일임이 분명하지만 머리가 너무 복잡했다.

"머리가 복잡해요, 정말. 제 몸이 어린 소녀인 것처럼, 제 머리도 그 때로 돌아간 것 같아요."

"지금 모습이 당신이 지구에 있을 때의 모습인가요?"

"아, 네. 뭐…… 조금 어렸을 때 모습이긴 하지만."

"꿈이 많은 소녀였군요."

"네?"

"눈동자를 보면 알 수 있어요. 용기가 넘치고, 지혜로운 꿈 많은 소녀였다는 것을 말이죠."

세상에. 칭찬은 고래도 춤추게 한다지만, 난 정말로 춤을 추고 싶었다. 물론 진짜 춤을 춘 건 아니지만. 아, 참. 내 영웅을 만났다는 기쁨에 있고 있었던 것이 생각났다. 인간을 만난다면 묻고 싶은 것들이 정말로 많았단 말이다. 이건 좀 전에도 물었던 것이지만, 왜 내가 이곳에 오게 되었는지, 언제쯤이면 이 여행이 끝이 나는지, 이곳에는 인간은 우리 둘뿐인지.

"묻고 싶은 게 많죠?"

"네? 아, 네. 어떻게 아셨어요?"

"눈을 보면 안다니까."

"궁금한 게 한두 가지가 아니에요. 친구들을 사귈 때마다 내 이야기를 많이 해 주곤 했는데, 정작 궁금증을 풀 수는 없었거든요. 누구도 나 같은 인간은 없었으니까."

"그럼. 어디 한 번 말해 봐요. 내가 아는 거라면 뭐든지."

"그러니까 말이죠. 우리가 왜 여기에 있는 지…… 잘 모른다고 하셨죠?"

"그 점에 대해서는 나도 잘 몰라요. 근데 난 살아 있을 때 우주를 참 좋아했거든. 무한한 공간이잖아. 우주라면 내가 이뤄내고 싶은 것들을 끝없이 펼칠 수 있을 거라는 생각을 참 많이 했어요."

그러고 보니 나도 우주를 참 좋아했었다. 대기 오염 때문에 밤하늘에 별 찾기가 정말 하늘에 별 따기만큼 힘들었다지만 그래도 하늘을 올려다보며 별 찾기를 좋아했고, 보름달이 뜰 때면 가끔씩 소원을 빌기도 했다. 나이가 들어서는 딱 한 번 우주여행을 하기도 했고, 아름다운 모습에 반해 언젠가는 다시 한 번 올 수 있기를 바라기도 했다. 그래서인가?

"근데 끝은 알 것 같아요, 난."

"네? 그게 정말이에요? 이 여행에도 끝이 있단 말인가요?"

"그럼요. 언제나 시작이 있으면 끝이 있는 법이지요. 난 내 끝을 느낄 수 있어요. 내가 당신보다 훨씬 더 먼저 이 여행을 시작했으니 끝도 내가 먼저겠지요."

"그럼……."

"아니, 지금 당장은 아니에요. 하지만 조금씩 가까이 오고 있다는 것만 알고 있어요."

"당신이 떠나신다면 어느 때보다 슬플 것 같아요. 그럼 전 또 혼자가 되잖아요."

"그렇지만 또 다른 친구를 만날 거잖아요. 늘 그랬듯이. 우린 지구에서도 언제나 그래왔어요. 벌써 잊은 건 아니죠?"

"네……. 그럼 그 '끝'이라는 건 내가 없어지는 걸 말하나요?"

"그럴 수도 있고 아닐 수도 있고. 이런 생각 안 해봤어요? 이 우주가 당신의 처음과 함께 생겨났을 수도 있잖아요. 이 모든 게 당신을 위해 존재하는 배경이에요. 지금 당신과 이야기를 나누고 있는 나마저도."

"설마요……."

"글쎄요. 이건 그냥 내 생각일 뿐이니까요."

"하지만 당신은 현명하잖아요."

"현명한 사람도 때론 모르는 게 있는 법이죠. 또 있어요, 질문?"

나는 고개를 저었다. 질문이 있다 해도 머리만 더 복잡해질 것이 분명했기 때문이다. 그 때였다. 내 눈 앞에 있던 형체가 조금씩 흐려지기 시작했다. 아마도 그녀가 말하는 끝이 바로 코앞까지 다가온 모양이었다. 그녀에게 무언가 말을 건네고 싶었지만 무슨 말을 해야 할지 알 수 없었다. 하지만 내가 말을 하는 것은 그녀도 바라지 않는 것 같았다. 단지 미소만 지을 뿐이었다.

내 눈 앞에서 그녀의 모습이 사라지는 것은 순식간이었다. 말릴 새도 없었고, 나에겐 말릴 힘도 없었다. 결국 또 다시 나는 혼자가 되었다. 분명 방금 전까지 이

곳에는 둘이 있었는데 언제 그랬냐는 듯 흔적도 남지 않았다.

잠깐 동안의 만남을 통해 머리만 잔뜩 복잡해진 건 아닌가 싶다.

꽤 오랜 시간이 흘렀다. 처음 태양계에서 시작한 나의 여행은 이미 태양계를 지나, 우리 은하를 넘어 새로운 은하에 진입하기도 했다. 나는 새로운 천체들을 만나보았고, 아주 작은 별부터 큰 별까지 수 억 개의 별들과 대화를 나누었다. 작은 블랙홀을 발견하지 못해, 하마터면 블랙홀 속으로 빨려 들어갈 뻔도 했고, 지나가는 비행선에서 인간이 아닌 다른 생물체를 만나기도 했다. 물론 내가 겪은 이 수많은 일들이 우주의 아주 작은 일부분이라는 것쯤은 나도 알고 있다. 하지만 나는 행복하다. 나는 인간의 몸으로 할 수 없었던 일들을 이제서야 할 수 있었다. 이곳에서 겪는 모든 일들이 나의 소소한 행복을 만들어 준 것이다.

다만 조금 아쉽게도 난 지금 내 몸이 조금씩 희미해져 가는 것을 느낄 수 있다. 이번에는 진짜 죽음일까? 아마도 그럴 것이다. 나는 이미 다른 사람이 이렇게 소멸되는 모습을 지켜본 적이 있다. 하지만 이번이 진짜 죽음이라 해도 괜찮다. 나는 전혀 후회하지 않을 것이다. 어쩌면 정말로 내가 사라짐과 동시에 이 우주가 없어질 수도 있을 것이다. 물론 나는 그렇게 되기를 바라지는 않는다. 나만 보고 떠나기에 이 우주는 너무나 아름답기 때문에.

사람들은 작은 행복에는 아주 둔하다. 언제나 크고, 눈에 보이는 행복만을 원하고 곁에 있는 작은 행복을 알지 못한다. 하지만 그 작은 행복을 스스로 확인하는 것이 큰 행복을 위한 첫 발걸음이 될 것이다.

진정한 사랑은 상대를 위해 자신의 시간을 내어주는 것 이라고 합니다.

꿈반이들을 위해 제 시간을 쓸수 있어서 행복 했습니다.

지난 1년간 부족한 저를 믿고 따라준 꿈반이 2기 학생들 고맙습니다.

저희에게 소중한 추억을 허락해 주신 한준희 선생님께도 감사드립니다.

우리의 책이 앞으로 책쓰기 프로젝트에 참가한 후배들의

좋은 길잡이가 되었으면 합니다.

우왕좌왕하던 우리가 지금은 뚜렷한 목표를 향해

달려 나가고 있습니다. 모두의 꿈, 희망이 이루어지길!

꿈은 반드시 이루어 진다

내가 사랑하는 모두가 행복했으면 좋겠습니다

— 김보경 —

책쓰기를 시작하며
'감사'가 너무도
많았어요.
내 못난 글에 이쁜
그림을 그려준 윤정아
너무 고마워~
내 글의 소재가
된 하루하루 작은
일상들에 함께해준
친구들아 고마워~
함께 글을 쓰며 힘!
이 되어준 꿈반이
언니들, 친구들 ★
감사하고 고맙습니다
제게는 책쓰기가
'감사' 그 자체였어요.

— 유슬기 —

나의 이야기를 세상에 말한다는 것이
쉽지만은 않았습니다.
하지만, 나다 항상 함께하시는 그분이 있기에
이젠 당당하게 말할 수 있습니다.
나의 기쁨, 행복 그리고 아픔과 상처까지도...

나의 이야기가 누군가에게 희망이 될수 있기를,
포기하고 싶어 쓰러져 좌절하고 있을 때
힘이되고 용기를 주는 이야기이길 바랍니다.

꿈반이와 함께한 1년의 시간동안
정말 행복했고, 즐거웠습니다.

나의 든든한 조언자이자 응원자이신 부모님
세상에 단 하나뿐인 마음이 가장 잘 통하는 지혜언니
철없는 늦둥이지만 한편으로 든든한 광현이.

항상 너무너무 고맙고 사랑합니다.

♪ 표지 디자인 편집을 도와준 '보라돌티'에게도 고마움을 전합니다.
내가 사랑하고 아끼는 모든 분들과 이 기쁨을 나누고 싶습니다.

— 김신혜 —

1년동안 꿈반이 친구들과 책을
썼던 시간들은 정말 제 인생에
있어 귀중한 한 부분을 채울수
있었습니다. 세상에 나가기
위한 첫 단추를 '꿈을 꾸물'이라는
싱그러운 향기를 머금은 책으로
시작할수 있어 상당히 기쁩니다.
순수한 초록빛을 마음에 간직하고
있는 우리들의 이야기가 어느 가을날 모카라떼가 생각날때
향기롭게 읽혀지기를 바랍니다. 제가 책을 쓰면서 많은 이들
에게 용기와 격려를 받았듯이 이 책을 읽은 모든이 에게
희망이 전달되었으면 합니다. 또한 항상 저를 지지해주시는 많은
사람들. 할아버지,할머니, 엄마,아빠, 정민이 ,창헌이 그리고 닮은 선생님
들과 친구들, 지인분들과 함께 이 책의 기쁨을 함께하고 싶습니다.
Passion Ho!~★ 2010. 새해를 맞으며 김유진

안녕. 꿈반이들!
나 소연이야... 드디어 우리가 해냈네!
1년동안 옹기종기 멋서서
이야기도 많이 나누고 그랬잖아
지금 그 기억이 새록새록...
우리 모두 수고했고,
편집하느라 수고한 보경이, 가은이도
너무 고마워♡
3학년들은 올해 알차게 보내서
원하는 학교 가고,
2학년들은 아직 시간이 많지만
그 시간을 잘 활용해서 공부하렴!!
우리 모두 꿈을 이루는 사람이 되자
　　　　　　- 김소연 -

Thanks to
안녕하세요!
「버섯기자를 만나다」의 정은송 입니다 ^^
드디어 해냈군요!
한춘회 선생님을 만나 꿈반아가 되어 책을 쓰면서
진정한 꿈을 찾게 되었습니다.
책을 만드는데 있어 평가를 해주신
모든분들께 감사드리고
도움을 주신 언니들 에게도 고마움을 표합니다
(개구리 ~*)
여러분들도 이 책을 읽으시고 멋진 자신의 꿈을 발견하시길 바랍니다
"꿈이 있는 삶은 언제나 아름답다."
　　　　　　- 정은송 -

감사하는 마음!

김민

'두근'
우리 책이 나왔어요.
나왔네요.
처음 부터 수운 일이라고 생각한건 아니었지만
마무리가 되지 않아서 우리 꿈반이 모두
힘들었는데 말이죠.
그래도 책쓰기 때문에 모이는 마음은
항상 두근 거렸답니다.
늦은 시간 학교에 남아 서로의 이야기를
들어주던 그 눈빛들은 잊지 못할 거예요.
꿈반이 라는 이름으로 모일 수 있어서
또 그 이름 아래 모두의 꿈을 담은 책을 넣을 수
있어서 정말 행복합니다.
꿈도 없은 채 공부에 매달려 보냈을
고등학교 2학년 시절에 아름다운 추억을 남길수
있도록 그리고 꿈을 찾을 수 있도록 도와주신
많은 분들께 감사 드립니다.
글 쓰느라 같이 고생한 꿈반이
여러 번 읽어주면서 수정 도와준
친구들, 가족
정말 고맙고
사랑 합니다.
　　　　　　- 임민정 -

To. 꿈반이 아이들아 ♡

안녕? 나 경애야.
　너희들과 일주일에 한 번씩 모여
얘기를 하며　정말 행복했어.
내 꿈에 대해 진지하게 생각해
본 적이 없었던 내가 글을 쓰게 되면서
많이 바뀌게 된 것 같아.
나 면의 글을 쓴다는 것.
나의 생각을 글로 나타내는 것이 정말
중요하다는 것을 알게 되었어.
시크릿이라는 책 아니?
가능성 0%의 일이라도
자신이 마음먹은 대로 늘 생각하며
노력하면 그 일이 분명 이루어진다는 것.
우리들은 글로 꿈을 썼으니까
이미 우리들 마음속에 인생의 확증나침반을
가지고 있는 것이 아닐까?
참 신기하지?
많고 많은 시간들과 공간들 속에서
우리들이 만났다는 것.
그 결과가 한 권의 책으로 나온다니!
평생 우리들의 특별한 인연을 생각하며
글 속에 담은 우리들의 꿈을 이루도록 하자.
우리들의 부족한 글들을 책으로 나올수 있게
노고하신 한준희 선생님!
모든 아이들의 글에 신경을 쓰며 훌륭히
대장 역할을 해준 보경이.
그리고 모든 꿈반이 아이들아!
정말 감사드립니다.
많은 사람들이 우리들의 책을 읽으며
행복해하는 모습을 상상하며...

꿈반이고 2기
김경애

부끄러운 눈이 되어버린
내 모습만 드러낸
하고 싶은 말만 쏟아내 버린
미숙하고 어린, 쉽게 상처받는
나타 똑같은, 일방적인
고마운, 손은 쉽게 할라를 쳐가며
사실은 머리가 터질 듯 두통에 젖어가며
쉽지 않게 씌어진—
중요한 써분 가려 숨겨 가며
사람들의 눈에 성격 써 가며
결국엔 성격 쇠지 않게 되고
허무해지고 충만해지고
또 다시 하는 일은, 돌아오는 일은
자신만을 드러내는 이기적인
글은 써 내는 것.

약속 하나 지키겠습니다.

혜인아　　재운아
혜건아　　영빈아
가은아　　인겨아
희정아　　고마워.

2010. 1. 22 김혜영.

꾸물꾸물 열한 마리 애벌레의 추억 이야기